Der Sommer
der dunklen Schatten

Der Sommer der dunklen Schatten

Hilke Rosenboom

CARLSEN

für Jannluis und für Jonathan

Jeder Mensch, der einmal durch einen nächtlichen Wald gegangen ist, kennt das Gefühl, von tausend Augen beobachtet zu werden. Doch die eisige Angst ist nicht nur ein Gefühl. Sie ist auch ein Tor zur Vergangenheit, eines der wenigen, die wir noch kennen. Indem wir durch einen dunklen Wald gehen und hören, wie es um uns herum raschelt, und ahnen, dass wir nicht allein sind, fühlen wir das Gleiche wie die Menschen in den Jahrhunderten vor uns. Dieser eine Moment, in dem der Strom des Lebens in unseren Adern unterbrochen ist, in dem ein kühler Wind unseren Nacken streift, verbindet uns mit einem uralten Schauder. Hier hat er sich noch erhalten – in einem schwarzen und undurchdringlichen Wald, dessen Rätsel und Geheimnisse nur die Ängstlichen unter uns enthüllen können …

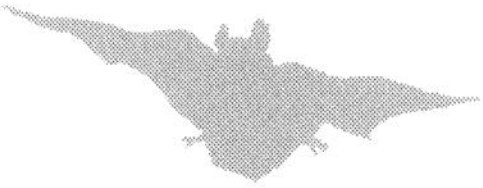

Wenn das Dorf auf den Beinen ist,
stehen die Fledermäuse kopf;
wenn das Dorf kopfsteht,
sind die Fledermäuse auf den Beinen.

Sie warten, bis es dunkel ist,
damit sie ihren Weg sehen.

Humberto Ak'abal

ERSTES BUCH

Es war ein früher Sommerabend. Schwüler grauer Dunst lastete über der Landschaft und alles duckte sich unter ihm: Die Bäume rollten ihre Blätter ein und neigten matt die Wipfel, und die wenigen Menschen, die in dieser Gegend wohnten, senkten die Köpfe und bewegten sich so langsam wie möglich.

Sie waren schon den ganzen Tag lang gefahren. Robert Hopp drückte sich tiefer in den Autositz und presste die Kopfhörer seines Walkmans fester an beide Ohren. Die Eltern auf den Vordersitzen zankten sich mit leisen Stimmen. Aber eben nicht leise genug. Es war, als ob die Band in seinem Kopf einen zusätzlichen Background-Chor hätte. Robert hörte die weiche Stimme seiner Mutter, deren endlose Vorwürfe beinahe wie Gesänge klangen. Jedenfalls, wenn man die Worte nicht verstand. Die Stimme seines Vaters war tief und sehr beruhigend. Er war Herzchirurg, und er redete mit allen Leuten, wie man mit Kranken reden soll, tief und beruhigend eben. So klang es jedenfalls, wenn man nicht hörte, was er genau sagte.

Jeden für sich fand Robert die beiden ganz nett. Aber zusammen waren seine Eltern eine Katastrophe. Dass sie sich in diesem Sommer nun auch noch gemeinsam ein Schloss kaufen wollten, war völlig verrückt. Sie konnten sich ja nicht einmal eine Familienpizza bestellen ohne sich erbitterte Kämpfe darüber zu liefern, ob Schinken drauf sein sollte, Salami oder beides. Mit dem Schloss würde das nicht besser laufen, fürchtete Robert. Und er wäre wieder einmal der Leidtragende bei dem Ganzen. Denn ihn fragte niemals jemand, was er wollte: extra Salami, wenig Käse oder ein Schloss. Er bekam das, was nach den Friedensverhandlungen der Eltern noch übrig war. Im Falle der Familienpizza war es immer eine zwar riesige, aber karge Margherita mit sonst nichts. Was würden sie aus einem Schloss machen? Vor seinem geistigen Auge sah Robert einen gewaltigen Trümmerhaufen, auf dem seine Eltern herumturnten und sich mit Steinen bewarfen.

Und dann lag das Schloss noch in dieser verlassenen Gegend am Ende der Welt. Was wollten sie ausgerechnet hier? Warum konnten seine Eltern nicht mit ihm in einen Ferienclub fahren, wie andere Eltern das in den Sommerferien auch mit ihren Kindern taten? Selbst zu Hause zu bleiben wäre Robert noch lieber gewesen. Dort hatte er jedenfalls seinen Computer stehen.

Sie bogen auf eine kleinere Straße ab und fuhren durch einen dichten Wald. Der Vater verlangsamte das Tempo, damit der Lack seines Wagens nicht von den auf die Straße ragenden Zweigen verkratzt wurde. Trotz der Klimaanlage konnte Robert fühlen, wie stickig es draußen war. Zu heiß für einen wie ihn. Die langen Äste mit den fetten, fleischigen Blättern schienen durch die getönten Scheiben nach ihm greifen zu wollen. In der dumpfen Hitze sah der Boden feucht und schwarz aus. Er dachte an die glitschigen Kröten, die dort im Dunkel hocken mochten. Und an das andere Getier, das er nicht kannte und auch nicht kennen wollte.

Robert war etwas zu klein für seine zwölf Jahre und auch etwas zu blass. Das lag an dem Herzfehler, den er früher einmal gehabt hatte, sagte sein Vater. Herzfehler klang wie Schreibfehler, fand Robert. Er selbst fand sich ganz in Ordnung.

Der Waldweg stieg leicht an und gabelte sich. Kein Schild weit und breit. Robert wusste, was jetzt passieren würde. Seine Mutter würde ihre Brille aufsetzen und angestrengt in die Straßenkarte blicken. Sein Vater würde den Motor ausstellen, aus dem Wagen aussteigen und ihn ein- oder zweimal umrunden. Dann würden sie sich darüber streiten, ob sie nach links oder nach rechts abbiegen mussten.

Robert kniff die Augen zusammen und versuchte etwas zu erkennen. Der Wald war hier so undurchdringlich, dass man das Tageslicht nur noch ahnen konnte. In einem riesigen Busch, an dem dicke schwarzblaue Beeren wuchsen, schien etwas zu schweben. Für einen winzigen Moment hatte Robert das Gefühl, dass ihn zwei Augen anstarrten.

»Ich glaube, da ist jemand«, hörte Robert sich selber sagen. »Den können wir nach dem Weg fragen.« Wenn er die Kopfhörer trug und seine Lieblingsmusik hörte, war seine Stimme lauter als gewöhnlich.

Der Vater musterte ihn mit einem interessierten Blick, so, als wolle er ihm gleich den Puls messen.

Die Mutter lächelte, beugte sich zu ihm nach hinten und strich ihm über die Stirn. »Ach, Unsinn, Schätzchen. Wer soll denn hier sein? Bei dieser Hitze läuft doch kein vernünftiger Mensch im Wald herum.«

Genau wie Robert es erwartet hatte, begannen die Eltern sich mit ihren tiefen, ruhigen Stimmen weiter zu streiten. »Das ist ja ein feiner erster Tag als Schlossherr«, sagte der Vater missmutig. »Am Ende werde ich noch den Wagen hier festfahren. Kein Wunder, dass der alte Kasten so billig ist.«

»Schlossherr ist gut«, erwiderte die Mutter, »ich dachte, du willst mit dem Schloss gar nichts zu tun haben. Ich dachte, es geht dir nur darum, es zu kaufen und damit Steuern zu sparen.«

Der Vater hob beschwichtigend die Hände. »Will ich auch. Muss ich auch. Kann ich auch. Aber wenn ich schon mal hier bin, möchte ich mich auch etwas erholen. Das ist mein gutes Recht.«

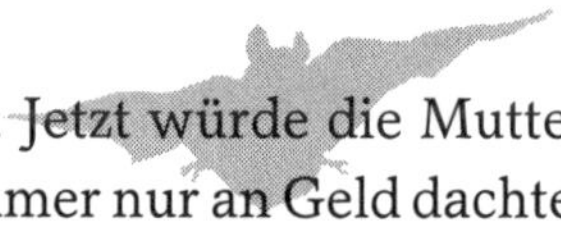

Robert ahnte, was jetzt kam. Jetzt würde die Mutter dem Vater vorwerfen, dass er immer nur an Geld dachte. Und dann würde der Vater der Mutter vorwerfen, dass sie immer nur an ihren Job dachte. Sie war als Rechtsanwältin bei einem Spielzeugkonzern beschäftigt und flog deswegen viel in der Welt herum. Robert mochte es, wenn sie spätabends von ihren Reisen nach Hause kam und sich manchmal noch für eine Weile an sein Bett setzte. Dann erzählte sie ihm von all den Ländern, in die er lieber niemals fahren wollte. Allein ihre Erzählung von den daumenlangen Kakerlaken in ihrem Hotel in Schanghai reichte ihm schon.

Der Schatten in dem Busch war nicht mehr zu sehen. Vielleicht nur eine riesige Spinnwebe, dachte Robert. Es schauderte ihn. Die Größe einer entsprechenden Spinne mochte er sich gar nicht erst vorstellen.

»Was meinst du, Schätzchen, welchen Weg sollen wir nehmen?«, fragte jetzt die Mutter. »Entscheide du es, schließlich bist du ja jetzt der kleine Prinz in unserem Schloss.«

Robert schauderte es abermals, aber diesmal, weil seine Mutter schon wieder mit ihm sprach wie mit einem Baby. Er war nur froh, dass die Jungen in der Schule das nicht hören konnten. Die nahmen ihn nämlich sowieso nicht ernst. Und eigentlich, fand Robert, hatten sie damit ganz Recht. Er schwamm etwa so lahm wie eine Flaschenpost, er rannte wie eine Ente und im Fußball war er eine absolute Pfeife. Wenn er sich selbst kennen lernen würde, hätte er auch keine große Lust, mit sich befreundet zu sein. Mit einem, der fast seine komplette Freizeit am Computer verbringt. Robert dachte mit einem zärtlichen Gefühl an die neue Maschine, die er letztes Weihnachten bekommen hatte. Die Mutter hatte das Gerät in der Firma besorgt. Es hatte sie kaum etwas gekostet und trotzdem konnte der Vater den vollen Kaufpreis bei der Steuer absetzen. Das hatte ihm gefallen. Es waren fröhliche Weihnachten gewesen.

»Ich schlage vor, dass wir den Wagen hier stehen lassen und uns einmal ansehen, wohin die beiden Wege führen«, sagte der Vater. »Jeder von uns geht eine Strecke ab. Robert kann ja solange im Auto warten.« Die Mutter seufzte und nickte. »Oder willst du mit uns kommen, Schätzchen? Hier drin wird es schnell stickig.«

Robert schüttelte den Kopf. »Ich mach die Scheibe einen Spalt weit auf. Ist schon in Ordnung.«

Aber eigentlich war es nicht in Ordnung. Robert beobachtete, wie sich die Eltern langsam entfernten, jeder auf einem der beiden Wege. Nach wenigen Augenblicken schien das fette Grün sie verschlungen zu haben und er war ganz allein. Nun hatte sich eine sirrende Dämmerung über die Bäume gesenkt. Robert streckte sein Gesicht dem Fensterspalt entgegen, um einen Luftzug aufzufangen. Aber der Wind war bis in diesen Wald noch niemals vorgedrungen. Es war, als ob die Luft selbst sich bewegte, aus eigenem Antrieb und ohne feste Richtung. Ganze Völker von winzigen Insekten schwirrten umher, Spinnen ließen ihre Fäden von Büschen herabhängen, Falter taumelten im Blattwerk. Eine zarte Fliege streifte Roberts Stirn und er wich entsetzt zurück. Er rutschte in die gegenüberliegende Ecke des Rücksitzes und rollte seine Computerzeitschrift zu einer Schlagröhre zusammen. Die nächste Fliege, die es wagte, ins Auto zu kommen, würde er erwischen.

Er fixierte den schmalen Fensterspalt. Die scharfe Linie des getönten Glases hob sich kaum noch von der Umgebung ab. Sein Herz klopfte wild. Das Schwirren draußen war undurchdringlicher geworden. Plötzlich verstummten alle Geräusche. Und dann passierte es. Aber es war keine Stechmücke und auch kein Nachtfalter, der sich taumelnd dem Fensterspalt näherte. Und nicht einmal eine haarige Spinne, die gemächlich die Scheibe hinaufkroch.

Ein Schatten löste sich aus dem Dunkel und schoss geradewegs auf Robert zu, in messerscharfem Flug durch den Fensterspalt, so als wäre Robert nicht geborgen im schützenden Innenraum des Autos, sondern als säße er ganz allein mitten im Wald. Seine Kehle zog sich zu einem Schrei zusammen, er wedelte mit den Armen um sich. Aber seine Hände schlugen ins Leere. In diesem Augenblick spürte er, dass der Schatten bereits von ihm Besitz ergriffen hatte. Er hatte sich auf Roberts linkes Bein fallen lassen, klein, leicht und dunkel wie ein haariges schwarzes Taschentuch. Der Schatten bewegte sich ein wenig, genau an der Stelle, wo Roberts Shorts endeten und wo seine blassen dünnen Beine zu sehen waren. Dann schien der Schatten seine Krallen auszufahren. Robert hatte das Gefühl, in seinem Körper zusammenzuschrumpfen.

Er griff hinter sich und tastete fahrig nach dem Griff der Autotür. Kindersicherung, verflucht. Seine Gedanken jagten durch seinen Kopf. Sie würden ihn doch nicht etwa eingeschlossen haben? Vielleicht könnte er wenigstens die Scheibe weiter herunterdrehen und versuchen sich hinauszuzwängen. Das Ding an seinem Bein bewegte sich wieder und krallte sich stärker fest.

Seine Muskeln brannten, als er die Scheibe mit ausgestrecktem Arm weiter herunterkurbelte. Er drehte sich langsam zur Seite und zog sich mit den Händen zum Fenster hinaus, bis sein ganzer Oberkörper nach draußen hing. Vielleicht könnte er es einfach abstreifen? In diesem Moment ließ das Ding plötzlich sein Bein los und kroch einen Augenblick später an Roberts Rücken hinauf. Ein kalter Schauder umhüllte ihn wie ein Mantel aus Eis und schien ihn festzuhalten.

Da nahm Robert Schwung und ließ sich aus dem Autofenster fallen, den Kopf voran. Es war tiefer, als er befürchtet hatte, und fast unmöglich, sich mit den Händen abzufangen. Er schlug auf dem Boden auf. Der Weg war uneben und steinig. Robert spürte keinen Schmerz, er spürte nur Kälte und sprang sofort auf die Füße. Mit einer einzigen schnellen Bewegung riss er sich das durchgeschwitzte T-Shirt vom Leib und warf es so weit wie möglich von sich.

Aber leider flog es nicht sehr weit. Es blieb auf der Kühlerhaube des Wagens liegen. Robert hoffte inständig, dass das Ding noch immer darin säße, denn an seinem

Rücken konnte er jetzt keine Krallen mehr spüren, nur das wilde Schlagen seines Herzens, das seinen ganzen Körper ausfüllte und ihn anscheinend sprengen wollte.

In diesem Augenblick legte ihm jemand eine kleine kühle Hand auf den Arm. Robert fuhr herum. Er blinzelte. Seine Augen brannten, als er im Dämmerlicht des Waldes etwas zu erkennen versuchte. Vor ihm stand ein Mädchen mit wirrem langem Haar. Trotz der Hitze trug sie einen riesigen schwarzen Mantel und einen seltsamen Rucksack, aus dem oben eine Art Antenne herausragte. Ihre hellen Augen blitzten wütend.

»Du wolltest sie wohl umbringen«, stieß sie zornig hervor.

»Was? Ich? Wen denn? Da ist etwas in unser Auto geflogen und hat mich angegriffen.« Er überlegte fieberhaft, was es gewesen sein könnte. Eine Vogelspinne vielleicht. Diese Möglichkeit schien ihm am wahrscheinlichsten. Er musste laut gedacht haben.

Sie sah ihn fassungslos an. Dann schüttelte sie den Kopf, schnappte sich das T-Shirt von der Kühlerhaube und begann vorsichtig, es auseinander zu breiten. Robert wunderte sich, dass sie bei diesem Licht überhaupt noch etwas erkennen konnte. Er selbst sah nur ein fahles Bündel, das sie nun langsam durch ihre Hände gleiten ließ.

»Sie ist nicht mehr da. Sie ist weggeflogen«, zischte sie vorwurfsvoll. »Wahrscheinlich ist sie verletzt. Und du bist schuld.«

Robert versuchte sich zu konzentrieren. »Vogelspinnen können überhaupt nicht fliegen«, sagte er leise.

»Genau. Und Fledermäuse können es auch nicht, wenn sie in ein T-Shirt gewickelt und auf eine Kühlerhaube geknallt werden.« Sie warf ihm das T-Shirt wieder zu, und zu Roberts großer Überraschung fing er es sogar.

»Zieh dich am besten schnell wieder an. Mami und Papi sind gleich wieder hier. Die wollen sicher nicht, dass sich ihr Baby erkältet.«

Robert biss sich auf die Lippe und suchte nach einer geeigneten Antwort. Tatsächlich hörte er jetzt das Pfeifen seines Vaters und das Fluchen seiner Mutter, die bestimmt wieder die falschen Schuhe anhatte, wie damals, als sie mit hochhackigen Sandaletten in den Alpen gewandert war, er konnte sie allerdings noch nicht erkennen. Er blickte angestrengt zur Weggabelung.

Als er sich wieder herumdrehte, war das Mädchen verschwunden.

Roberts Mutter kam langsam näher gestakst. Ihre Stimme klang erschöpft. »Hast du gerade mit jemandem geredet, Schätzchen?«, fragte sie und steckte sich einen Kaugummi in den Mund. Dann riss sie die Autotür auf und ließ sich ins Wageninnere fallen.

Robert schüttelte den Kopf.

Der Vater startete den Wagen und fuhr vorsichtig an. Robert blickte aus dem hinteren Fenster in den Wald hinaus. Vier Wochen Ferien. Das fing ja gut an. Er hoffte nur, dass das Schloss von diesem scheußlichen Wald möglichst weit entfernt lag.

Aber das tat es nicht. Genau genommen lag es mitten im Wald auf einer kleinen Anhöhe, die mit Bäumen und Büschen in unterschiedlicher Größe bewachsen war.

Und wie ein Schloss sah es auch nicht gerade aus, nicht einmal in der hereinbrechenden Dunkelheit. Es war ein graues, schäbiges Gebäude in der Form eines riesigen Kartons. Hier und da waren schon einige Ecken und Kanten abgebröckelt. Der Wald schien die Absicht zu haben, es in nächster Zeit komplett zu verschlingen. An einer Seite des Hauses war er dem dicken Brocken schon bis auf wenige Meter nahe gekommen. Da reichten die höchsten Bäume bereits bis zur vierten Etage, und einige Zweige langten bis aufs Dach hinauf. Vielleicht wollten sie zuerst die Ziegel essen, so wie bei einem Lebkuchenhaus. Robert begann die dunklen Fenster zu zählen und hörte bei dreißig damit auf. Oben auf dem First hockten einige schwarze Vögel, so hoch, dass man nicht mehr erkennen konnte, ob sie lebten oder aus Stein waren.

Die Mutter nahm ihre Brille ab und blinzelte zum Dach des Schlosses hinauf. »Wenn der Architekt es umgebaut hat, werdet ihr das Schloss nicht wiedererkennen«, sagte sie matt.

»Das hoffe ich auch«, entgegnete der Vater. Sie stiegen aus dem Auto aus, Robert so langsam, dass seine Mutter ihm die Tür aufhielt und ihm besorgt eine Hand auf die Stirn legte. »Wie geht es dir, mein Schatz?«, sagte sie und lächelte ihn zärtlich an. »Die lange Fahrt hat sich gelohnt, nicht wahr? Hier kannst du die ganzen Ferien lang wunderbar Ritter spielen.«

Robert wich zurück. Spielen. Er war fast dreizehn. Und seine Ritterburg hatten sie schon auf den Dachboden gebracht. Robert wünschte sich fast die Zeiten zurück, in denen er damit gespielt hatte. Dieses verfallene Gemäuer im Wald fand er einfach schrecklich.

»Zuerst mal machen wir hier Urlaub, um überhaupt ein Gefühl für die historische Dimension so eines altehrwürdigen Gebäudes zu bekommen«, sagte Roberts Mutter beschwichtigend. »Dann können wir besser mit dem Architekten verhandeln, wie er das Ganze in einzelne Mietwohnungen aufteilen soll.«

»Du redest völlig an dem Kind vorbei«, mischte Roberts Vater sich ein. »Und an mir auch. Ich will nur mal ausschlafen. Das reicht mir schon.« Roberts Mutter machte eine plötzliche Bewegung und sah ihn von der Seite an. »Und natürlich will ich mit Robert spielen, vielleicht wandern, und selbstverständlich Pilze sammeln, ähäm, vielleicht könnten wir auch ein Baumhaus bauen?«

Robert stellte sich vor, wie sein Vater in seinen sauber gebügelten weißen Arztklamotten und den weißen Gesundheitssandalen an einem Baum hochklettern würde, und musste plötzlich lächeln.

In diesem Augenblick öffnete sich eine Kellertür tief unten an der Seite des Hauses. Robert war sich sicher, dass dort bis eben nur ein grüner Fleck im Mauerwerk gewesen war, wie eine feuchte Stelle vielleicht. Jetzt sah er eine Holztür, einige Stufen führten von dort zur Erdoberfläche. Eine hagere Frau stieg die Treppe herauf und musterte die Angekommenen misstrauisch. Die Frau trug einen Tropenanzug mit einer Khakihose und einem Hemd mit vielen Taschen. Ihre Füße steckten in riesigen Reitstiefeln. In der Hand hielt sie eine große Taschenlampe wie einen Schlagstock. Auf den ersten Blick dachte Robert, dass sie etwa im Alter seiner Mutter war, aber als sie sich langsam näherte, stellte er fest, dass sie eher seine Urgroßmutter hätte sein können. Sie hatte ein stark gebräuntes Gesicht und kleine, eng zusammenstehende Augen, die unter einem Tropenhelm hervorschauten. Trotz ihres offenbar hohen Alters trug sie ihre Haare offen, sie fielen ihr in feinen dünnen Strähnen bis über die Ellenbogen.

Die Mutter begann zu strahlen. »Das muss Frau Eisenstein sein, sag ihr nett Guten Tag, Robert. Sie wohnt hier schon ihr ganzes Leben lang.«

»Meine Güte«, sagte der Vater mit seiner tiefen, ruhigen Stimme. »Hoffentlich muss man die nicht auch mitkaufen.«

Die Mutter hüstelte. »Psst, nicht so laut. Wir brauchen diese Frau. Ich habe am Telefon alles mit ihr besprochen. Wer soll denn sonst die Umbauarbeiten beaufsichtigen?«

Der Vater streckte sich und atmete sehr laut ein und wieder aus. Dann rief er: »Wie herrlich die Luft hier ist. Fichtenduft ist sehr gut für die Lungen.«

Frau Eisenstein kam zögernd ein paar Schritte auf sie zu. »Die nächste Fichte steht unten am Teich. Wenn Sie die bis hierher riechen, dann können Sie mehr als nur Brot essen.«

Robert sah, wie der Vater sein strahlendes Arztlachen aufsetzte. »Das war gut, haha, es freut mich sehr, Sie kennen zu lernen, Frau Eisenstein.«

»Guten Tag, Herr Professor«, sagte Frau Eisenstein und sah durch Robert und seine Mutter völlig hindurch. »Willkommen. Ich zeige Ihnen am besten gleich Ihre Unterkunft. Es wird bald tiefe Nacht werden.«

Roberts Mutter schaute auf ihre kleine goldene Armbanduhr. »Es ist doch erst halb zehn.« Sie lachte fröhlich. »Und wir haben Sommer. Die Dämmerung ist nicht die Nacht, sie ist nur ein Versprechen der Dunkelheit.«

Robert sah, wie sein Vater die Stirn in tiefe Falten legte. »Jedenfalls war das ein langer Tag«, sagte er vermittelnd. Robert seufzte.

Frau Eisenstein blickte Robert kurz an, dann wendete sie sich zum Gehen. »Kommen Sie bitte mit. Und nehmen Sie alles Gepäck aus dem Wagen. Es wird hier schneller dunkel, als Sie glauben.«

Frau Eisenstein öffnete das große Schlossportal mit einem ellenlangen schwarzen Schlüssel. Seltsamerweise ließ er sich völlig geräuschlos herumdrehen. Die schwere Tür schwang widerstandslos auf.

Sie traten in eine holzvertäfelte Eingangshalle, die so hoch war, dass Robert ihre Decke nicht sehen konnte. Eine breite Holztreppe an der Seite der Halle führte in das Nichts hinauf, das über ihnen lag. Robert spürte einen Luftzug, konnte aber nicht ausmachen, woher der kam. Als er plötzlich husten musste, hallte es wie Hundegebell. An den Wänden hingen eiserne Lampen in Kerzenform. Die meisten Glühbirnen waren durchgebrannt, andere flackerten müde gegen den Staub an, der sie umhüllte. Der Steinboden unter Roberts Füßen strahlte Kälte aus. Plötzlich spürte er, wie verschwitzt und wie müde er war. Am liebsten hätte er sich gleich hier hingelegt, auf eine der kühlen schwarzen Bodenplatten, aber seine Mutter schob ihn energisch voran, während sein Vater sich mit dem Gepäck abmühte.

Sie gingen einen breiten Flur entlang, an mehreren verschlossenen Türen vorbei. »Wir nennen diesen Flur die Galerie, obwohl hier schon seit dem letzten Krieg keine

Bilder mehr hängen«, sagte Frau Eisenstein, die langsam vor ihnen herging. »Ich finde es nicht schade, dass sie nicht mehr da sind, die meisten waren Porträts von abscheulichen älteren Herren mit durchdringenden Augen.«

»Sie haben viele Jahre hier gelebt, nicht wahr?«, hörte Robert seine Mutter sagen. Sie achtete immer sehr darauf, dass Gespräche im Gang blieben.

Frau Eisenstein stakste weiter. »Ich bin hier geboren und aufgewachsen, bis ich sechzehn Jahre alt war. Dann habe ich die Kleinigkeit von 59 Jahren in Afrika gelebt, und vor zehn Jahren bin ich zurückgekommen, um unseren alten Familienbesitz wieder zu übernehmen.« Sie blieb plötzlich stehen und fixierte Roberts Mutter mit ihren kleinen Augen. »Ein schwerer Fehler. Denn eines können Sie mir glauben: Die 59 Jahre in Afrika sind wie ein Fingerschnipsen vergangen. Aber in diesem Haus kommt einem eine einzige Nacht schon vor wie eine Ewigkeit.«

»Klingt interessant«, sagte Roberts Vater mit erstickter Stimme. Er war es nicht gewohnt, Gepäck zu schleppen und hinter anderen Leuten herzulaufen.

»Oh, darum tragen Sie also die Tropenkleidung.« Robert hörte, wie angestrengt die Stimme seiner Mutter klang.

Frau Eisenstein blieb abermals stehen, aber diesmal fixierte sie Robert. Er wich zurück, bis sein Rücken die kalte Wand der Galerie berührte. Sie tippte ihm mit einem langen spitzen Zeigefinger auf die Brust. »Für dich habe ich oben im Schloss ein Zimmer zurechtgemacht, hinter dem alten Ballsaal.« Sie musterte ihn und schien auf die Wirkung ihrer Worte zu warten. »Da haben früher meine Brüder geschlafen. Vor achtzig Jahren. Da bist du ganz für dich. Da kannst du rufen und kreischen, so viel du willst. Da hört dich niemand.«

»Was?« Robert hätte am liebsten laut aufgeschrien, aber aus seiner Kehle kam nur ein Krächzen. Er stellte sich vor, wie er allein in einem versteckten dunklen Zimmer lag, wie Balken knirschten und wie Vorhänge sich blähten und wie vielleicht wieder eines dieser schwarzen Viecher angeschwirrt käme, um sich auf seinen Rücken zu setzen und kleine spitze Krallen in seine Haut zu schlagen. Er sah Hilfe suchend zu seinen Eltern. Aber die wechselten nur einen Blick und zuckten verlegen die Schultern.

Frau Eisenstein verzog ihre schmalen Lippen zu einem feinen Lächeln. »Aber wenn ich dich so sehe, denke ich, du schläfst wohl heute Nacht noch im Zimmer deiner Eltern. Hier wären wir.« Sie stieß eine große schwere Tür auf, hinter der sich ein kleines Zimmer verbarg.

Robert atmete erleichtert auf. Das Zimmer war von einem riesigen Bett fast ganz ausgefüllt, das Sofa und die beiden dicken Sessel waren ganz in eine Ecke gedrückt. Die Wände waren mit dunklem Holz getäfelt, bis auf einige beschädigte Stellen an den Seitenwänden, durch die man das graue Mauerwerk erkennen konnte. Robert sprang sofort auf einen der Sessel, während sein Vater die beiden schweren Koffer auf dem Boden abstellte. Durch das große Eisenfenster schien der Mond herein.

»Sie gehen am besten bald schlafen«, erklärte Frau Eisenstein mit ihrer strengen Stimme. »Wenn es dunkel wird, kann man hier ohnehin nichts Gescheites mehr machen.«

»Ich dachte eigentlich, dass wir noch etwas essen könnten«, erwiderte Roberts Vater fröhlich. »Ich habe Hunger wie ein Wolf.« In diesem Augenblick klingelte sein Handy.

Im Verlauf der nächsten halben Stunde schellte das Handy weitere vier Male, aber Roberts Vater beschränkte sich darauf, nur ganz kurz auf das Display zu sehen und das Handy dann wieder neben sich auf das Bett zu legen, gleich neben die Plastikschale mit den fertig geschälten Äpfeln, die sie mitgebracht hatten, neben die beiden Packungen Schokoladenkekse und neben das große Brot, das in der schwülen Sommerluft allerdings etwas zäh geworden war.

Roberts Mutter hatte den einen der beiden großen schweren Koffer geöffnet und nach und nach ein komplettes Abendessen ausgepackt, mit Crackern und Käse, fast noch kühler Zitronenlimonade für Robert und einer Flasche Wein mit zwei Gläsern für die Eltern. Sogar an eine Kerze hatte sie gedacht. Robert und sein Vater hockten im Schneidersitz auf dem Bett und reichten einander zu, was sie essen wollten. Die weiche Sprungfedermatratze hob und senkte sich bei der kleinsten Bewegung wie ein stürmisches Meer. Die Kerze stand auf dem Nachttisch und tauchte den Raum in ein flackerndes Licht.

»Finde ich sehr gemütlich«, sagte Robert, stopfte sich ein Stück Apfelkuchen in den Mund und spülte es mit einem großen Schluck Limonade herunter. »So sollten wir ab jetzt jeden Tag zu Abend essen.« Zu Hause aß er meistens allein, denn seine Eltern kamen selten vor acht von der Arbeit nach Hause und Frau Krawata, die kugelrunde polnische Haushälterin, war immer auf Diät.

Roberts Mutter lag ausgestreckt auf dem Sofa, knabberte einen Keks und ließ sich vom Mondlicht bescheinen. »Ich bin mir sicher, dass dieses ein ganz besonderer Abend ist«, sagte sie nach einer Weile. »Wir alle werden uns noch lange an ihn erinnern.«

In diesem Augenblick meldete sich das Handy. Roberts Vater zuckte zusammen, so dass einige der Erdnüsse, die sie in einer Kuhle auf der zusammengefalteten Bettdecke deponiert hatten, ins Rollen gerieten. Das Handy klingelte weiter.

»Geh doch mal dran, vielleicht ist es die Klinik«, schlug Robert kauend vor und stopfte sich die flüchtigen Erdnüsse in den Mund. Aber Roberts Vater sah das Handy nur stirnrunzelnd an, stand vorsichtig auf und stopfte es in seine Reisetasche. »Es ist nicht wichtig«, sagte er. »Du bist mir wichtig, Robert. Was möchtest du jetzt am liebsten machen? Wollen wir vielleicht noch eine kleine Nachtwanderung unternehmen? Oder mit der Taschenlampe das Schloss erkunden? Das Zimmer hinter dem Ballsaal, von dem Frau Eisenstein gesprochen hat, klang doch sehr geheimnisvoll. Was hältst du davon, es zu suchen? Vielleicht ist es ja so gemütlich, dass wir beide dort oben schlafen können.«

Robert sah, wie sein Vater ein Gähnen unterdrückte. Die Nasenlöcher weiteten sich wie bei einem großen blonden Drachen, gleichzeitig fielen die Mundwinkel herab. Unterdessen hatte Roberts Mutter angefangen, die Reste des Abendbrotes zusammenzuräumen. Dann öffnete sie den großen Wandschrank und begann,

Roberts und ihre Sachen hineinzuhängen und die Bücher auszupacken, die sie in diesem Urlaub lesen wollte, und die Lernspiele, die Robert offenbar spielen sollte. Er zögerte. Die Aussicht, durch das dunkle Schloss stapfen zu müssen, erschien ihm alles andere als verlockend. Aber ob die Eltern die Wahrheit vertragen konnten? »Am liebsten würde ich noch ein bisschen Gameboy spielen. Das habe ich den ganzen Tag noch nicht gemacht. Im Auto wird mir doch immer schlecht davon.«

Zu Roberts Überraschung stimmten beide Eltern sofort zu. Normalerweise schätzten sie es nicht, wenn er in ihrer Gegenwart mit der piepsenden kleinen Maschine dasaß. Was war bloß mit ihnen los? Anscheinend waren sie wirklich in Urlaubsstimmung. Aber wo war der Gameboy? Robert griff nach seinem Rucksack und wühlte darin. »Verdammt! Ich glaube, ich hab den Gameboy im Auto vergessen.«

Roberts Vater fuhr zu ihm herum. Er schien richtig begeistert zu sein. »Macht nichts, Kleiner, ich hol ihn dir.« *Was* wollte er tun? Robert traute seinen Ohren nicht. Er sah, wie der Vater mit einer schnellen Bewegung das Handy aus der Tasche nahm und zur Tür strebte. In diesem Moment drehte sich Roberts Mutter zu ihnen um, in der Hand die Gummistiefel, die sie eben verstauen wollte. »Lass nur, mein Lieber, ich mach das schon. *Ich* gehe den Gameboy holen!« Sie strebte ebenfalls zur Tür und nahm den Türgriff in die Hand. Robert sah, wie die Hand des Vaters zurückzuckte. Sie starrten einander an.

Was war nur in sie gefahren? Hatten sie sich vorgenommen, ihn plötzlich zu verwöhnen? Das waren ja ganz neue Töne. Robert spürte, wie sich ein seltsames Gefühl in seinem Magen breit machte. »Aber ihr wisst doch gar nicht, wo der Gameboy ist.« Er merkte, wie kläglich seine Stimme klang.

Roberts Mutter funkelte den Vater wütend an, dann entspannte sich ihr Gesicht und sie lächelte Robert zu. »Absolut nicht, da hast du Recht. Ich schlage also vor, dass du ihn dir selber holst.«

In Roberts Bauch begann es zu kribbeln. »Ich?«

Die Mutter nickte. »Du bist doch kein Baby mehr. Das schaffst du doch!« Sie legte ihm die Hand auf die Wange. »Schließlich ist das hier bald unser Schloss. Und später einmal wird es dir gehören, Robert.«

Es war genau das Gegenteil von dem, was sie sonst immer zu ihm sagte. Sollte er in den Augen der Eltern etwa plötzlich groß geworden sein? Wo sie ihn sonst ständig wie ein Kleinkind behandelten und ihn »Häschen« nannten oder »Muckelchen« oder »Storchenbein«? War dies etwa der Beginn einer neuen Ära?

Der Vater nickte, griff in seine Hosentasche, holte den Autoschlüssel hervor und warf ihn aufs Bett. Er blickte sehr ernst. »Du hast das Auto doch schon oft aufgemacht. Sieh nur zu, dass du es hinterher auch wieder abschließt. Wer weiß, was sich hier für ein Gelichter herumtreibt.«

»Nun mach doch dem Jungen keine Angst«, sagte Roberts Mutter mit ihrer weichen Stimme.

Wenn sie sich jetzt nur nicht wieder stritten. Robert seufzte und schloss die Klettverschlüsse seiner neuen schwarzen Turnschuhe. »Ich geh ja schon. Kein Problem.« Er streckte den Kopf aus der Zimmertür. Auf der Galerie war es finster. Irgendwo knarrte etwas.

Er blieb einen Moment lang vor der geschlossenen Tür stehen und lauschte. Aus dem Zimmer der Eltern war nicht der geringste Laut zu hören. Nach wenigen Sekunden hatten sich seine Augen an das Dunkel gewöhnt. Er sah die lange Galerie vor sich liegen. An ihrem Ende öffnete sie sich zur großen Halle, in die von oben ein schwacher Lichtschein fiel.

Roberts Turnschuhe quietschten leise auf dem steinernen Boden. Er versuchte, Schritt für Schritt möglichst geräuschlos aufzusetzen und nicht zu schnell zu gehen. Er musste an die Gemälde von den Männern mit den finsteren Gesichtern denken, von denen Frau Eisenstein gesprochen hatte. Robert fühlte sich, als ob ihm viele Augen folgten und jeden seiner Schritte beobachteten.

An der Stelle, an der sich die Galerie in die Halle öffnete, blieb er einen Moment lang stehen und lauschte. Dann machte er einen großen Satz und war einen Augenblick später am Portal angelangt. Wie schon bei ihrer Ankunft ließ sich die schwere Tür völlig widerstandslos öffnen. Robert schloss sie vorsichtig hinter sich, blieb auf der obersten Steinstufe stehen und atmete die dumpfe Nachtluft ein. Draußen war es überhaupt nicht kühler geworden. Die schwere weiche Luft sirrte von Insekten und taumelnden Faltern. Aus der Wohnung im Keller fiel ein schwacher Lichtschein auf die Wiese vor dem Schloss und ließ die Umrisse des Autos fahl und unwirklich schimmern. Robert glaubte ein Mädchen lachen zu hören. Ein Ast knackte. Etwas schoss vor seinem Gesicht vorbei. Brachte er es also hinter sich, je schneller, desto besser.

Er entschied sich dafür, nicht den direkten Weg zu gehen, sondern lieber im Schatten der Büsche zu bleiben.

Fast hatte er schon die Hälfte der Strecke bis zum Auto zurückgelegt und wollte eben die Hand mit der Fernbedienung ausstrecken, um die Alarmanlage auszuschalten und den Wagen zu öffnen, als er auf dem Waldweg zu seiner Linken ein Rascheln hörte. Im gleichen Augenblick sah er, wie ein Mann aus dem Schatten heraustrat und sich langsam dem Schloss näherte.

Robert duckte sich hinter einen der schwarzen Büsche und lugte vorsichtig hervor. Der Mann hatte ihn vermutlich nicht gesehen, aber er musste ihn gehört haben. Er blieb stehen und lauschte, dabei blickte er sich in alle Richtungen um. Robert sah, dass er einen ähnlichen Rucksack trug wie das Mädchen, dem er heute Nachmittag im Wald begegnet war. Die große Antenne, die oben herausschaute wie die Gräte eines riesigen Fisches, blitzte einen Moment lang im Mondlicht auf, dann bewegte sich der Mann, und das Glimmen erlosch.

Der Busch, hinter dem Robert kauerte, war selbst für einen wie ihn etwas zu schütter, um als gutes Versteck zu dienen. Aber zum Weglaufen war es nun zu spät. Robert versuchte, sich noch kleiner zu machen, als er ohnehin schon war, und stellte fest, dass an dem Busch Dornen wuchsen. Er unterdrückte einen Schmerzenslaut, als ihm eine der Dornen in den Oberarm ritzte. Und die kleinen Kieselsteine zwischen den Grasbüscheln am Boden schnitten in seine Knie. Dann hörte er, wie sich langsame, schwere Schritte näherten. Sie kamen genau auf ihn zu. Robert schloss die Augen. Gleichzeitig vernahm er einen schwachen Geruch, den er von seinen Besuchen in der Klinik des Vaters kannte. Das war reiner Alkohol, wie er zum Einlegen von Gewebeteilen oder ganzen Organen verwendet wird. Robert spürte, wie ihm übel wurde. Was wollte dieser Mann mit ihm tun? Ihn töten und in einem riesigen Glas einlegen? Roberts Gedanken überschlugen sich.

»Wen haben wir denn da?«, fragte eine heisere Stimme direkt über ihm. »Welche kleine Ratte spioniert denn hier nachts herum?« Der Mann kam ihm noch einen Schritt näher.

Da knallte es wie ein Peitschenhieb. Der Schlag war so laut, dass einige Vögel aus den Bäumen aufschwirrten, ein Echo des Knalls kam dutzendfach aus dem Wald zurück. Im gleichen Augenblick erstrahlte der Hofplatz in gleißendem Licht. Robert sah, dass er unmittelbar vor einem von vier oder fünf riesigen Scheinwerfern hockte, hell genug, um einen ganzen Flugplatz erleuchten zu können. Der Schatten, den Robert warf, war riesig. Er reichte bis zur Hälfte der Baumhöhe hinauf. Und er umhüllte den Mann, der nur wenige Schritte vor ihm stand, mit mildem Dunkel.

Im gleichen Augenblick flog die Kellertür auf und Frau Eisenstein kam die kleine Treppe heraufgeschossen wie eine Furie. »Hab ich Ihnen nicht schon tausendmal gesagt, dass Sie hier nichts zu suchen haben!«, rief sie wütend. »Soll ich erst meine Schrotflinte herausholen und Ihnen eins auf Ihren hässlichen Mantel verpassen?« Die alte Frau war so außer sich, dass sie Robert nicht zu bemerken schien.

Der Mann trat langsam aus dem Schatten heraus und zeigte ein höhnisches Grinsen. Dann hob er die Hand, setzte sich zwei dicke Kopfhörer auf, die Robert vorher nicht bemerkt hatte, und verschwand wieder im Wald. Die Antenne, die hinter seinem Kopf herausragte, streifte die Zweige der Bäume. Sein langer schwarzer Mantel wehte hinter ihm her.

Robert ließ den Gameboy im Auto und rannte zum Hauptportal zurück.

Zu Roberts Verwunderung brannte jetzt Licht in der Halle. In der Galerie kam ihm sein Vater entgegen, die kleine Reisetasche in der Hand.

Robert war völlig verschwitzt, aber sein Vater schien das nicht zu bemerken und er versuchte auch nicht, ihm den Puls zu fühlen, so wie er das sonst immer tat, wenn er glaubte, dass Robert sich aufgeregt haben könnte.

»Komm«, sagte der Vater und sah Robert mit einem merkwürdigen Blick an. »Wir suchen das geheimnisvolle Zimmer, von dem Frau Eisenstein gesprochen hat, und richten dort oben unser Lager ein. Wenn man schon mal in einem Schloss schläft, muss man das doch auch genießen.«

»Aber wir sind noch so lange hier«, sagte Robert leise. »Ich bin müde.« Plötzlich schien es ihm, als seien seine Knochen aus Eisen. Der Vater nahm nur seine Hand und zog ihn mit sich. »Du wirst schon sehen, alles wird gut«, sagte er nach einer Weile, als sie langsam die knarrenden Stufen hinaufklommen.

Robert biss sich auf die Lippe. Aber es war doch alles gut, oder etwa nicht? Von dem Mann im Wald konnten seine Eltern schließlich nichts bemerkt haben.

»Deine Mutter will noch ein bisschen lesen«, sagte der Vater unvermittelt, »wir wollen Rücksicht aufeinander nehmen.« Als ob das eine Erklärung wäre.

Sie waren in der zweiten Etage angekommen. Robert lehnte sich erschöpft ans Treppengeländer. Im Dämmerlicht des Flures war er müder und müder geworden, und nun spürte er, dass er sich kaum noch auf den Beinen halten konnte. Aber den Vater schien das nicht zu interessieren. Er öffnete mehrere Türen und leuchtete mit seiner Taschenlampe hinein, dann schien er gefunden zu haben, was er suchte.

»Na, wenn das nicht der Ballsaal ist«, rief er mit fröhlicher Stimme. Seine Schritte hallten und entfernten sich langsam. »Komm her, das musst du dir ansehen. Hier ist wirklich ein tolles Zimmer!«

Robert setzte sich langsam in Bewegung und trottete in die Richtung, aus der die Stimme des Vaters gekommen war. Am Ende eines großen holzvertäfelten Raumes stand eine Tür offen, dahinter lag ein matt erleuchtetes Zimmer. Robert blinzelte. Der Saal drehte sich um ihn. »Ich glaube, ich kann nicht mehr«, sagte er leise. Dann spürte er, wie zwei starke Arme ihn umschlossen und wie er in ein weiches Bett gelegt wurde. Er schlief bereits, bevor sein Kopf das Kissen berührt hatte.

In dieser Nacht kamen die Fledermäuse zu Robert Hopp. Sie flogen mitten in seinen Traum hinein. Sie umschwirrten sein Bett, dann hängten sie sich der Reihe nach an eine Gardinenstange und blickten ihn kopfüber an. Eine von ihnen öffnete ihr Maul und zeigte dem Jungen, der da unten in seinem Bett lag, eine Reihe kleiner spitzer Zähne. »Kann er uns schon hören?«, fragte sie. »Wir haben auf ihn gewartet.« Ihre Kollegen machten ein zischendes Geräusch, das eine Art Lachen sein musste. Sie stießen einander an und begannen an der Gardinenstange zu schunkeln, wie Uhrenpendel, alle im gleichen Rhythmus. Dann hielten sie plötzlich inne, entfalteten umständlich ihre dünnen ledrigen Flügel und erhoben sich eine nach der anderen in die Luft. Sie flogen eine Runde über Roberts Kopf, dann segelten sie geradewegs durch die Wand hindurch in die Nacht hinaus.

Robert öffnete die Augen und starrte ins Dunkel. Unter der geschlossenen Tür quälte sich ein schwacher Lichtschein hindurch. Ein Schweißtropfen rann seinen Nacken hinunter. Er hatte oft Albträume und er wusste, was er dann tun musste: ruhig atmen, sich im Bett aufsetzen, das Licht anknipsen, aufstehen und dann ein paar Schritte gehen, damit sein Kreislauf wieder in Schwung kam. Er atmete also ruhig und setzte sich im Bett auf. Aber wo war der Lichtschalter?

In diesem Augenblick hörte Robert die gedämpfte Stimme seines Vaters aus dem Nebenraum. Er wollte gerade nach ihm rufen, als er einen Wortfetzen erhaschte. »Paris!«, rief sein Vater, bevor er die Stimme wieder senkte. »Paris ist eine wundervolle Idee!«

Robert stellte sich auf die Füße und tapste leise zur Tür. »Mein Pinguin«, sagte sein Vater jetzt. Sein was? Robert hatte es ganz genau verstanden. Die Stimme des Vaters klang verschwörerisch, so als spreche er hinter vorgehaltener Hand. Eine andere Stimme war nicht zu hören. Es war ganz klar, er telefonierte mit dem Handy. Robert fragte sich, in welchem Gespräch man innerhalb so kurzer Zeit die Wörter Paris und Pinguin verwenden konnte. Und was wollte sein Vater damit sagen? Als Robert der Tür so nahe war, dass er die raue Oberfläche des Holzes spürte, verstand er einen ganzen Satz.

»Nein, ich habe Robert noch nichts erzählt«, flüsterte der Vater. »Der Junge hängt so an mir. Ich weiß nicht, ob er es verkraften würde.«

Robert spürte, wie es kalt an seinen Beinen hinaufkroch und wie sein Kopf zu schwirren begann. Er hatte doch die ganze Zeit gemerkt, dass etwas anders war als sonst. Was war es, was er nicht erfahren sollte? Was verheimlichte ihm sein Vater? Und warum tat er das? Sie waren doch beste Freunde, sagte er das nicht immer wieder?

Der Vater brach nun in fröhliches Gelächter aus und begann langsam auf und ab zu gehen. Klack, klack, klack machten seine Schritte auf dem Boden des ehemaligen Ballsaales.

Robert schlich zum Bett zurück und zog sich die Bettdecke über beide Ohren. Dann schloss er die Augen und versuchte an die schaukelnden Fledermäuse zu denken. Wenn er die Wahl zwischen zwei Albträumen hätte, das wusste er genau, dann würde er den vorigen nehmen.

Als Robert am Morgen erwachte, war er sich ganz sicher, dass er beides nur geträumt hatte. Er spürte den Ärmel seines vertrauten gestreiften Schlafanzuges unter seiner Wange, und neben ihm auf dem Kopfkissen lag seltsamerweise sein silberner Gameboy. Das klare Licht eines Sommermorgens schien freundlich ins Zimmer, und da war sogar Theo, sein alter Teddy, der in den letzten Jahren das trübe Dasein einer Undercover-Existenz geführt hatte, weil Robert sich seiner schämte. Aber

Roberts Mutter packte ihn unverdrossen immer noch für ihn ein, und dafür war er ihr heute irgendwie dankbar. Er stopfte Theo trotzdem unter sein Kissen und setzte sich im Bett auf. Eine Bettfeder knarrte.

Robert war nicht bei den Eltern im Zimmer. Er sah sich um. Bewusst hatte er diesen Raum noch nie zuvor gesehen. Trotzdem ahnte er sofort, dass dies das Zimmer sein musste, von dem Frau Eisenstein gesprochen hatte. Der Raum, den er zusammen mit dem Vater in der vergangenen Nacht gesucht hatte. Das Zimmer, in dem er ein oder zwei Albträume gehabt hatte, ohne eine einzige Träne zu vergießen.

Der Raum war riesig. Die Sonne schimmerte durch vier große Fenster und zog vier flirrende Schneisen staubwirbelnder Luft von den Dielen bis zu der holzgetäfelten Decke hinauf. Von den Wänden blätterte leuchtend blauer Putz ab und zeigte Spuren einer rosafarbenen Schicht, die sich darunter befand. Risse zogen sich durch ein gelbes Rauten-Ornament. In dem Raum standen im Abstand von etwa zwei Metern vier riesige Eisenbetten, aufgereiht wie Elefanten bei einer Parade. Zu jedem Bett gehörte ein Berg aus wolkendicken Federbetten, eine Kommode mit verschiedenen tropischen Tiermotiven und eine Lampe mit einem gläsernen grünen Schirm. Robert saß im dritten Bett und rieb sich verwundert die Augen. Die anderen Betten waren leer, soweit er das erkennen konnte.

An einer Wand hing ein großes altes Ölgemälde, auf dem ein schmaler Junge in Roberts Alter dargestellt war. Die Farbschicht des Bildes war an vielen Stellen rissig und aufgeplatzt, aber trotzdem konnte Robert noch erkennen, dass die Darstellung selbst zu ihren besten

Zeiten sehr traurig ausgesehen haben musste. Alle Farben waren matt und dunkel, fast schon bedrohlich, und der Junge blickte ernst. Er trug eine ordentlich zugeknöpfte Jacke aus einem dicken braunen Stoff und eine weite Hose, die nur bis zu den Knien reichte. Seine Füße waren nackt. Robert überlegte, ob das Gemälde wohl einen der Brüder von Frau Eisenstein darstellte, in deren Zimmer er sich ja anscheinend befand. Aber er verwarf den Gedanken sofort wieder. Erstens nahm er an, dass es sich um vier Brüder gehandelt hatte, wegen der vier riesigen Betten, der vier Kommoden und der vier Nachttischlampen. Außerdem war ihre Familie wohl kaum so arm gewesen, dass die Kinder barfuß herumlaufen mussten. Und drittens, dachte sich Robert, war das Bild bestimmt viel älter als achtzig Jahre. Robert betrachtete den Jungen versonnen. Seltsamerweise mochte er ihn. Wer er wohl war?

Und dann sah er etwas Merkwürdiges. Robert stand aus dem Bett auf, tappte über den sonnenbeschienenen Holzboden und näherte sich dem Gemälde so weit, dass er fast mit der Nase daran stieß. Zunächst hatte er gedacht, dass es sich bei den schwarzen Punkten darauf um vertrocknete Fliegen handelte, die im Laufe der Jahrzehnte hier festgeklebt waren. Oder um Schmutz. Aber dann sah er, dass sie gemalt waren und dass der Maler die kleinen schwarzen Punkte sehr sorgfältig ausgestaltet hatte: mit kleinen runden Köpfchen, winzigen Augen und mit gezackten Flügeln. Robert war sich ganz sicher. Auch wenn die meiste Farbe schon abgeblättert war: Das Bild zeigte einen Jungen, der am Waldrand stand. In weiter Ferne blitzte ein kastenförmiges graues Gebäude durch das Blattwerk, das war ein Schloss, das auf einer kleinen Anhöhe lag. Und zwar war es dieses Schloss. Jetzt konnte Robert es ganz genau erkennen. Das Bild war nicht traurig. Es war nur dunkel, denn offenbar sollte es die Zeit der Dämmerung darstellen. Und die schwarzen Punkte im Hintergrund waren eine große Schar von Fledermäusen.

Als Robert auf den Schlossplatz hinaustrat, musste er blinzeln. Die Sonne brannte mit gleißendem Licht über die hohen Bäume hinweg. Es würde wieder ein heißer Sommertag werden, das spürte man schon jetzt. Bienen summten über einem ordentlich angelegten Beet mit allerlei seltsamen Pflanzen, von denen merkwürdigerweise keine einzige blühte. Dafür dufteten sie umso intensiver, fast wie ein Sommersalat. Robert spürte, dass er Hunger bekam. Aus dem Schloss war kein einziges Geräusch zu hören. Aber die Tür zur Kellerwohnung stand weit offen.

»Hallo, ist da wer?«, rief Robert versuchsweise. Dann merkte er, wie leise seine Stimme klang. Kein Wunder, dass niemand ihn hörte.

Auf dem Parkplatz war jetzt nur noch eine Doppelspur von Reifen im platt gefahrenen Gras zu erkennen. Wo waren seine Eltern? Brötchen holen vielleicht? Beide zusammen? Diese Möglichkeit schied völlig aus. Seine Eltern pflegten nur gemeinsame Unternehmungen zu machen, wenn Robert auch dabei war. Das war eigentlich nett, fand er. Aber irgendetwas an diesem Gedanken war falsch. Er hob einen Stock auf und schlug damit gegen die Stämme der Bäume, in deren

Mitte gestern Nacht noch das Familienauto gestanden hatte wie umzingelt von großen, ziemlich dummen Leibwächtern.

Da sah er seine Mutter. Sie trug eine kurze schwarze Turnhose und ein rosa Hemd und sie flitzte mit ihren schnellen Luftpolsterschuhen geradewegs auf ihn zu. »Teufel, ist das heiß heute«, stöhnte sie und stützte sich schwer atmend mit den Händen auf den Oberschenkeln ab. »Völlig fertig, aus der Übung, steile Wege, heiß, mein Gott, meine Muskeln!« Dann richtete sie sich wieder auf und legte einen warmen, verschwitzten Arm um Robert. Sie duftete nach Sonnencreme.

»Ich hab euch schon gesucht«, sagte Robert vorwurfsvoll, obwohl er innerlich zugeben musste, dass die Suche kaum mehr als fünf Minuten gedauert hatte und auch mehr eine Überlegung gewesen war als eine echte Suche. »Wo ist Vater?«

»Vater«, wiederholte sie und ließ ihn langsam los.

Die anderen Kinder, die Robert kannte, nannten ihre Väter Papa oder Pops, oder Jochen oder Hans-Eberhard. Komisch, dass ihm das gerade jetzt einfiel.

»Eigentlich merkwürdig, dass du ihn nie Papi genannt hast«, sagte seine Mutter leise, als könne sie Gedanken lesen.

»Kann ich ja ab jetzt tun«, entgegnete Robert leichthin. »Wo ist er überhaupt hingefahren?«

Seine Mutter sah ihn mit einem merkwürdigen Blick an, dann nahm sie seine Hand und zog ihn zu dem Waldweg, aus dem in der Nacht zuvor der bedrohliche Mann mit der Antenne auf dem Rücken gekommen war. »Lass uns ein Stück gehen. Ich will dir eine Geschichte erzählen.«

Robert spürte ein Kribbeln im Bauch. »Holt er Brötchen?« Das war eine idiotische Frage. Er konnte sich nicht daran erinnern, dass sein Vater jemals Brötchen geholt hatte. Vermutlich dachte er, sie wüchsen in Brötchenkörben, jeden Morgen ein paar neue.

Sie bogen vom Weg ab und liefen einen Hang hinunter, der mit kniehohen Farnen bewachsen war. Unten am Hang lag ein kleiner See, fast nur ein Teich, über dem zwei lange grüne Libellen herumjagten.

»Komm, setz dich zu mir«, sagte Roberts Mutter und deutete auf einen dicken Baumstamm.

»Wieso denn?« Robert blieb lieber stehen. Sie würden ohnehin gleich wieder aufbrechen, um zu frühstücken. Würden sie das wirklich?

»Weißt du«, hob Roberts Mutter nun an, »wenn man sich ein Kind wünscht, dann denkt man manchmal nicht daran, dass man sich eine sehr lange Zeit um dieses Kind kümmern muss.«

Robert nickte. »Achtzehn Jahre, bis zur Volljährigkeit.« Er fragte sich, was für eine Art von Vortrag es war, den sie ihm halten wollte.

Seine Mutter nickte. »Achtzehn Jahre sind eine lange Zeit. Auch zehn Jahre sind schon lang.« Sie stockte. »Du bist zwölf. Du wirst das alles erst verstehen, wenn du selbst einmal Kinder hast.«

»Na und?«, sagte Robert ungeduldig.

Aber seine Mutter war es gewohnt, mürrische Gesprächseinwürfe einfach zu überhören. »Du musst wissen, dass dein Vater und ich dich sehr lieben.«

Robert zuckte die Schultern. »Klar.« Eine der Libellen hatte sich auf ein Seerosenblatt gesetzt. Sie schimmerte wie ein Juwel. Dann erhob sie sich wieder in die Lüfte.

Robert wünschte, sie hätte das nicht getan. Er wünschte, dass die Zeit einfach stehen blieb, jetzt sofort. Das, was nun kam, wollte er lieber gar nicht mehr hören.

»Und nur, weil wir dich so sehr lieben, sind wir all die Jahre zusammengeblieben.«

»Was?« Robert hatte das Gefühl, dass ihm irgendein Satz entgangen war. »Ihr seid doch verheiratet.«

Seine Mutter seufzte. Dann holte sie ein kleines Taschentuch aus der kleinen Tasche in ihrer Sporthose und wischte sich damit über die Stirn. »Ich sag es dir einfach, so wie es ist, Kind. Du bist ja jetzt wirklich schon groß.«

Groß. Und warum nannte sie ihn dann Kind? Robert spürte, wie sich ein Kloß in seiner Kehle bildete. Er schluckte trocken, aber der Kloß wurde nur noch größer. Das hatte bestimmt etwas mit der Wärme zu tun.

»Dein Vater ist heute Morgen weggefahren.«

Robert malte mit seinem Turnschuh einen Kringel in den Waldboden. »Wohin denn?«

Sie zuckte die Schultern und presste die Lippen aufeinander.

Da hatte Robert plötzlich eine Idee. »Ist er nach Paris gefahren?«

Sie sah ihn einen Augenblick lang erstaunt an, dann holte sie wieder ihr kleines Taschentuch hervor, diesmal, um sich die Nase zu putzen. »Muss mich wohl erkältet haben«, murmelte sie. »Sagtest du eben Paris?«

Robert nickte und hoffte, dass sie Ja sagen würde. Dass sie ihm nun erklären würde, dass der Vater in Paris an einem Ärztekongress teilnehmen müsste. Er fuhr schließlich oft zu Kongressen, schließlich war er ja ein berühmter Herzchirurg. Bestimmt hatte die ganze Sache auch noch irgendetwas mit Pinguinen zu tun? Oder jedenfalls mit Leuten vom Südpol. Robert war sich plötzlich sicher, dass es am Südpol besonders viele Herzkranke gab. Vielleicht wegen der Kälte. Er stellte sich eine Reihe von Forschern in Pelzanoraks vor, deren Herzen zu Eis erstarrt waren. Nun brauchten sie Hilfe von seinem Vater. Ganz klar.

»Robert!«, sagte seine Mutter vorwurfsvoll. »Du träumst schon wieder. Ich versuche, etwas sehr Wichtiges mit dir zu besprechen.«

Aber Robert wusste ja schon alles. »Wann kommt er zurück?« Der Kringel im Waldboden war bereits zu einem tiefem Krater geworden, fast so tief, wie sein Schuh lang war.

»Er kommt nicht zurück. Nicht in nächster Zeit.«

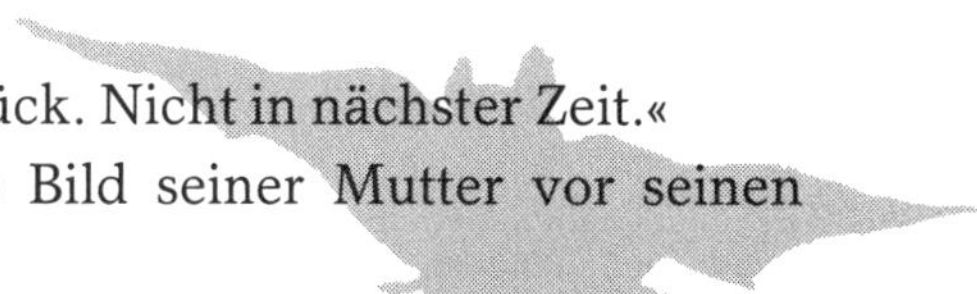

Robert sah, wie das Bild seiner Mutter vor seinen Augen verschwamm.

Aber er spürte, dass sie nach seiner Hand griff. »Nun hör doch bitte auf, in der Erde herumzukratzen.«

Er zog seine Hand zurück.

Sie strich sich die Haare aus der Stirn. »Falls er dir gesagt hat, dass er in Paris ist, dann weißt du mehr als ich. Ich weiß nur, dass dein Vater eine Freundin hat. Sie ist Kellermeisterin in seinem Lieblingsrestaurant bei uns zu Hause. Ich kenne sie auch. Früher sind wir dort manchmal gemeinsam hingegangen, lange bevor wir dich hatten. Wir nannten sie immer den Pinguin, wegen ihres schwarzen Fracks, den sie bei der Arbeit tragen muss, und wegen ihrer schnellen kleinen Schritte. Sie ist sehr nett, weißt du. Dein Vater braucht einfach etwas Zeit, um sich zu überlegen, was er wirklich will. Und diese Zeit wollen wir ihm geben. Wir sind doch vernünftige Menschen.« Ihre Stimme brach ab.

Robert blickte auf den glitzernden Teich und fragte sich, warum die Libellen immer noch weiter herumschwirrten, warum der Wind immer noch in den Blättern raschelte und warum die Sonne sich nicht verdunkelt hatte.

»Aber du bleibst doch hier, oder?«

Roberts Mutter erhob sich langsam. »Sicher bleibe ich hier. Ich versuche es wenigstens.« Sie zögerte und begann langsam wieder zum Waldweg hochzuklettern. »Ich muss nachher mal in der Firma anrufen. Jetzt, wo wir auf uns allein gestellt sind, ist es besonders wichtig, dass mit meiner Arbeit alles gut läuft. Aber das schaffen wir schon.« Sie drehte sich zu ihm um und lächelte zärtlich. »Wir beide.«

In diesem Moment spürte Robert, wie ihn ein Schwall von Kälte ergriff. Schneeflocken schienen vor seinem Gesicht zu tanzen. Der Wind wehte eisig. Es war, als stehe Robert am Südpol, da, wo auch die anderen Leute mit den gefrorenen Herzen lebten.

Robert trottete langsam zum Schloss zurück, aber er träumte nicht, er sah alle Dinge in seiner Umgebung mit einem besonders scharfen Blick: den blau schimmernden Käfer, der einen Baumstamm hinaufflitzte. Die kleine Zikade, die den schnellen Schritten von Roberts Mutter entkommen war und mit einem leichten Hüpfer im hohen Gras verschwand. Das goldene Baumharz, das hinter einem losen Stück Rinde hervorquoll. Er sah feinste Spinnweben, die im Sonnenlicht glänzten, einen schrillgelben Schmetterling, der durch die Luft taumelte, einen Schwarm winziger Fliegen hoch oben über dem Weg. Das Schloss lag im Sonnenschein und strahlte Kühle aus wie ein alter Schneeklotz.

»Du kannst schon mal nach unten zu Frau Eisenstein gehen und frühstücken«, rief Roberts Mutter. »Ich komme gleich nach.« Robert blieb stehen und wartete, bis sie im Schloss verschwunden war. Er hatte keinen Hunger. Nicht einmal Durst. Er hatte überhaupt nichts mehr.

»Guten Morgen, Robert«, sagte in diesem Augenblick eine Stimme. »Möchtest du lieber Veilchenpudding zum Frühstück oder nimmst du ein Wunderbrot?« Frau Eisenstein wartete in der Tür ihrer Kellerwohnung und sah Robert aus ihren eng zusammenstehenden Augen an. Sie trug wieder ihren Tropenanzug und den Tropenhelm. Sie lächelte nicht, aber sie sah auch nicht finster aus. Sie machte überhaupt kein Gesicht.

»Keine Ahnung.« Robert zuckte die Schultern. »Ich hab keinen Hunger.«

Er sah, wie sie die Kellertür mit dem Fuß noch weiter aufstieß, dann machte sie eine herrische Bewegung mit dem Arm. »Seit wann muss man Hunger haben, um sich vernünftig zu verhalten? Komm jetzt bitte herein.«

Robert trat zögernd näher. Er wollte etwas entgegnen, aber es fiel ihm nichts ein und außerdem war Frau Eisenstein einen Moment später bereits wieder in ihrer Wohnung verschwunden.

Die Steintreppe, die nach unten führte, war glatt und steil. Robert musste sich am Geländer festhalten, um nicht den Halt zu verlieren. In der offenen Tür am Fuß der Treppe hing ein schwarzer Perlenvorhang. Robert schob ihn vorsichtig zur Seite und blickte in den Raum, der vor ihm lag. Einen Flur gab es offenbar nicht, man trat direkt in eine altertümliche Wohnküche. Die Wände waren rußgeschwärzt, die schiefen Schränke waren aus grobem Holz gezimmert, in den Regalen standen Dutzende von Tellern und dickwandigen Gläsern, dazwischen große braune Tiegel.

»Setz dich«, sagte Frau Eisenstein mit einer Stimme, die keinen Widerspruch duldete. Sie wies auf einen der beiden Stühle, die einander gegenüber an einem groben Holztisch standen. Auf dem anderen Stuhl saß bereits jemand. Es war das Mädchen aus dem Wald.

»Das ist meine Urenkelin Jorinde«, sagte Frau Eisenstein. »Sie lebt hier bei mir.«

»Joe«, sagte Jorinde und stopfte sich einen Löffel hellblauen Pudding in den Mund. »Na? Heute schon wieder Fledermäuse ermordet?«

»Nein, ich, äh…« Robert wusste nicht, was er sagen sollte.

Das Mädchen Joe hatte seine wirren langen Haare mit einem Stück grobem Band zusammengebunden wie ein Reisigbündel. Trotzdem fielen ihr einige filzige Strähnen über die Augen ins Gesicht. Sie sah Robert böse an, während sie ihren Pudding in sich hineinschaufelte, den Mund ganz nahe am Teller. Dann schmiss sie den Löffel auf den Tisch, schrammte mit ihrem Stuhl zurück und flitzte ohne ein weiteres Wort zur Tür hinaus. Ihr langer schwarzer Mantel wehte wie zwei Flügel hinter ihr her.

Frau Eisenstein seufzte und stellte einen Teller mit einer großen warmen Brotscheibe vor Robert auf den Tisch. Das Brot war mit Butter bestrichen, darauf lagen himmelblaue und violette Blüten in den unterschiedlichsten Formen und Größen. Robert runzelte die Stirn.

Im gleichen Augenblick traf ein köstlicher Duft seine Nase und ließ ihm das Wasser im Mund zusammenlaufen. Er roch den würzigen Geruch von frisch gebackenem Brot und die Honigsüße der kleinen Blüten. So mussten sich Bienen fühlen beim Anflug auf ein Meer von Blumen. Robert nahm das Brot in die Hand und biss sofort gierig hinein. Es schmeckte köstlich. »Was ist das?«, fragte er kauend und trank einen Schluck von der kalten Milch, die Frau Eisenstein ihm in einem Tonbecher hingestellt hatte.

Sie beobachtete ihn lächelnd. »Lavendelbrot. Aber es sind nicht nur Lavendelblüten darauf. Auch einige andere Blumen.«

Robert nickte und biss ein weiteres großes Stück ab.

»Jorinde isst es auch sehr gern«, sagte Frau Eisenstein nun. Sie lehnte an einem der hohen Regale und schälte im Stehen einen Apfel. Die lange Schale ringelte sich vor ihr herab wie eine Girlande. »Sie ist ein bisschen wild«, fuhr sie fort. »Aber sie ist im Grunde ein liebes Mädchen.«

»Lieb ist gut«, sagte Robert und biss wieder ein Stück von dem Brot ab. »Ich dachte, die schlägt jeden Moment zu.«

Frau Eisenstein nickte. »Sie treibt sich den ganzen Tag lang draußen im Wald herum, und manchmal auch nachts, nehme ich an.«

Robert stopfte sich das letzte Stückchen Brot in den Mund und wischte sich mit dem Handrücken über die Lippen. »Sie geht nachts in den Wald? Meine Eltern würden mir das niemals erlauben.« Zum Glück, dachte er.

»Und daran hältst du dich selbstverständlich?« Sie lächelte ihm zu. Dann schnitt sie eine weitere Brotscheibe von einem knusprigen Laib ab, bestrich sie mit Butter und streute dieses Mal einige rosa- und orangefarbene Blüten darauf, die sie in einer Schale auf einem der Regale aufbewahrte. »Das sind Melissenblüten und die Blüten der Kapuzinerkresse.« Sie legte das Brot auf Roberts Teller und er biss sofort hinein. Ebenfalls köstlich.

»Was macht sie denn so allein im Wald?« Der unheimliche Mann fiel ihm ein. Er selbst würde um nichts in der Welt noch einmal im Dunkeln nach draußen gehen. Beim nächsten Mal, da war er sich sicher, würde der Mann ihn erwischen, langsam, wie Robert nun einmal war.

»Jorinde liebt Fledermäuse«, sagte Frau Eisenstein, als sei das die selbstverständlichste Leidenschaft der Welt, wie die Liebe zu Barbiepuppen oder Pferden. »Weißt du übrigens, was eine Fledermaus tut, wenn sie ein Junges zu versorgen hat und plötzlich fortmuss?«

Robert zuckte die Schultern. »Nö, keine Ahnung.«

Frau Eisenstein schenkte ihm Milch aus einem der steinernen Krüge nach. »Fledermausmütter haben eine spezielle Flughaut, in die sie ihr Kind einwickeln. Und dann nehmen sie es einfach mit. Es ist wie eine Art Handtasche.«

»Und damit fliegen die in der Gegend herum?« Robert überlegte, warum Frau Eisenstein ihm das erzählte. »Wo ist eigentlich die Mutter von Jorinde?«, fragte er unvermittelt.

Frau Eisenstein musterte ihn mit einem merkwürdigen Blick. »Nun, die Mutter von Jorinde ist schließlich keine Fledermaus.« Sie streckte eine ihrer langen dünnen Hände aus und strich Robert vorsichtig die Haare aus der Stirn. »Und deine Mutter ist auch keine Fledermaus, nehme ich mal an.« Sie lächelte. »Und ihr beide, ihr seid schließlich keine Babys mehr, die gerne in einer Handtasche hocken würden.«

In den folgenden Tagen begann Robert, sich richtig auf das regelmäßige Frühstück bei Frau Eisenstein zu freuen. Er hatte sein Quartier wieder in dem kleinen Zimmer der Mutter aufgeschlagen. Morgens wachte er meist sehr früh auf und ließ sie schlafen. Dann schlenderte er über den Schlossplatz, immer dem Duft von frisch gebackenem Brot und frisch gepflückten Blüten folgend.

Frau Eisenstein setzte sich manchmal zu ihm und erzählte Robert von ihrer Zeit in Afrika. Wie sie als junges Mädchen ganz allein mit einem Dutzend einheimischen Arbeitern auf einer Farm gelebt hatte, während die Brüder in englischen Internaten waren, ihr Vater monatelange Expeditionen in den Dschungel unternahm und ihre Mutter mit einem französischen Wildhüter davongezogen war. »Sie ist eines Tages einfach durchgebrannt«, sagte sie und lächelte. »Erwachsene müssen manchmal ihrem Herzen folgen«, fügte sie hinzu. Robert fand, dass das sehr interessant klang. Vor allem, wenn es nicht ausgerechnet der eigene Vater war, der so etwas tat.

Robert erfuhr, dass Frau Eisenstein eine gute Schützin war, dass sie auf einem Zebra reiten konnte, was nur wenigen Menschen je gelungen ist, und dass sie schon einmal mit einem Krokodil gekämpft hatte. Man müsse dem Tier nur das Maul zuhalten, sagte sie. Es habe zwar genug Muskeln, um zuzuschnappen. Nicht aber viel Kraft, um das geschlossene Maul auch wieder zu öffnen. Dann sei es einfach nur eine Frage der Nerven. Robert liebte es, ihren Geschichten zu lauschen.

Jorinde ließ sich nur ein- oder zweimal ganz kurz sehen, stopfte etwas von dem zartblauen Pudding in sich hinein, musterte Robert finster und zog wieder ab.

Tagsüber saß Robert oft mit seiner Mutter im Schatten der großen Bäume. Meistens las er in einem der vielen Bücher, die sie mithatten, oder er spielte Gameboy, während sie auf ihrem Notebook herumhackte oder mit dem Handy telefonierte. Sie hatten sich unten in der Stadt ein Auto geliehen und ein Federballspiel gekauft, und zu seiner großen Überraschung lernte Robert es schnell, das kleine Hütchen mit dem Schläger zu treffen. Wenn seine Mutter keine Lust mehr hatte oder ihr Handy klingelte, erschien manchmal Frau Eisenstein auf dem Schlossplatz, in einem langen weißen Kostüm mit wehendem Rock, und spielte einige Runden mit Robert. Sie war eine erbitterte Gegnerin und schneller, als Robert vermutet hatte.

Roberts Vater schickte eine E-Mail aus Paris und rief einige Tage später sogar an. »Wie gefällt es dir in eurem Schloss?« Robert fiel nichts anderes ein, als einfach »gut« zu sagen. Was sollte er schon erzählen? Aber der Vater fragte auch nicht weiter nach. Dann gab er der Mutter das Handy und sie ging ein paar Schritte in den Wald hinein, um ungestört zu sein.

Einmal machten sie einen Ausflug in die nächste Kleinstadt. Eigentlich hätten sie dort ein Museum anschauen und ein neues Spiel für Roberts Gameboy besorgen wollen. Aber letztlich wartete Robert nur zwei

Stunden in einem Café und aß zwei große Eisbecher, während seine Mutter auf der Straße auf und ab ging, mit dem Handy telefonierte, ihm rätselhafte Zeichen machte und ihm Kusshändchen zuwarf. Als sie endlich müde bei ihm saß, zog ein Gewitter auf und sie mussten sich beeilen, wieder nach Hause zu kommen. In der aufziehenden Dunkelheit hätten sie beinahe den Weg zurück nicht gefunden.

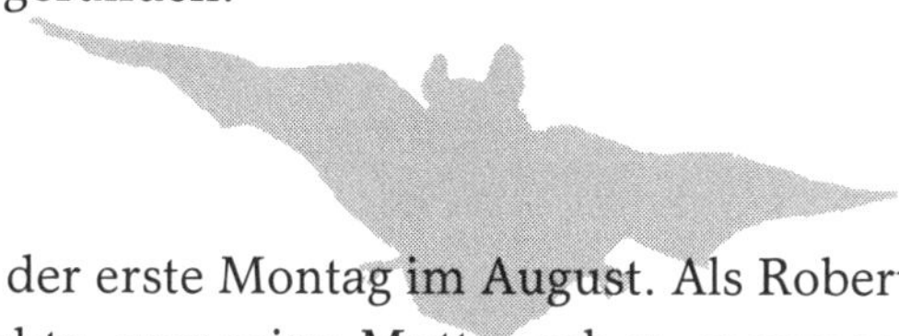

Dann kam der erste Montag im August. Als Robert morgens erwachte, war seine Mutter schon angezogen. Sie saß auf einem Schemel unter dem Fenster und schminkte sich die Lippen.

»Was ist los?« Robert reckte die Arme über den Kopf und setzte sich müde auf dem Schlafsofa auf.

»Mommem.« Sie hatte die Oberlippe über der oberen Zahnreihe gespannt und malte sie mit einem kleinen roten Stift an. Dann betrachtete sie ihr Werk in einem Handspiegel, tuffte ihre Haare mit den Händen auf und holte einen Sprühflakon hervor. Einen Moment später verbreitete sich der Duft ihres Parfüms im Raum. Sie lachte fröhlich. »Ich muss heute kurz in die Stadt fahren. Zwei Leute aus der Firma bringen mir wichtige Unterlagen über eine Gesellschaft in Taipeh, die wir übernehmen wollen.« Sie zögerte. Dann sah sie Robert aufmunternd an. »Es ist doch sehr nett, dass sie extra den langen Weg hierher machen. Das ist eigentlich mehr, als man verlangen kann. Wirklich sehr kollegial.« Robert hörte an ihrer Stimme, dass sie ein bisschen nervös war.

»Und wann kommst du zurück?«

Sie drückte ihm einen duftenden Kuss auf die Wange. »Bald, Schätzchen, sehr bald. Ich beeile mich, sosehr ich kann. Aber du weißt doch, wie langwierig solche Meetings sind.«

Robert nickte. »In Ordnung. Ich zieh mich an und gehe zu Frau Eisenstein rüber.«

Seine Mutter hob die Augenbrauen. »Ich habe angeboten, Frau Eisenstein mit ins Dorf zu nehmen. Sie will dort einen Besuch machen. Aber sie kommt mittags mit dem Taxi zurück und kocht euch etwas.«

»Ach so.« Robert versuchte, seine Enttäuschung nicht zu sehr zu zeigen.

Aber seine Mutter bemerkte sie trotzdem. »Nun sei nicht traurig, Storchenbein. Schau mal, ich lass dir mein zweites Handy hier und das Notebook. Du kannst mich immer anrufen. Und wenn du willst, kannst du ein paar Spiele machen. Ich hab dir gestern Nacht noch zwei neue draufgefahren.«

»Echt?« Ihre Sachen zu benutzen erlaubte sie ihm normalerweise nicht.

Sie nickte und gab ihm einen kleinen Klaps auf den Oberarm. »Ganz echt sogar. Wenn alles gut geht, bin ich heute Abend schon wieder zurück.«

Robert runzelte die Stirn. »Wenn was gut geht? Wie meinst du das?«

Sie lachte laut auf. »Hab ich das gesagt? Ach, das ist doch nur so eine Floskel. Es sind komplizierte Verhandlungen, die wir führen müssen. Aber das wird schon gut gehen.« Robert fragte sich, ob sie das zu sich selbst oder zu ihm gesagt hatte.

Dann schenkte sie ihm noch ein strahlendes Lächeln, winkte und stürmte zur Tür hinaus.

Das Mädchen Joe hockte in dem langen, zerfledderten Mantel auf der obersten Treppenstufe zu seiner Kellerwohnung und trug etwas in ein kleines schwarzes Buch ein.

»Hallo«, sagte Robert vorsichtig. Er war extra langsam den Schlossplatz entlanggeschlendert, obwohl er Joe schon von weitem gesehen hatte. Auf dem langen Weg war ihm leider keine originellere Bemerkung eingefallen.

»Hallo, Fledermausmörder«, erwiderte Joe, ohne von ihrem Buch aufzusehen. Sie kritzelte mit gebeugtem Kopf. Durch ihre dichten, herabfallenden Haare konnte Robert nicht sehen, was es war, das sie da schrieb. »Essen steht in der Küche. Agathe hat gesagt, ich soll aufpassen, dass du hier keinen Scheiß machst.«

»Agathe?« Robert biss sich auf die Unterlippe. »Du nennst deine Urgroßmutter mit Vornamen?«

Sie schüttelte ihre Mähne. »Ich bin fünfzehn.«

Als ob das eine Erklärung wäre. »Mir hat sie erzählt, dass du dreizehn bist«, entgegnete Robert kampfbereit. »Und zwar gerade erst geworden.« Das saß.

Joe drehte schnell den Kopf zu ihm und funkelte ihn aus ihren hellen Augen an. »Na und? Ist doch egal, oder? Erbsenzähler.«

Robert ahnte, dass er damit noch nicht ihren gesamten Vorrat an Schimpfwörtern kennen gelernt hatte. Er blieb stehen, wo er war, und zählte die Backsteine, die hinter dem abgefallenen Putz zum Vorschein gekommen waren. Es waren einundsiebzig ganze Backsteine und sechs halbe.

»Was ist?«, fragte sie nach einer Weile, ohne ihre Schreibarbeit zu unterbrechen. »Brauchst du 'ne Extraeinladung zum Essen oder willst du gefüttert werden? Penner!«

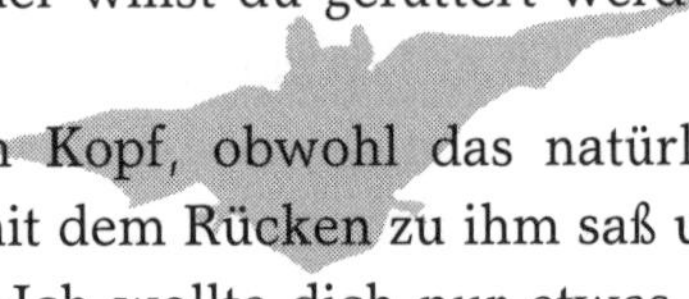

Robert schüttelte den Kopf, obwohl das natürlich Quatsch war, weil Joe mit dem Rücken zu ihm saß und es nicht sehen konnte. »Ich wollte dich nur etwas fragen«, sagte er dann.

»Ja? Was denn? Doofbeutel!«, kam es sofort zurück. »Gibt es tatsächlich etwas, was du nicht weißt? Streber!«

Robert schwante, dass seine Mutter mit Frau Eisenstein gesprochen und ihr von seinen guten Noten erzählt hatte. Sie war mächtig stolz darauf, dass er sich in der Schule bei Klassenarbeiten kaum anstrengen musste. Das habe er nämlich von ihr geerbt, prahlte sie gerne. Tatsächlich kam Robert im Unterricht sehr gut mit, auch wenn er nicht immer zuhörte. Das Anstrengende waren die Pausen, wenn die anderen Kinder ihn ärgerten oder sich über ihn lustig machten, während er gleichzeitig und auf strengste Anweisung der Eltern sein bretthartes Vollkornbrot mümmeln musste, eines von denen, die mehr und mehr im Mund wurden, je ausgiebiger man sie kaute. Robert rieb sich die Stirn, um den verlorenen Faden wieder aufzunehmen. »War die Fledermaus neulich wirklich tot?«, fragte er leise. »Hast du sie denn gefunden?«

Das Wort Fledermaus hatte auf Joe eine seltsame Wirkung. Sie ließ plötzlich ihr Buch zuklatschen, stopfte es unter ihren Mantel und sprang auf die Füße. Obwohl sie eine Treppenstufe unter Robert stand, überragte sie ihn um mehrere Zentimeter. Sie legte den Kopf in den Nacken und sah ihn durch halb geschlossene

Lider an. Es war wirklich sehr von oben herab, fand Robert.

Ihre Augen blitzten. »Wenn du es schaffst, in zwei Minuten dein Frühstück zu essen, kannst du mit mir in den Wald kommen. Vielleicht zeige ich dir etwas. Vielleicht auch nicht. Aber glaub ja nicht, dass ich auf dich warte. Wenn ich losgehe, gehe ich los. Schneckenarsch!«

Robert überlegte. Die Aussicht, mit Joe im Wald herumstreifen zu müssen, erschien ihm alles andere als verlockend. Aber wenn er sich vorstellte, alleine im Schloss zu bleiben, während alle anderen irgendwo unterwegs waren, kroch ihm schon jetzt ein Schauder den Rücken herunter. So friedlich der sonnenbeschienene Schlossplatz mit den summenden Bienen auch jetzt wirken mochte: Woher sollte Robert denn wissen, dass der unheimliche Mann hier nicht auch tagsüber sein Unwesen trieb? Vielleicht hatte er ja erfahren, dass außer einem zwölfjährigen Jungen niemand zu Hause war? Wer würde dann seine Schreie hören? »Ich komme mit«, sagte Robert schnell. »Ich frühstücke heute nicht. Ich habe keinen Hunger.«

Joe zuckte die Schultern und setzte sich sofort in Bewegung. »Aber glaube ja nicht, dass ich auf dich warte. Oder wieder umkehre, wenn es dir zu weit ist. Oder wenn dir die Beine wehtun. Oder wenn du im Wald umknickst und dir den Fuß brichst. Oder wenn dich eine Wespe sticht. Schlotterhose!«

»Schon gut«, fiel Robert ihr ins Wort, bevor sie weitere Gefahren aufzählen konnte. Er sah schnell an sich herunter und stellte zu seiner Beruhigung fest, dass er keineswegs seine neue superweite Bikerhose trug. Er hatte Jeans an, ganz normal.

»Und wenn du rumjammerst, weil es dir zu anstrengend ist, lass ich dich einfach im Wald stehen, klar? Du Weichhirn!«

»Alles klar«, sagte Robert Hopp und bemerkte nicht, dass oben über seinem Kopf an einer Dachtraufe eine Fledermaus hing und aufmerksam zu den Kindern herunterblinzelte.

Das Mädchen Joe war keinesfalls so schnell, wie er befürchtet hatte. Eigentlich ging sie gar nicht schneller als er. Es war eher die Gleichmäßigkeit ihrer Schritte, die Robert nervte. Joe zog durch den Wald, als gäbe es überhaupt keine aus dem Boden ragenden Wurzeln und Äste, keine Steigungen und Böschungen, als wäre der Boden eine glatte Piste, regelmäßig, weich und makellos wie das grüne Vlies auf einem Billardtisch. Die Zweige, die über den Weg hingen, schob sie einfach von sich fort ohne innezuhalten, sie sprang leichtfüßig und ruhig über die Furchen, die der Gewitterregen neulich in den Boden gegraben hatte, und sie wich den fußballdicken braunen Pilzen aus, die einen fauligen Geruch verströmten.

Robert aber musste immer wieder stehen bleiben. Manchmal konnte er nicht sofort abschätzen, wie rutschig ein Felsbrocken war, über den sie kletterten. Ein anderes Mal brauchte er einen Moment, um seinen Ekel zu überwinden und sich unter einem zwei Meter breiten und ebenso hohen Spinnennetz hindurchzuducken, in dem eine ganze Schar von Krabblern auf Beute wartete.

Dann fiel er in Laufschritt, um Joe wieder einzuholen, denn meistens war sie schon hinter der nächsten Baumgruppe verschwunden.

Blätter wischten über sein Gesicht, Zweige schlugen auf seine Schultern. Er stieß sich den Zeh an einem spitzen Stein, Brombeerranken zerkratzten seine Ellenbogen, und Brennnesseln verbrannten seine Fingerkuppen. Irgendein buschiges Pollenwölkchen war in seinen Mund geraten, er versuchte, es wieder auszuspucken, und hustete, während er weiterhastete.

Als Robert hinter Joe an einen schlammigen Bach kam, auf dessen Modergrund ein toter Frosch lag, hätte er fast allen Mut verloren. Das Bachbett war bestimmt über einen Meter breit, und es war aussichtslos, den anderen Rand erreichen zu wollen. Fette, fleischige Pflanzen standen an seinem abschüssigen Ufer und einige Erdbrocken waren hinabgestürzt. Robert streckte versuchsweise einen Fuß aus, um die Stabilität der Brocken zu prüfen. Er zuckte zurück, als er einsackte und sofort eine braune Eidechse knapp an seinem Hosenbein vorbeihuschte. Im gleichen Moment sah er, wie Joe jenseits des Baches hinter einer dicken Tanne verschwand.

»Hey, warte!«

Er musterte das Bachbett. Anlauf nehmen konnte man hier jedenfalls nicht. Ob er einfach die Schuhe ausziehen und durch den Schlamm stapfen sollte? Wie tief würde er versinken? Bis zu den Knien? Oder bis zum Hals? Eines war ganz sicher: Joe würde ihm da nicht wieder heraushelfen. Er sah sich bereits Auge in Auge mit dem toten Frosch der Welt Lebewohl sagen.

»Was ist los? Schnoddernase!«

Robert fuhr herum. Joe stand direkt hinter ihm, die Hände tief in den Manteltaschen vergraben. Sie schüttelte unwillig den Kopf. »Du bist so was von blöd. Dahinten ist doch eine Brücke. Erbsenhirn!«

Der Ausdruck »Brücke« war etwas übertrieben. Aber tatsächlich sah Robert jetzt, dass ein Stückchen weiter ein umgestürzter Baum quer über dem Bachbett lag. Balancieren war noch nie seine Stärke gewesen. Robert dachte mit Grausen an den Schwebebalken im Turnunterricht und er hörte in seinem Kopf förmlich das dröhnende Gelächter seiner Mitschüler und sah das Augenrollen der giggelnden Mädchen vor sich. Vom Schwebebalken konnte man auf den Boden der Turnhalle knallen. Kalt und hart und demütigend. Robert kannte sich mit diesem Gefühl sehr gut aus.

»Schläfst du? Oder bist du schon tot? Echter Penner bist du!« Joe sah wütend aus, vermutlich, weil ihr Vorrat an Schimpfwörtern demnächst zur Neige ging. Penner war bereits eine Wiederholung, stellte Robert mit Genugtuung fest.

Er schaffte es nur mit Mühe, den glitschigen Baumstamm zu überwinden, rutschte mit den Händen fast ab und spießte sich ein Stückchen Rinde unter den Fingernagel. Es fing sofort zu bluten an. Robert zuckte zusammen, widerstand aber der Versuchung, sich den Finger in den Mund zu stecken, um die Blutung zu stillen. Er sah ihn sich nur kurz an und wischte ihn dann an der Hose ab. Immerhin hatte er die Bachüberquerung geschafft.

»Blutet es? Fang doch an zu heulen. Babygesicht!«, rief Joe ihm zu.

Er beeilte sich, mit ihr Schritt zu halten. Aber jetzt rannte sie wirklich. Robert troff der Schweiß von der Stirn. Er brannte in den Augen. Robert wischte sich mit dem Handrücken über die Nase und stellte fest, dass ihn eine Bremse gestochen hatte. Der Stich war zu einem Knubbel geschwollen und juckte ziemlich.

Er sah die Hütte nicht sofort. Er bemerkte nur, dass Joe stehen geblieben war und in ihren Taschen herumkramte. Die Hütte war aus dicken Baumstämmen gezimmert und grün angestrichen, nicht viel größer als eine Garage. Über dem Wellblechdach hing ein Tarnnetz, ein weiteres war vor die Stahltür am Eingang genagelt. An einer der beiden kleinen Fensterscheiben klebten getrocknete Fliegen, die ihre Beine in die Luft streckten.

Joe schob das Tarnnetz zur Seite und wies mit dem Kopf zur Tür. »Komm schon. Oder willst du hier Wurzeln schlagen? Blödmann!«

»Aber wir können doch nicht einfach in eine fremde Hütte gehen«, sagte Robert und musste wieder husten, diesmal, weil er anscheinend ein kleines Blatt verschluckt hatte.

»Die Hütte gehört einem Bekannten von mir«, fauchte Joe und zog einen Sicherheitsschlüssel hervor. Sie sah Robert triumphierend an, als sie den Schlüssel im Schloss drehte und die Tür mit einem leichten Knacken aufsprang. »Also, was ist jetzt? Langweiler!«

Robert kam zögernd näher.

»Geh rein und greif nach links. Da ist der Lichtschalter. Blindfisch!«

Das helle Neonlicht blendete Robert und es dauerte eine Weile, bis er wieder klar sehen konnte. Und was er sah, war unglaublich. Deswegen also die Sicherheitstür.

Wenn es hier nicht so staubig und so unordentlich gewesen wäre, hätte er glauben können, er stünde in einem Computerlabor in einer Klinik. Die beiden Flachbildschirme, die auf einem Tisch an der Schmalseite der Hütte standen, waren das Modernste, was es auf dem Markt gab, das erkannte Robert auf den ersten Blick. Die dazugehörigen Rechner schimmerten in matten Aluminiumgehäusen. Daneben gab es noch ein älteres Gerät, das nur noch als Abstellfläche für eine dreckige Tasse diente. Ein Gewirr von Kabeln lag auf dem Boden und unter dem mit CD-ROM-Hüllen voll gestopften Regal. An einer Längsseite des Raumes standen ein Elektronenmikroskop und eine Reihe von chemischen Analysegeräten, wie sie zur Untersuchung von Blut verwendet wurden. Mehrere Plastikkanister auf dem Boden waren mit durchsichtigen Flüssigkeiten gefüllt, hatten aber keinen Aufdruck. Auf den Lautsprecherboxen stand jeweils ein überquellender Aschenbecher. Über der Lehne eines Drehstuhls hing ein dicker schwarzer Kopfhörer.

Merkwürdiger noch als das ganze technische Gerät fand Robert die Zeitungsausschnitte, mit denen die rohen Holzwände so zugepflastert waren, dass man kaum noch die Bohlen sehen konnte. Viele der Ausschnitte waren vergilbt. Robert versuchte einen Zusammenhang darin zu erkennen, fand aber keinen. Einige der Zeitungsberichte handelten von den Aktionen irgendwelcher Naturschützer, ein anderer von einer Forscherin, die irgendeinen Preis gewonnen hatte, einige der Blätter waren anscheinend Seiten aus Gartenkatalogen, es gab sogar eine Todesanzeige, die einer jungen Frau.

»Hey! Man liest nicht in anderer Leute Sachen herum. Schnüffler!«, giftete Joe, als Robert gerade versuchte, einen Bericht aus einer französischen Zeitung zu übersetzen. Darin ging es um eine Frau, die ermordet worden war.

»Was machen wir überhaupt hier?« Robert fühlte sich unbehaglich.

»Toll, was? So etwas hast du wohl noch nie gesehen? Klugscheißer!«, sagte Joe. »Das ist alles supermodern. Und superteuer. Ich wette, du kennst nichts davon.«

Robert schüttelte den Kopf. »Alles ist nicht neu. Der Ultraschall-Doppler ist bestimmt zehn Jahre alt. Und diese Kabelverbindungen, die hatte man ganz früher, bevor ich auf der Welt war.« Er kam sich auf einmal ziemlich alt vor. »Was soll das hier überhaupt sein?«

Joes Augen funkelten. Sie drückte auf einen der Schalter, die an einer langen Bedienungsleiste angebracht waren. Im gleichen Augenblick leuchtete einer der Monitoren auf und der Rechner begann leise zu booten. Schon schwirrte eine Gruppe von animierten Fledermäusen über den Bildschirm. »Und wie findest du das?« Joe biss sich auf die Unterlippe.

»Mensch, fahr das sofort wieder runter. Wenn uns hier jemand erwischt …« Robert hatte das Gefühl, dass er allein vom Zuschauen schon so etwas wie ein Mittäter geworden war. Er wollte nichts wie weg hier.

Joe zuckte die Schultern. »Mach du es doch, wenn du so schlau bist. Arschgesicht! Ich weiß nur, dass man nicht einfach den Strom wieder abschalten darf.« Sie sah ihn listig an. »Sonst kann alles kaputtgehen.«

»Natürlich soll man das nicht. Du musst den Computer richtig runterfahren.«

Robert widerstand der Versuchung, einfach davonzurennen. Joe sah ihn angriffslustig an. Dann streckte er die Hand nach der Maus aus und bewegte den kleinen Pfeil langsam über den Bildschirm. »So macht man das.«

»Kommst dir wohl toll vor. Wattehirn!« Joe stieß ihn mit dem Finger in den Rücken.

Robert zuckte zusammen und klickte versehentlich auf eines der Symbole am unteren Bildrand. Eine Tabelle erschien und scrollte langsam herunter. »Mist!«

Joe schwieg, als ob sie es jetzt wohl auch mit der Angst zu tun bekommen hatte. Wer auch immer der Besitzer dieser Hütte war, ein Freund von ihr oder nicht - er schätzte es bestimmt nicht, wenn jemand in seinen Daten herumstöberte. Nur mit der Ruhe, dachte Robert und wischte sich die schweißnassen Hände an der Hose ab. Dann ergriff er wieder die Maus. Er saß schließlich zu Hause manchmal stundenlang am Computer. Er konnte praktisch im Halbschlaf damit umgehen. Wenn er nur nicht so nervös gewesen wäre. Und wenn dies nur nicht so ein seltsames Programm gewesen wäre.

Er klickte mit zunehmender Anspannung auf dem Schirm herum. Verschiedene Arten von fein gezeichneten Fledermäusen erschienen und flatterten wieder davon. Robert war nur froh, dass der Lautsprecher nicht eingeschaltet war. Vermutlich gab es dazu auch noch irgendein Soundprogramm und die Tiere schrien oder kreischten.

Dann hatte er endlich das Befehlsfeld zum Beenden gefunden. Der Rechner fuhr das Programm mit leichtem Sausen runter. Der Schirm wurde wieder schwarz. Alles in Ordnung. Robert drückte auf den Ausschalter der Stromzuleitung und drehte sich stolz zu Joe um.

Aber Joe war verschwunden.

Robert war mit einem Satz bei der Tür. Wind war aufgekommen. Überall in den Bäumen und Büschen schien es zu rascheln. Von Joe keine Spur. An dem kleinen Stückchen Himmel, das er zwischen den rauschenden Wipfeln sehen konnte, jagte eine düstere Wolke vorbei. Robert bemerkte, dass der Schlüssel immer noch von außen in der Tür steckte. Ohne lange zu überlegen, zog er die Tür hinter sich zu, drehte den Schlüssel zweimal herum und stopfte ihn in seine Tasche. Als er das Tarnnetz wieder herunterziehen wollte, löste sich oben am Dach der Nagel, der es festhielt. Das Netz rutschte herunter und blieb zu seinen Füßen liegen. Er kam sich wie ein Einbrecher bei der Beseitigung seiner Tatspuren vor, als er versuchte, den Nagel wieder in das Loch zu stecken. Aber er war zu klein. Er kam einfach nicht weit genug nach oben.

Es schauderte ihn. Was hatte er getan? Er war in eine Hütte eingedrungen und nun musste er flüchten. Robert ließ das Netz, wo es war, und begann zu laufen. Bloß weg hier.

Seltsam nur, dass er den Bach trotz seiner Geschwindigkeit nicht schneller erreichte. Er war sich sicher, dass sie auf dem Hinweg keine fünf Minuten gebraucht hatten, trotz der Verzögerung bei seiner Überquerung des Bachbetts. Jetzt dauerte es mindestens genauso lang und er war immer noch nicht dort. Oder ob er einfach kein Zeitgefühl mehr hatte? Seine Füße flogen über Steine und Wurzeln dahin, im Grunde war es ihm egal, wohin er lief, solange er nur Strecke machte.

Nach etwa einem halben Kilometer stieg der Waldboden leicht an und wurde dann steiler und steiler. Robert hielt sich an bemoosten Steinen fest und zog sich hinauf, dann krabbelte er auf allen vieren den Hügel hoch. Er wusste jetzt, dass dies der falsche Weg war. Aber von der Kuppe des Berges aus konnte er sich vielleicht orientieren. Bestimmt sah er von dort aus das Schloss. Dann würde er einfach schnurgerade in die Richtung gehen, in der es stand, und auch durch schlammige Bäche stapfen oder sogar durch Moore. Er wollte nur nach Hause.

Aber als er endlich oben angekommen war, stellte Robert fest, dass der Berg auch dort bewaldet war. Nichts konnte man sehen, absolut gar nichts. Oben in den Ästen der Bäume knirschte und knackte es immer noch. Der Wind heulte in den Wipfeln. Robert stolperte voran, auf der anderen Seite des Berges hinunter. Den Abstieg brachte er auf dem Hosenboden rutschend hinter sich, jedenfalls so lange, bis er sich ein Stück Stacheldraht tief in den Oberschenkel stach. Er unterdrückte einen Schmerzensschrei und rappelte sich vorsichtig wieder hoch.

Plötzlich glaubte er das Geräusch eines fahrenden Autos zu hören. Vielleicht war er ganz nahe an einem Waldarbeiterweg oder gar an der holprigen Straße, die zum Schloss führte? Er blieb stehen und lauschte. Das laute Klopfen konnte nur sein Herz sein, ganz klar. Aber war da nicht auch das röchelnde Geräusch eines alten Motors, der gerade ausgestellt wurde? Das Geräusch kam fast direkt von vorne, von dort, wo ein dichtes Gebüsch die Sicht versperrte. Robert schlich vorsichtig ein paar Schritte voran, dann streckte er den Arm aus und schob einige der dünnen Zweige zur Seite. Im selben Augenblick nahm er einen merkwürdigen Geruch wahr. Den Geruch von reinem Alkohol. Vor ihm stand der Mann, der neulich nachts auf dem Schlossplatz gewesen war.

Robert öffnete den Mund zu einem Schrei, aber es kam nichts heraus außer einem Gurgeln. Der Mann trug wieder seinen langen Mantel, aber nicht mehr den merkwürdigen Rucksack mit der Antenne. Und auch nicht den dicken schwarzen Kopfhörer. Kein Wunder. Warum war Robert das nur vorher nicht aufgefallen? Der Kopfhörer hing in der Hütte über dem Stuhl. Die Hütte, in die Joe und er eingedrungen waren, gehörte dem Mann. Roberts Puls raste.

Der Mann verzog seine fleischigen Lippen zu einem abfälligen Lächeln. »Du bist doch der Kleine, der neulich nachts vor dem Schloss rumgeschlichen ist.« Die Stimme klang rau und herrisch. »Bist du ganz allein?« Wenn der Mann sprach, flogen fiese kleine Spucketröpfchen aus seinem Mund. Gleichzeitig suchten seine Augen die Umgebung ab.

»Ja, ich meine, nein. Joe ist auch da. Ich meine, sie war bis eben da.« Robert schluckte. Hatte seine Mutter ihm nicht tausendmal gesagt, dass man aufpassen muss, wenn Erwachsene einen fragen, ob man denn ganz allein sei? Hatte sie ihm nicht eingeschärft, auf seine innere Stimme zu horchen, wenn ihm jemand unheimlich war? Diese innere Stimme war bei Robert jetzt so laut, dass es ihm schien, als könne sogar der unheimliche Mann sie hören. Hau ab, so schnell du kannst, rief die Stimme. Mit diesem Typen stimmt etwas nicht. Roberts Gedanken flogen.

Der Mann holte eine Zigarette aus seiner Manteltasche, ließ ein Feuerzeug aufflackern und nahm einen tiefen Zug. »Ist Joe eigentlich schon lange weg?«, fragte er.

»Nein, gar nicht«, log Robert. Besser, er tat so, als wäre sie noch in der Nähe. Vielleicht würde das den Mann davon abhalten, ihm den Hals umzudrehen. »Gerade eben war sie noch gleich da vorne, glaube ich.« Robert versuchte den Arm zu heben. Aber er schaffte nur ein leichtes Kopfnicken nach links. Sein Körper war wie in eine bleierne Rüstung gegossen. Er konnte ihn einfach nicht mehr bewegen.

»Komisch«, sagte der Mann und inhalierte genüsslich den Rauch. »Das Schloss liegt nämlich dahinten.« Er zeigte genau in die entgegengesetzte Richtung.

»Das wusste ich nicht.« Robert traute sich kaum zu atmen.

»Ist eine Abkürzung. Wenn du dich hier durchquetschst, sind es nur noch ein paar hundert Meter.« Zu Roberts großer Überraschung hielt der Mann mit einer seiner mächtigen Pranken das Buschwerk hinter sich zur Seite und bedeutete Robert hindurchzugehen. »Bitte sehr, Hoheit. Deine Eltern haben das Schloss gekauft, nicht wahr?« Seine Stimme hatte etwas Lauerndes.

»Nein, nein, noch nicht. Der Vertrag ist noch nicht fertig«, rief Robert und zwängte sich durch das Gebüsch. »Da fehlt noch irgendeine Genehmigung.« Er hatte das Gefühl, dass dies die Auskunft war, die der Mann hören wollte. Dann machte Robert einen Satz und rannte davon, so schnell wie niemals zuvor.

Von der Rückseite her hatte Robert sich dem Schloss bislang nie genähert. Die rückwärtige Fassade war noch schäbiger als die vordere. Er blickte kurz nach oben und sah die vier großen schmalen Fenster im zweiten Stock, hinter denen er seine erste Nacht im Schloss verbracht hatte. Fast war er erleichtert, dass sie noch da waren. Alles war gut. Er war der Gefahr entronnen. Jetzt nur cool bleiben. Er konnte sich Joes blöde Sprüche vorstellen, wenn er abgehetzt ankam, so als sei der Teufel hinter ihm her gewesen. Robert ging schwer atmend um das Gebäude herum, ganz nah an den großen kühlen Mauern vorbei.

Da vernahm er ein Stöhnen. Zuerst klang es wie der Wind, nur höher und weicher, fast flehend. Es war eine Frauenstimme, daran gab es keinen Zweifel. Robert fiel wieder in einen schnelleren Trab. Das Stöhnen schien vom Keller des Schlosses zu kommen. Robert erreichte die Treppe, die zu Frau Eisensteins Wohnung führte, und blickte hinab.

Frau Eisenstein lag am Fuß der Treppe. Ihr Gesicht war bleich, die Lider flatterten und die Augen hatte sie geschlossen. Am Kopf hatte sie eine blutende Platzwunde. Ihr linkes Bein stand in einem merkwürdigen Winkel zur Seite hin ab, wie bei einer riesigen Heuschrecke. Sie wimmerte. Auf der untersten Treppenstufe direkt neben Frau Eisenstein saß Joe, das Gesicht in die Hände vergraben. Ihr schmaler Rücken in dem schwarzen Mantel bebte. Sie blickte Robert aus verheulten Augen an.

»Ich glaube, sie stirbt«, sagte sie mit tränenerstickter Stimme. »Robert, bitte, mach was, dass sie nicht stirbt.«

Robert war so erschrocken, dass ihm fast nicht aufgefallen war, wie kleinlaut Joe plötzlich klang und wie schwach. Er spürte, wie das Blut in seinem Kopf rauschte. Hatte sein Vater ihm nicht schon so oft eingeschärft, wie man sich verhielt, wenn ein Mensch verunglückt war? »Fass sie bloß nicht an«, sagte er und seine Stimme klang viel lauter als sonst. »Falls etwas mit ihrer Wirbelsäule ist.«

Joe nickte kläglich. »Mach ich ja gar nicht.«

»Wo ist euer Telefon? Wir brauchen sofort einen Notarzt.«

Joe wurde von einem weiteren Heulkrampf geschüttelt. »In der Küche. Aber es funktioniert plötzlich nicht mehr. Das habe ich selbst natürlich auch schon versucht…« Robert ahnte, dass an diese Stelle eigentlich ein Schimpfwort gehört hätte.

»Okay, ich hole das Handy. Leg ihr unterdessen einen feuchten Lappen auf die Stirn. Und sprich mit ihr, damit sie nicht das Bewusstsein verliert.« Dabei war er sich gar nicht so sicher, ob das nicht bereits geschehen war.

Während Robert in das Zimmer seiner Mutter rannte, hoffte er, dass er nicht irgendetwas vergessen hatte. Ob man Frau Eisenstein vielleicht doch hätte anfassen und gerade hinlegen sollen? Er wusste es einfach nicht.

Den Rettungswagen hörten sie schon von weitem. Er kam mit großer Geschwindigkeit und gellendem Martinshorn den Wirtschaftsweg heraufgehoppelt. Fast sah es so aus, als könnte er in den tiefen Schlaglöchern umkippen.

»Hoffentlich habt ihr sie nicht angefasst«, rief der dünne Notarzt, scheuchte Robert und Joe mit einer Handbewegung zur Seite und kniete sich neben den Kopf von Frau Eisenstein. »Hallo, können Sie mich verstehen?«

»Ja«, flüsterte Frau Eisenstein und hob eine ihrer kleinen mageren Hände. Robert und Joe drückten sich an den Türpfosten und machten sich auf dem engen Treppenabsatz so klein wie möglich.

»Das sieht böse aus«, ließ sich der Notarzt vernehmen. »Da hat Ihnen aber jemand tüchtig eines über den Schädel gegeben.« Er untersuchte nur die blutende Kopfwunde. Das abgeknickte Bein schien ihn kaum zu interessieren.

»Ich bin ausgerutscht«, hauchte Frau Eisenstein. »Die Treppe ist steil.«

»Na gut. Ich gebe Ihnen ein Schmerzmittel. Und dann nehmen wir Sie mit ins Krankenhaus.« Er machte eine Handbewegung zu den beiden Rettungssanitätern, die im flackernden Blaulicht mit ihrer Trage oben an der Treppe warteten. »Was ist mit euch, Kinder? Seid ihr versorgt?«

In Roberts Kehle wuchs ein dicker, fetter Kloß. »Nein, das heißt, ja, nein.« Die Tränen stiegen ihm in die Augen und er begann zu schniefen.

Der Notarzt sah Joe an. »Alles okay mit euch?«

In diesem Augenblick merkte Robert, wie Joe seine Hand ergriff. Aber das war kein tröstender Griff. Es fühlte sich eher an wie ein Schraubstock.

»Kein Problem«, sagte Joe. »Unsere Eltern kommen gleich wieder. Sie sind nur spazieren. Unser Vater ist auch Arzt.«

Roberts Kopf schnellte zu ihr herum. Gleichzeitig wand sich der Schraubstock an seiner Hand fester zusammen. Fast hätte er aufgeschrien vor Schmerz.

In diesem Augenblick kam einer der Rettungssanitäter zurück. »Die alte Frau will dem Jungen noch etwas sagen. Komm mit, Kind.«

Der Notarzt grummelte, ließ es aber geschehen, dass Robert sich an ihm vorbeidrängelte.

Frau Eisenstein war bereits festgeschnallt auf der Trage. Ihr kleiner Kopf lag auf einem grünen Kissen. Die beiden Sanitäter hatten einen Teil der Trage schon in den Fond des Rettungswagens geschoben, den anderen hielten sie in der Luft.

»Komm zu mir, Robert«, sagte Frau Eisenstein leise. Robert musste halb in den Wagen hineinklettern, um überhaupt etwas verstehen zu können. »Deine Mutter hat angerufen. Sie kommt erst in zwei Tagen zurück. Pass bitte ein bisschen auf Joe auf.« Sie lächelte fein. »Ihr beide schafft das schon.«

»Was? Ich? Ich soll auf sie aufpassen?« Robert merkte selbst, dass seine Stimme schrill war.

»Nun ist es aber genug, junger Mann«, blaffte der Notarzt und zog Robert am Ärmel zurück. »Ihr könnt froh sein, dass sie noch lebt.«

»Wird sie denn wieder? Ich meine, wird sie wieder gesund?« Joe klang wie ein sehr kleines Mädchen. Aber da waren die Türen schon zugeschlagen und der Rettungswagen rumpelte davon.

Robert fuhr sich mit den Händen übers Gesicht, das nass von Tränen war. »Meine Mutter kommt heute auch nicht zurück«, murmelte er klagend. »Wir sind hier jetzt ganz alleine.« Schon der Gedanke daran ließ ihn zu Eis gefrieren.

Joe seufzte. Dann räusperte sie sich. »Na und? Was macht das schon? Und glaub bloß nicht, dass ich dein Kindermädchen spiele. Schisshase!«

ZWEITES BUCH

Roberts Angst verschlimmerte sich von Minute zu Minute.

Nachdem Frau Eisenstein ins Krankenhaus eingeliefert worden war, wusste Robert, dass er etwas unternehmen musste.

Zunächst hatte er noch versucht, seine Mutter auf dem Handy zu erreichen. Aber es schaltete sich immer nur die Mailbox ein. Danach hatte Robert überlegt, ob er seinem Vater vielleicht eine E-Mail schicken sollte. Bestimmt würde der Vater ihn sofort abholen. Oder etwa nicht? Außerdem hatte die Sache einen gewaltigen Haken: Er hätte dem Vater schreiben müssen, dass er hier allein gelassen worden war. Würde Robert damit vielleicht seine Mutter verraten? Robert fand das Leben kompliziert. Und er fand es immer anstrengender, je mehr die Dämmerung das Schloss umhüllte.

Als es dunkel geworden war, beschloss Robert sich zusammenzureißen. Er würde einfach in der Nähe von Joe bleiben. Sich von ihr beschimpfen zu lassen war immerhin besser, als allein zu sein. Robert fühlte sich schlecht, als er über den Schlosshof schlenderte, um sie zu suchen. Weichei, sagte er zu sich selbst. Dann versuchte er zu lächeln.

Joe hockte im gelben Schein einer Außenlampe auf der Kellertreppe vor ihrer Wohnung und schrieb etwas in ihr kleines schwarzes Buch.

»Hallo, du bist ja schon so blass wie ein Mehlbeutel! Das wird ein schönes Geschrei geben, wenn unser kleiner Robert heute Nacht hier ganz alleine ist.« Sie legte die Finger an die Ohren und machte »huuhuu!«.

»Quatsch, ich habe nur Hunger, das ist alles«, antwortete Robert und bohrte die Hände noch tiefer in die Hosentaschen. »Nachts werde ich einfach schlafen.«

Das klang doch überzeugend, um Haaresbreite hätte es sogar ihn selbst überzeugt. Er zögerte. »Lass uns doch mal beraten, was wir jetzt machen wollen.« Seine Stimme wurde immer leiser. »Wir müssen jetzt zusammenhalten. Ich meine ja nur.«

Joe blickte ihm für einen winzigen Augenblick direkt ins Gesicht. »So, meinst du das?« Dann klatschte sie ihr kleines schwarzes Buch zu und sprang mit langen Sätzen die Kellertreppe hinunter. »Und was willst du gegen deinen Hunger tun? Willst du warten, bis ein Pilz in deinen Mund wächst? Oder soll ich dich etwa bedienen? Du Pinkel!«

Robert folgte ihr zögernd. In der kleinen Küche von Frau Eisenstein blieb er stehen und sah sich um. Hier war Joe aber nicht mehr. Im hinteren Teil stand eine Tür offen, von der er bisher angenommen hatte, dass sie zu einem Vorratsraum führte.

»Pass bloß auf, dass du da keine Wurzeln schlägst. Trantüte!«

Robert streckte den Kopf durch die Tür und sah zu seiner großen Überraschung einen riesigen Raum vor sich, in dessen Mitte ein gewaltiger alter Herd stand. Er war so groß, dass man in ihm mühelos einen Ochsen hätte braten können. Robert musterte mit Schaudern die riesige Backofentür. Er schwor sich sofort, niemals auch nur in die Nähe der geöffneten Klappe zu kommen.

»Hast du noch nie eine Küche gesehen? Doofbeutel! Das ist die alte Schlossküche. Hier ist früher das Essen für den Fürsten gekocht worden.« Joe holte eine Pfanne von der Größe einer Aussichtsplattform aus einem der Schränke, warf ein Stück Fett hinein, nahm sich ein Ei aus dem Kühlschrank und schlug es mit großer Geste in die Pfanne. Sie sah dabei aus wie ein irrer Küchenchef. Sie hatte Frau Eisensteins grüne Schürze, die ihr bis zu den Füßen reichte, über ihren langen schwarzen Mantel gebunden. Ihre Haarspitzen hingen fast bis in das zischende Fett. »Nimmst du dein Ei von beiden Seiten gebraten oder nur von einer? Verdammt!«

In dem glibberigen Eiweiß steckten Teile der Schalen wie Splitter. Es brutzelte und zischte und die riesige Pfanne fing an zu qualmen. In Roberts Hals begann es zu jucken.

»Also was nun? Hat es dir die Sprache verschlagen? Idiot!«

»Ich denke, die Pfanne ist vielleicht etwas zu heiß.« Der Geruch von verbranntem Fett stieg direkt in Roberts Nase. Am Rand des schleimigen Eiweißklopses hatte sich eine fettige schwarze Kruste gebildet. Trotzdem wäre es klüger gewesen, den Mund zu halten. Das merkte Robert aber erst zwei Sekunden zu spät.

Denn wie sich herausstellte, konnte Joe Kritik an ihrer Kochkunst absolut nicht vertragen. »Auch noch meckern. Besserwisser! Dann brat dir dein beknacktes Ei doch selbst.«

»Ich esse überhaupt jedes Ei«, beteuerte Robert schnell. »Ehrlich. Egal, wie es aussieht. Ich habe richtig Hunger.«

Er schluckte, um das Würgen in seinem Hals zu besiegen.

Aber da war es schon geschehen. Joe funkelte ihn böse an, riss sich die lange grüne Schürze herunter und feuerte sie in eine Ecke. Dann stürmte sie davon, die Treppe hinauf und hinaus in den Wald.

Robert blieb nichts anderes übrig, als die Pfanne vom Herd zu ziehen und ebenfalls schnell das Weite zu suchen.

Draußen herrschte längst Dunkelheit. Der Weg über den verlassenen Schlosshof kam Robert endlos vor. Überall lagen wirbelnde Haufen von frühzeitig herabgefallenen Blättern und kleine Äste, über die er stolperte. In den Wipfeln rauschte es unheimlich. Die schwarzen Scheiben der oberen Fenster blitzten wie böse alte Augen im Mondlicht. Etwas schien Robert zu folgen. Es flog dicht hinter ihm her und sauste über seinem Kopf davon, als er das Schlossportal erreicht hatte.

Als Robert durch die Galerie rannte, glaubte er ein Stöhnen zu hören. Dann endlich hatte er das kleine Zimmer erreicht, in dem er in den vergangenen zehn Tagen mit seiner Mutter gewohnt hatte. Aber war es auch jetzt noch ein sicherer Ort? Die Nachttischlampe flackerte.

Es war tiefe Nacht geworden. Draußen spielte ein schwarzer Wind in den Bäumen, in der Ferne schrie schon das erste Käuzchen. Überall im Schloss knackte und gurgelte es.

Robert Hopp schob den dicken Sessel Zentimeter um Zentimeter weiter voran. Schweißperlen rannen ihm über die Schläfen und den Hals hinunter. Sein Atem ging stoßweise. Es war, als ob sich das Möbelstück mit seinen goldenen Messingfüßen an die Bodendielen krallte. Es scharrte und kratzte, Holzsplitter lösten sich knirschend vom Boden und streckten Robert ihre rasiermesserscharfen Kanten entgegen.

Das letzte Mal, dass er eine Barrikade gebaut hatte, lag etwa vier oder fünf Jahre zurück, schätzte Robert, das war fast sein halbes Leben lang. Aber eine Ritterburg aus Legosteinen gegen vier Zentimeter große Plastik-Angreifer zu verteidigen war etwas völlig anderes als dieses hier: Robert verbarrikadierte sich selbst in dem kleinen Zimmer am Ende der Galerie. Und er verteidigte sich gegen die Dunkelheit, die er nicht kannte, gegen böse Mächte, die da draußen ihr Unwesen trieben, und gegen die schwarze Einsamkeit, die sein Gemüt ergriffen hatte. Er war jetzt ganz allein.

Roberts Herz klopfte wild, als ihm auffiel, dass er zwar den schweren Sessel fast bis an die Tür des kleinen Zimmers geschoben hatte, dass er in der Eile aber vergessen haben musste, den Schlüssel herumzudrehen. Auf der Galerie raschelte es. Aus den Augenwinkeln sah er, wie eine Spinne die Wand hinaufeilte. Robert schwang sich über die Sessellehne und war mit einem Satz bei der Tür. Zu seinem großen Entsetzen war sie plötzlich nur noch angelehnt.

Er war sich ganz sicher, dass er sie vor etwa einer halben Stunde hinter sich zugeworfen hatte. Das Knallen der schweren Holztür war als vielfaches Echo zu ihm zurückgekehrt, so als würden überall im Schloss die Türen zugeschlagen. Robert drehte mit zitternden Händen den Schlüssel herum. Dann nahm er einen Kleiderbügel aus dem Schrank und steckte den großen gebogenen Eisenhaken durch das Loch am Ende des Schlüssels. Den Holzbügel legte er über die Türklinke. So würde niemand den Schlüssel von außen herausdrücken und die Tür mit einem Ersatzschlüssel öffnen können. Robert hatte den Trick einmal in einem alten Kriminalfilm gesehen. Er war plötzlich froh, dass er ein einziges Mal heimlich ferngesehen hatte, während sein Vater abends ausgegangen und seine Mutter auf Dienstreise war. Frau Krawata hatte mit halb geöffnetem Mund im Lieblingssessel von Roberts Vater gelegen und ihr schlafendes Gesicht den flackernden Fernsehbildern entgegengestreckt, während Robert mit schlechtem Gewissen und kalten Füßen durch den Türspalt linste. Vielleicht hätte er so etwas viel öfter tun sollen.

Seltsamerweise ließ sich der schwere Sessel auf den letzten beiden Metern fast mühelos voranschieben. Robert drückte ihn fest gegen das Türblatt und betrachtete sein Werk zufrieden. Dann ließ er sich aufs Bett fallen und schloss für einen Moment die Augen.

In dieser Nacht waren die Fledermäuse zu siebt. Sie kamen durch einen winzigen Spalt im Oberlicht des Fensters hereingekrabbelt. Dann hängten sie sich der Reihe nach an den Kleiderbügel am Türgriff, die größte zuerst, die kleinste zuletzt. Ihre schwarzen Knopfaugen leuchteten. »Robert, kannst du uns hören?«, fragte die größte Fledermaus. Sie warteten eine Weile, einen ganzen Traum lang. Dann öffnete die zweite Fledermaus ihr kleines spitzes Maul. »Robert ist dumm«, sagte sie. Die fünf kleineren Fledermäuse warteten eine Weile, fünf kurze Träume lang. »Dumm«, sagte die dritte Fledermaus. »Dumm, dumm«, sagte die vierte

Fledermaus. »Dumm, dumm, dumm, dumm, dumm«, sagte die fünfte Fledermaus. »Dumm, dumm, dumm«, riefen alle Fledermäuse. Es war ein Lied. Sie stießen einander an und schunkelten ein wenig, »dumm, dumm, dumm, dumm«. Dann entfalteten sie umständlich ihre dünnen ledrigen Flügel und erhoben sich in die Lüfte. Sie umkreisten Roberts Kopf und flogen davon.

Als Robert die Augen wieder öffnete, klebte sein T-Shirt schweißnass an seinem Oberkörper. Die Nachttischlampe war erloschen. Im Zimmer war es finsterer als draußen, obwohl der Mond nicht mehr schien. Robert konnte die Umrisse des Waldes erahnen und dass die Wipfel sich immer noch sanft bewegten. In diesem Moment schlug ein Zweig gegen die Fensterscheibe. Robert setzte sich im Bett auf und starrte in die Dunkelheit.

Seine Gedanken rasten. Er hatte das Schloss am Tag zuvor von hinten gesehen. Und eines wusste er ganz genau: Der nächste Baum stand auf dieser Seite des Gebäudes in mindestens zehn Metern Entfernung. Vor diesem Fenster gab es keine Bäume, noch nicht einmal Büsche, nur eine schmutzige Wiese. Was immer da gegen die Scheiben geschlagen hatte: Der Zweig eines Baumes war es jedenfalls nicht.

Im gleichen Augenblick hörte er ein Scharren an der Außenwand, direkt unterhalb des Fensters. Robert ließ sich vorsichtig auf sein Laken zurückgleiten und zog die Decke bis zur Nase hinauf. Nur seine Augen schauten noch heraus.

Vor dem Fenster stöhnte jemand. Im gleichen Moment sah Robert eine große schwarze Hand, die sich außen an der Fensterscheibe nach oben reckte und Halt suchte. Dann erschien eine zweite Hand und jemand zog sich schwer atmend am Fenstersims herauf. Robert presste sich tiefer in die Matratze hinein. Direkt über seinem Kopf lag Theo, sein Teddy. Vielleicht würde man von außen nur ihn sehen, hoffte Robert.

Nun drückte jemand sein Gesicht an die Scheibe. Robert konnte erkennen, dass der Mann eine schwarze Maske trug, die nur Ausschnitte für Mund und Augen hatte. Er bewegte tonlos die Lippen, so als ob er fluchte. Dann scharrte es abermals und das Gesicht war wieder verschwunden.

Was hatte der Mann vor? Hatte er Robert entdeckt und machte er sich nun auf, ihn in seinem Zimmer heimzusuchen? Die Barrikade mit dem Sessel und dem Kleiderbügel erschien Robert mit einem Mal mehr als dürftig. Wie lange konnte diese Konstruktion einem Angreifer wirklich standhalten? Eine halbe Stunde oder nur Minuten? Und was würde dann geschehen?

Roberts Herz donnerte in seiner Brust. Ob er über Handy die Polizei anrufen sollte? Würden die Beamten ihm glauben, dass er ganz allein in einem riesigen Schloss übernachtete? Und dass ein Mann durchs Fenster hereingeschaut hatte? Und wie lange würde es dauern, bis sie zu ihm kamen, um ihn zu retten? Selbst der Notarztwagen für Frau Eisenstein hatte fast eine Dreiviertelstunde gebraucht, um den Weg durch den Wald zu finden. War ein Polizeiauto schneller? Oder langsamer? Robert verwarf den Gedanken an die Polizei wieder.

Aber in diesem Zimmer konnte er auch nicht bleiben. Hier saß er wie eine Maus in der Falle. Und die Katze hatte ihn bereits entdeckt, da war er sich plötzlich sicher. Sie näherte sich ihm unaufhaltsam. Er hatte nur eine einzige Chance: Er musste das Zimmer verlassen und sich oben im Schloss ein anderes Versteck suchen. Hatte nicht Frau Eisenstein erzählt, dass es hier über hundert Räume gab und fast ein Dutzend versteckte Kammern und Zimmerchen? Oder sollte er lieber versuchen, sich bis zum Zimmer der Brüder durchzuschlagen? Um es zu erreichen, musste man quer durch den alten Ballsaal gehen und die Tür in der Holzverkleidung finden. Vielleicht würde der Mann dort oben gar nicht nach ihm suchen?

Robert glitt vorsichtig aus dem Bett. Zum Glück war er vollständig bekleidet, sogar die Schuhe hatte er noch an den Füßen. Er angelte nach seinem Rucksack und tastete sich in geduckter Haltung bis zum Sofa vor. Er hoffte inständig, dass der Mann nicht abermals durchs Fenster hereinschauen würde. Aber wenn Robert aufrecht im Zimmer umherginge, würde man dann nicht auch seinen Schatten aus größerer Entfernung sehen können?

Robert tastete über einen Berg von Strickjacken, Pullovern und Büchern, die auf dem Sofa aufgetürmt waren. Hier musste irgendwo das Notebook seiner Mutter liegen. Das würde er sicherheitshalber mitnehmen. Es passte genau in das Hauptfach seines Rucksacks, jedenfalls, wenn Robert das Netzteil auf dem Sofa zurückließ. Er würde es später holen. Das Handy war zum Glück noch in seiner Hosentasche.

In aufrechter Haltung war es schon schwierig gewesen, den Sessel zu bewegen. Aber auf Knien rutschend und den Rucksack hinter sich herschleifend war es fast unmöglich. Ein Holzsplitter bohrte sich durch Roberts Jeans bis in sein Knie. Robert biss sich vor Schmerz auf die Lippe und arbeitete sich Zentimeter für Zentimeter voran. Dann streckte er die Hand aus und löste vorsichtig den Kleiderbügel vom Türgriff. Er drehte konzentriert den Schlüssel und öffnete die Tür einen Spaltbreit, gerade weit genug, um mitsamt dem Rucksack hindurchschlüpfen zu können.

Von draußen, vom Hofplatz her, hörte man gedämpfte Schritte. Robert schlich auf leisen Sohlen voran, die Galerie entlang. Die Schritte näherten sich jetzt dem Hauptportal. Robert musste es bis in die Halle schaffen und irgendwie die Treppe hinaufkommen, sonst säße er in der Falle.

Die Schritte verharrten einen Augenblick, dann schlurften sie die Außentreppe bis zum Portal hinauf. Etwas schlug dumpf auf dem Boden auf und knallte gegen das Portal. Robert hielt die Luft an und sprang an der großen Eingangstür vorbei. Schon hatte er die unterste Treppenstufe erreicht.

In diesem Augenblick knackte es hinter ihm. Jemand drückte die Klinke der großen Eingangstür hinunter, langsam und behutsam. Robert machte einen Sprung und noch einen. Die Treppenstufen flogen unter ihm dahin. Sie knarrten viel leiser, als Robert befürchtet hatte. Ein Luftzug streifte seinen Rücken. Der Mann hatte die Tür geöffnet. Als Robert die erste Etage erreichte, konnte er einen winzigen Moment lang sehen, dass der Mann unschlüssig neben einer großen leeren Tasche stand.

Robert hörte, wie die Tasche über die Steinfliesen der Halle geschubst wurde. Er drückte sich gegen das Treppengeländer im ersten Stock und versuchte möglichst geräuschlos zu atmen.

Die Schritte des Mannes irrten ruhelos in der Halle umher. Dann glomm kurz der Schein eines Feuerzeuges auf. Robert zog die Spitzen seiner reflektierenden Turnschuhe zurück und presste sich enger an die Wand. Zigarettenqualm ringelte sich bis zu ihm hinauf.

Ob der Mann lauschte? Ob er spürte, dass jemand in der Nähe war, dessen Herz so laut klopfte wie ein Hammer in einem Stahlwerk?

In diesem Augenblick ertönte ein leises Piepen. Robert dachte an einen Vogel, der sich hier in der Nähe versteckt haben könnte, und er war fast erleichtert, dass sich noch ein anderes Lebewesen in seiner Nähe befand. Doch dann merkte er, dass das Piepen aus seiner Hosentasche kam. Das Handy klingelte.

Bei Tageslicht hätte er vielleicht den Knopf für die Stummschaltung gefunden. Jetzt aber nicht.

Das Handy piepte abermals. Robert griff mit verschwitzten Händen in seine Hosentasche und fingerte das kleine Gerät hervor. Das Display leuchtete so grell, dass es ihm fast in den Augen schmerzte. Er deckte es mit der Hand ab und drückte auf die Taste mit dem kleinen grünen Hörer. Dann presste er das Handy fest an sein Ohr.

»Hallo, Schätzchen!«, säuselte die Stimme seiner Mutter. »Da bin ich aber froh, dass du mitten in der Nacht ans Handy gehst. Ich freu mich, dich zu hören.«

Dabei hatte er noch kein einziges Wort gesagt. Das war typisch für Roberts Mutter. Wenn sie beruflich unterwegs war, redete sie ohne Punkt und Komma.

Der Mann in der Halle hustete.

Robert presste das Handy noch dichter an sein Ohr. »Ich bin gerade in Schanghai angekommen, Schätzchen, es ist hier elf Uhr vormittags«, tönte die weiche Stimme seiner Mutter direkt in Roberts Kopf hinein. »Meine Firma soll verkauft werden. Zwei meiner Kollegen sind entlassen worden. Um ein Haar hätte es mich auch noch erwischt. Ich bin wirklich froh, dass ich gleich losgefahren bin, als ich davon erfahren habe. Ich hätte fast das Flugzeug nicht mehr gekriegt. Es ist doch jetzt besonders wichtig, dass ich meinen Job behalte.«

Der Mann in der Halle machte einen Schritt die Treppe hinauf, dann noch einen. Robert versuchte sich kleiner zu machen. Der Mann schien auf der Stufe zu verharren und zu horchen.

»Hier gibt es Kakerlaken, die sind so groß wie Bananen«, sagte Roberts Mutter fröhlich. »Und heute Morgen war im Taxi eine Spinne, die war so groß wie ein Hamburger. Aber schwarz natürlich. Und furchtbar behaart.« Sie lachte. »Ich merke schon, du bist noch ganz schlaftrunken. Also gute Nacht, Liebling. Und sieh bitte nicht so viel fern.«

Fast hätte Robert laut aufgelacht. Dann klickte es in der Leitung und die Stimme seiner Mutter war verschwunden, verschluckt von den Luftmassen über den beiden Kontinenten, die zwischen ihnen lagen.

Unten in der Halle lag das Schweigen wie ein schwarzes lebloses Ungeheuer. Aber das Schweigen atmete, das hörte Robert ganz genau. Das Geräusch kam vom Treppenabsatz direkt unter ihm.

Robert lauschte in die Dunkelheit hinein. Dann knarrte eine weitere Stufe. Wer auch immer es war: Er kam bedächtig näher.

Robert wusste: Wenn er hier sitzen bliebe, würde er in wenigen Sekunden entdeckt werden. Die Angst lähmte seine Beine. Trotzdem musste er versuchen aufzustehen. Das war seine einzige Chance. Er stemmte sich vorsichtig auf die Füße und tastete in die Dunkelheit hinein. Da war eine Treppenstufe. Ob sie knarren würde, wenn er darauf träte? Bestimmt wäre es besser, wenn er sein Gewicht verteilte. Er ging wieder in die Knie und krabbelte auf allen vieren. Eine Stufe, zwei Stufen, drei Stufen. Der Rucksack hing über seiner rechten Schulter und schnitt ihm ins Fleisch.

Der Mann auf der Treppe murmelte etwas. Robert kletterte langsam weiter voran. Sein durchgeschwitztes T-Shirt schien zu Eis gefroren zu sein. Dann hatte er den Treppenabsatz im zweiten Stock erreicht. Die Tür zum Ballsaal lag hinter der nächsten Ecke.

Er legte sich auf den Bauch. Der Mann unten rührte sich nicht mehr. Robert konnte nicht einmal seinen Atem hören.

Der Rucksack lag jetzt neben ihm wie ein schwerer Stein. Robert schob ihn mit der Hand vorsichtig über die Dielen. Gleichzeitig drückte er sich mit den Fußspitzen behutsam vom Boden ab und stemmte sich einige Millimeter vorwärts.

Unten knackte eine weitere Stufe. Robert wusste, dass er sich beeilen musste. Der Mann war jetzt wieder stehen geblieben und schien zu lauschen. Als er den nächsten Schritt tat, schob sich Robert mit einem Ruck weiter voran.

Unter seinen Händen spürte Robert, dass der Boden hier mit glattem altem Parkett ausgelegt war. Das quietschte weniger als die Dielen. Robert wartete, bis der Mann einen weiteren Schritt machte. Im gleichen Augenblick sprang er auf die Füße. Noch ein Schritt und er hatte die Tür des Ballsaales erreicht.

Robert spürte den Luftzug, bevor er hörte, dass die Tür des Hauptportals abermals aufgestoßen wurde. Dann fiel sie krachend ins Schloss. War der Mann verschwunden? Oder waren sie jetzt etwa zu zweit? Roberts Gänsehaut im Nacken war so fest, dass man darauf einen Apfel hätte reiben können. Er beschloss vorsichtig zu sein.

Robert betrat den Ballsaal auf Zehenspitzen. Als er damals mit dem Vater hierher gekommen war, hatte an der gegenüberliegenden Wand die Tür zum Zimmer der Brüder offen gestanden, und dort hatte Licht gebrannt, daran erinnerte er sich jetzt. Heute aber konnte er die Hand nicht vor Augen sehen. Er setzte langsam Fuß vor Fuß. Mit links hielt er das harte Band des Rucksacks, das mittlerweile in die Schulter hineingeschmolzen zu sein schien. Die Rechte hatte er tastend vorangestreckt. Gut, dass es hier wenigstens keine Möbel gab, gegen die er stoßen konnte - aber ein haariges Monster stand genau vor ihm! Roberts Fingerspitzen berührten seinen filzigen warmen Pelz. Und das Monster selbst hatte auch die Klauen ausgefahren. Zwei kleine kalte Hände, die ihn an den Oberarmen packten. Das Monster kreischte auf. Robert stieß einen gedämpften Schrei aus, der wie das Gurgeln eines Ertrinkenden klang. Die dunkle Welt drehte sich um ihn.

Dann hörte das Drehen plötzlich auf, wie ein Karussell, das mit einem Ruck zum Stehen kommt.

»Hätte ich mir ja denken können, dass du hier nachts rumschleichst. Angsthase! Kannst wohl ohne deine

Mutter nicht schlafen. Du Baby! Arschgesicht! Volltrottel! Idiot! Du Irrer!« Joes Stimme überschlug sich.

»Du schleichst ja selbst hier im Dunkeln herum.« Robert fand es außerordentlich, dass er sich so schnell wieder gefasst hatte und dass er sich traute, Joe zu kritisieren.

Ihre Stimme nahm wieder den gewohnten genervten Klang an. »Ja, weil ich ein Geräusch auf der Treppe gehört habe. Hätte mir ja denken können, dass du das bist. Blödmann!«

Fast hätte Robert selbst geglaubt, dass er der Einzige war, der hier herumgeisterte. »Da unten ist ein Mann im Haus gewesen«, flüsterte er. »Vielleicht ist er immer noch da.«

»Du spinnst doch. Angeber!« Die Verachtung in ihrer Stimme war so kalt wie der Schweiß, der an Roberts Schläfen hinabrann.

Im Zimmer der Brüder war es dämmrig. Robert konnte die Umrisse der vier elefantengroßen Betten erkennen und die vier Kommoden, die getreulich daneben standen. Der Nachthimmel blickte trübe durch die vier großen schmalen Fenster. Er hatte sich von dunklem Blau zu einem samtenen Grau verfärbt. Vielleicht würde es bald schon wieder heller werden.

Roberts Augen gewöhnten sich schnell an das schummrige Licht. Er sah, dass Joe ebenfalls mit Gepäck angerückt war. Sie hatte einige Taschen und Beutel auf dem dritten Bett verteilt. Auf demjenigen, in dem Robert neulich geschlafen hatte.

Robert legte seinen Rucksack dazu. »Und was sollen wir jetzt machen?« Er fühlte plötzlich, wie eine bleierne Müdigkeit von ihm Besitz ergriff wie ein schweres Tier.

»Das musst du doch wissen. Klugscheißer!«, fauchte Joe und ließ sich auf das Bett fallen. Im nächsten Augenblick hörte Robert, wie Joe ganz leise zu schnarchen begann.

Er stand eine Weile unschlüssig herum. Seine Lider wurden schwerer und schwerer. Fast wäre er im Stehen eingeschlafen wie ein Pferd. Dann legte er sich neben seinen Rucksack auf die äußerste Ecke der Matratze. Er lauschte. Und er schlief lange nicht ein.

Das Morgenlicht kitzelte seine Nase. Robert Hopp fühlte sich, als hätte er an einer Verfolgungsjagd mit anschließender Schießerei teilgenommen und eine Schussverletzung im Bauch davongetragen. Seine Arme und Beine waren schwer wie Betonpfeiler. Die Muskeln brannten, sogar diejenigen, die er eigentlich gar nicht hatte. Das T-Shirt und die Hose hafteten starr an seinem Körper. Die Augenwimpern waren verklebt. Zudem dröhnte es in seinem Kopf. Eigentlich wunderte sich Robert, dass er überhaupt noch lebte.

Joe hockte auf dem Ende des Bettes und kritzelte etwas in ihr kleines schwarzes Buch. Sie hob nicht einmal den Kopf. »Guten Morgen, Schlafmütze!«

»Guten Morgen.« Robert setzte sich Zentimeter für Zentimeter im Bett auf und beobachtete sie unauffällig. »Was schreibst du da eigentlich immer?«

Sie hob unwillig die Augenbrauen. »Das ist unterschiedlich. Jetzt gerade mache ich eine Liste des Schreckens.«

Robert schloss die Augen für einen winzigen Moment und öffnete sie dann wieder. »Klingt interessant«, sagte er dann vorsichtig. Er selbst könnte auch gut eine Liste des Schreckens aufstellen. An allererster Stelle stünde der Mann, der gestern Nacht im Treppenhaus herumgegeistert war. Dann, dass seine Eltern weggefahren waren. Das dunkle Schloss. Dass Frau Eisenstein ins Krankenhaus gekommen war. Dass er sich traurig fühlte. Dass er ganz allein war. Dass Joe eine blöde Ziege war. Dass er am Vortag in die Hütte des seltsamen Mannes eingebrochen war. Vielleicht war es der gleiche Mann, der in der vorigen Nacht durchs Schloss geschlichen war. Das wäre dann wieder Platz eins der Liste des Schreckens. Es schien sich eher um einen Kreislauf des Schreckens zu handeln, dachte Robert.

Joe seufzte. »Wenn wir hier überleben wollen, brauchen wir was zu essen, was zu trinken und Batterien für die Taschenlampen.«

Robert nickte. »Geld brauchen wir, würde ich mal sagen.«

Sie funkelte ihn böse an. »Genau, Arschgesicht.«

Robert schwieg eine Weile vor sich hin. »Ist denn unten in der Küche nichts mehr zu essen?« Er hatte vielleicht doch keine Schussverletzung im Bauch, er hatte nur Hunger. Aber das Gefühl war sehr heftig.

Joe schüttelte den Kopf. »Eigentlich müssten wir ins Dorf fahren. Aber das geht nicht.«

Robert nickte. »Wir haben ja kein Auto.«

Sie klatschte ihr Buch zu und stopfte es in ihre Tasche. »Quatsch, Dumpfbacke! Das ist es nicht.«

Das hätte er sich gleich denken können. Sie war natürlich für Laufen. Den ganzen weiten Weg.

Joe sprang vom Bett auf und begann ruhelos im Zimmer hin und her zu stapfen. »Im Dorf ist es zu gefährlich.« Ihre großen Füße in den großen Stiefeln knallten nur so über den Boden.

Robert biss sich auf die Lippe. »Was ist denn mit dem Dorf?«, fragte er vorsichtig. Bislang hatte er angenommen, dass das Schloss mit dem Wald der bedrohlichste Ort der ganzen Gegend war, vielleicht sogar des ganzes Landes.

Joe schien ihn gar nicht zu hören. »Außerdem muss ich heute Nacht mit der Kartierung der Fledermäuse weitermachen und deswegen muss ich mich jetzt ausruhen. Ich bin ohnehin schon zu spät dran. Wenn ich das nicht schaffe, ist alles aus.« Ihre Stimme klang mit einem Mal fast verzweifelt.

»Kartierung?«, fragte Robert. Dass sie von Ausruhen sprach, klang gut.

Sie blieb kurz stehen und maß ihn mit einem mitleidigen Blick. »Das verstehst du doch sowieso nicht. Erbsenhirn!«

»Ich weiß aber, was eine Kartierung ist«, sagte Robert ruhig. »Man trägt Dinge in eine Landkarte ein. Wie viele Fledermäuse man sieht, zum Beispiel.« Er fixierte Joe. »Ich könnte dir doch helfen. Ich bin in der Schule sehr gut in Geografie. Und auch im Zeichnen. Auch in Mathematik.«

»Das heißt noch lange nicht, dass du mit dem technischen Gerät umgehen kannst, Kissenkacker! Der Rucksack mit dem Ultraschall-Horchgerät ist sehr schwer. Und mit der Antenne stößt man dauernd gegen irgendwelche Zweige. Die Kopfhörer sind ganz dick und die Ohren werden darunter sofort heiß. Und außerdem ist es sehr schwierig, die Piepslaute der Fledermäuse überhaupt zu unterscheiden. Blödmann!«

Robert nickte. »Ich weiß. Die hohen Töne der Fledermäuse sind für Menschen nicht wahrnehmbar. Dafür braucht man ein besonderes Gerät, das diese Töne auffängt. Ultraschalltechnik. Mit ganz ähnlichen Geräten untersucht man auch kranke Herzen oder Babys im Mutterleib. Nur dass dabei das Gerät die Töne aussendet und nicht empfängt. Es ist praktisch umgekehrt wie bei den Fledermäusen. Mein Vater kennt sich mit solchen Dingen aus, er hat mir alles erklärt.« Robert stockte, dann fügte er hinzu: »Wir hatten das auch in der Schule, in Physik.«

»Streber!« Joe grunzte unwillig. »Man kann die Kartierung nur nachts machen. Es geht um die Futterplätze der Fledermäuse. Wenn es dunkel ist, bibberst du doch vor Angst. Windelpupser!«

Robert hatte sich vorgenommen, immer nur auf den Kern ihrer Aussagen zu achten und die Schimpfworte einfach zu überhören. »Ist das ein Projekt, das ihr in der Schule macht?«

»Schule?« Joe sah ihn fassungslos an. »Ich geh nicht zur Schule! Schule ist nur was für Idioten. So bescheuert bin ich nicht.«

»Aber man muss doch zur Schule gehen.« Robert fing ihren wütenden Blick auf und ahnte, dass er sich auf dünnem Eis befand. »Du bist doch erst ... ich meine, man kann doch nicht ... Wofür ist denn dann diese Kartierung der Fledermäuse?«

Aber Joe hatte das Interesse an diesem Gespräch bereits verloren. »Das kann ich nicht sagen«, zischte sie und rannte aus dem Zimmer. »Es ist geheim!«

Robert beeilte sich, ihr zu folgen.

Sie saßen an dem kleinen Tisch in der Küche von Frau Eisenstein und aßen die letzten beiden Scheiben Brot, die sie gefunden hatten. Robert kaute und kaute. Und je mehr er kaute, desto trauriger wurde er.

»Also los, wie viel hast du?« Joe wühlte in einer ihrer riesigen Manteltaschen. »Ich habe zehn Euro und vierzig Cent. Und das hier!« Sie zog die Schublade aus dem Küchentisch und holte die kleine rosa Geldbörse von Frau Eisenstein hervor. »Noch mal zehn Euro.« Sie breitete das Geld mit überraschender Sorgfalt vor sich auf dem Tisch aus.

Robert hielt mit dem Kauen inne. »Darfst du denn einfach an ihre Geldbörse?«

»Guck nicht so dumm. Glubschauge! Das ist schließlich ein Notfall.«

»Ich glaube, ich habe überhaupt kein Geld«, sagte Robert zaghaft. »Mein Taschengeld kriege ich aufs Konto überwiesen. Aber wir haben eine Familienkreditkarte. Wenn ich mal Sachen für die Schule brauche oder neue Turnschuhe oder so, dann kann ich die immer nehmen.«

»Echt?« Joes Augen leuchteten. »Du kannst damit machen, was du willst? Alles kaufen? Einfach so?« Sie war so aufgeregt, dass sie sogar das Schimpfen vergaß.

Robert schüttelte den Kopf. »Einfach so natürlich nicht. Aber ich kann sie benutzen, wenn ich etwas Dringendes brauche. Das schreibe ich dann in ein kleines Buch und hefte die Quittung dazu …«

Joe gähnte. »Und wo soll das blöde Ding sein? Lügenbold! Bestimmt hat deine Mutter es mitgenommen.«

Das allerdings befürchtete Robert auch. »Eigentlich müsste die Karte in ihrem Zimmer sein. Wir können ja mal nachgucken gehen!«

»Wir? Du gehst selber nachgucken. Fauler Sack! Ich bleibe hier und mache die Einkaufsliste fertig.« Sie kaute konzentriert an ihrem kleinen schwarzen Bleistift. »Und jetzt stör mich bitte nicht bei der Arbeit!«

Robert vermisste seine Mutter nicht. Er fand es nur gemein, dass sie ihn hier alleine ließ. In dem kleinen Zimmer hinter der Galerie hing immer noch ein schwacher Duft von ihrem Parfüm. Robert atmete möglichst flach, damit er nicht doch noch traurig wurde.

Auf dem kleinen Tischchen neben dem Schlafsofa klebte eines ihrer giftgrünen Kaugummis. Bretthart. In ihrer Mineralwasserflasche war noch eine Handbreit Flüssigkeit. Bestimmt war alle Kohlensäure entwichen. Sogar die Zahnpasta in der offenen Tube war vertrocknet. Roberts Mutter ließ immer die Zahnpastatube offen. Darum hatten seine Eltern zu Hause auch getrennte Badezimmer, jeder ein eigenes für sich allein. Robert strich mit dem Finger über die rosa Zahnbürste. Knochentrocken, wie neu. Es war, als ob seine Mutter schon lange tot wäre, nicht nur verreist.

Robert fand die Kreditkarte auf der Fensterbank, sie schimmerte golden. Er steckte sie in die Hosentasche und rannte aus dem Zimmer.

Als er atemlos in die Küche zurückkehrte, hatte Joe die Einkaufsliste schon fertig. »So!«, sagte sie stolz und schob ihm den eng beschriebenen Zettel über den Tisch zu.

Robert blinzelte. Die Schrift war winzig klein. Aber die einzelnen Buchstaben waren sehr sorgfältig geschrieben, fast wie gemalt. Robert verstand trotzdem nicht, was er da las. »Kese ohne Lacher?« Er setzte versuchsweise ein Lächeln auf. Wahrscheinlich gab es Leute, die von Käse lachen mussten, so wie Frau Krawata zu Hause beim Zwiebelschälen immer weinte.

Joe warf sich die Haare aus dem Gesicht und streckte das Kinn vor. »Käse ohne Löcher heißt das. Volltrottel! Hast du noch nie Käse gesehen? Blödian!«

Robert nickte und las stirnrunzelnd weiter: »Dsnwrst. – Was war das gleich noch mal?«

»Dosenwurst natürlich. Du bist ein Idiot!«

»Für sich Mummelade«, buchstabierte Robert langsam. Vielleicht wollte Joe manche Lebensmittel alleine essen? Das vermutete er ohnehin schon lange.

»Pfirsichmarmelade!«, stöhnte Joe genervt. »Du bist so was von bescheuert!«

Roberts Hirn arbeitete fieberhaft, als er die anderen Posten las: »Schurkelade« klang nach einem Abwehrmittel gegen Schurken. Könnten sie gut gebrauchen. Aber es sollte wohl nur »Schokolade« heißen. »Joe Kurt« war bestimmt nicht Joes vollständiger Name. Es war nur eine ungewöhnliche Schreibweise von »Joghurt«. Robert bemühte sich um einen möglichst neutralen Gesichtsausdruck. Außerdem brauchten sie anscheinend Schrei-Papier, Pack-Pulver, Organsaft und Schwatzbrot.

»Du kannst den Zettel ja dann vorlesen«, sagte er versöhnlich. »Das schaffen wir schon!«

Joe verdrehte die Augen. »Wir? Du bist ein Doofbeutel! Ich hab dir doch gesagt, dass es im Dorf für mich zu gefährlich ist. Außerdem hab ich hier noch was zu erledigen!«

Robert spürte ein Kribbeln im Magen. »Das sind doch bestimmt drei Kilometer bis ins Dorf.« Er sah sich schon durch den endlosen dunklen Wald rennen, gehetzt von bösen Mächten und getrieben von einer Angst, die ihm schon jetzt das Blut in den Adern gefrieren ließ.

»Es sind genau vier!« Joe beobachtete ihn aus ihren kühlen hellen Augen. »Außerdem kannst du dir im Dorf ja Geld aus dem Geldautomaten holen und dann mit dem Taxi zurückfahren. Dann brauchst du den ganzen Kram nicht zu tragen. Faulpelz!«

Solange er das Schloss sehen konnte, fühlte Robert sich noch einigermaßen sicher. Er blieb alle zehn Schritte stehen und blickte sich nach dem Gebäude um. Aber dann wurde das Grün zu dicht und der Weg verlief leicht abschüssig, und so blieb ihm nichts anderes übrig, als zügig voranzugehen. Nicht zu schnell, nicht zu schnell, nicht zu schnell, dachte er bei jedem Doppelschritt. Vielleicht brauchte er seine Kräfte ja noch für die Flucht. Beispielsweise, wenn ihm ein Tier in den Nacken sprang. Oder wenn der unheimliche Mann plötzlich wieder vor ihm stehen sollte.

Robert hatte schon manchmal überlegt, ob man allein durch den Gedanken an etwas ein Ereignis heraufbeschwören konnte. Auf dem Nachhauseweg von der Schule hatte er oft den Gedanken, dass die Jungen aus der Klasse ihm hinter der Turnhalle auflauern könnten. Er stellte sich dann vor, wie sie ihn schubsten und wie sie sich über ihn lustig machten. Und wie der stärkste Junge aus seiner Klasse ihm mit der flachen Hand auf den Kopf schlug. Immer wenn Robert sich genau vorstellte, was alles passieren konnte, dann geschah es auch. Auf dem Nachhauseweg von der Schule war das ganz normal.

Und in diesem Wald passierte es auch. Als Robert die Weggabelung erreichte, an der seine Eltern sich fast verfahren hätten, stand der Mann aus dem Wald direkt vor ihm. Er trug wieder seinen Rucksack mit der Antenne. Seine Gesicht war zu einer Fratze verzogen.

»Ach, da ist ja unser kleiner Schlossherr«, sagte der Mann und legte Robert eine seiner riesigen Pranken auf die Schulter. Robert hatte das Gefühl, in den Waldboden gedrückt zu werden.

»Robert Hopp. So heißt du doch, oder? Mein Junge?« Die Fratze sollte wohl ein Lächeln sein, überlegte Robert misstrauisch.

»Und ich bin Gustav. Wir haben uns zwar schon öfter getroffen, aber wir hatten ja noch keine Gelegenheit, uns näher kennen zu lernen!«

Die riesige Hand drückte ihn tiefer herunter.

Robert sah die anderen beiden Leute, die hinter Gustav standen, erst in diesem Augenblick. Neben der grobschlächtigen Gestalt von Gustav wirkten sie beinahe zart und schmächtig. Es waren ein junger Mann und ein junges Mädchen.

»Darf ich vorstellen?«, fragte Gustav leutselig. »Robert, das ist Markus. Er macht Zivildienst im Dorf. Er arbeitet an einem Projekt für den Schutz der Fledermäuse. Ich wüsste gar nicht, was wir Naturfreunde ohne ihn machen würden.«

»Hi!«, sagte Markus genervt. Es sah so aus, als ob Robert gerade ein wichtiges Gespräch unterbrochen hatte.

»Und das ist Samantha, seine Freundin«, sagte Gustav nun und nahm die Hand von Roberts Schulter. »Sie macht eine Lehre als Bankkauffrau.«

»Hi«, sagte Samantha und lächelte Robert zu. Mädchen wie Samantha gab es in Roberts Schule in den oberen Klassen zu Hunderten. Ihre kurzen Haare waren karottenrot gefärbt, sie trug weite grüne Jeans und das gelbe Hemdchen war so kurz, dass man ihren gebräunten Bauch und den gepiercten Bauchnabel sehen konnte. Aber ihr Lachen war nett. »Was machst du hier so allein? Brombeeren sammeln? Dahinten hinter den Buchen wachsen die dicksten. Ich kann dir gerne die Stelle zeigen.«

»Nein, danke.« Robert stand unschlüssig herum. »Ich muss ins Dorf zum Einkaufen.«

»Wir haben hier noch was zu besprechen, Robert«, mischte sich Gustav nun ein. »Bestimmt willst du jetzt wieder spielen gehen ... O mein Gott!«

Robert fuhr erschrocken zusammen und auch Samantha ergriff plötzlich die Hand von Markus.

Gustavs Gesicht erstarrte. Dann fiel er auf den Boden und packte Roberts rechtes Bein, so als wolle er es zerquetschen. Robert öffnete den Mund zu einem Schrei. In der gleichen Sekunde spürte er den fauligen Geschmack von schwarzem Waldboden auf der Zunge. Er lag jetzt auf dem Bauch. Gustav hatte sich auf ihn gekniet und drückte Roberts Körper mit seinem zentnerschweren Gewicht nach unten. Robert wurde schwindelig. Er versuchte mit den Armen um sich zu schlagen, aber

Gustav war schneller. Robert hatte den Eindruck, dass seine dünnen Handgelenke in Gustavs riesigen Pranken fast zermahlen wurden. »Keine Bewegung!«, rief Gustav.

Roberts Herz hämmerte. Gustavs Hände glitten Stück für Stück an seinen Hosenbeinen entlang. Sie zupften am Stoff der Jeans, zuerst an einem Bein, dann am anderen. Robert wurde es plötzlich schwarz vor den Augen. Er wollte um Hilfe schreien, aber in seinem Mund war nichts als Erde. Und ein Blatt.

Da ließ Gustav plötzlich von ihm ab. Robert spürte, wie zwei kleine Hände unter seine Achseln fassten und ihn wieder auf die Füße zogen. Samantha sah ihn fragend an. »Alles in Ordnung?«

Robert spuckte die Erde auf den Boden und versuchte das Blatt von seinem Gaumen zu lösen.

Vor ihm stand Gustav. Er hielt die Hände zu einer Schale geformt und hob sie gegen den Lichtstrahl, der durch das Dickicht fiel. »Das ist unglaublich!«, rief er. »Robert, wo warst du eben? Welchen Weg bist du gegangen? Wann hast du die Hose zuletzt gewaschen?«

»Was?« Robert hatte das Gefühl, in einem irren Albtraum gefangen zu sein. Also: ruhig atmen. Ein paar Schritte gehen. Bestimmt musste nur sein Kreislauf wieder in Schwung kommen. Aber als Robert schon zwanzig Schritte gegangen war, zehn Schritte hin und zehn wieder zurück zu Samantha, stand Gustav immer noch da und blickte auf seine Handflächen. Markus stand daneben und starrte ebenfalls auf Gustavs Hände. »Echt wahnsinnig«, sagte er dann.

Gustav machte eine Bewegung mit dem Kopf. »Das

musst du dir ansehen, Robert! Schau mal, was für eine Pflanze da an deinem Hosenbein hing!«

Robert blieb, wo er war, und reckte nur den Hals ein wenig. Keine zehn Pferde würden ihn noch mal in die Nähe dieses Irren bringen.

»Bestimmt denkst du, Gustav ist verrückt«, sagte Gustav mit bebender Stimme. »Aber das ist er nicht. Nein, das ist Gustav nicht. Guck mal, was für eine Pflanze wir hier haben. Diese Pflanze ist der Schlüssel zu allen Problemen der Menschheit.« Gustav hüstelte und räusperte sich dann. »Ich meine, sie ist der Schlüssel zu den Fledermäusen. Das ist praktisch ihre Pflanze. Wo sie wächst, da sind sie auch.«

»Ich dachte, die Fledermäuse essen Spinnen und Käfer«, sagte Robert vorsichtig.

Samantha reichte Robert ein kleines rosa Taschentuch mit Mickymausmuster. Dann wies sie auf ihre eigene Wange. »Da hast du noch etwas Erde.«

»Oh, danke.« Robert fuhr sich mit dem Taschentuch übers Gesicht. Es duftete nach Aprikosen.

»Natürlich essen die Fledermäuse nur Käfer und Spinnen«, sagte Gustav nun. »Und andere Insekten. Aber da, wo diese Pflanze wächst, da kommen sie zu Hunderten, wenn nicht zu Tausenden vor. Du musst mir unbedingt sagen, wie diese Pflanze an dein Hosenbein gekommen ist, Robert! Das ist le-bens-wich-tig!« Robert sah das Flackern in Gustavs Augen und wich entsetzt einen Schritt zurück. Fast wäre er über eine Baumwurzel gestolpert.

»Wenn die Naturschützer wissen, wo diese besondere Pflanze wächst, dann können sie die Fledermäuse besser kartieren«, mischte Samantha sich nun ein und stopfte ihr Taschentuch wieder zwischen Bauch und Hosenbund. »Und man kann die Fledermäuse dann auch besser schützen. Man schützt einfach die Stellen, an denen die Pflanze wächst.«

Gustav verzog sein großes Gesicht zu einem Lächeln. »So ungefähr, ja.«

Robert ging ein paar Schritte auf ihn zu um die Pflanze zu betrachten. In den riesigen, schwieligen Handflächen von Gustav war sie kaum zu erkennen. Robert fand, dass sie aussah wie eine verdorrte Klette: ein kleines braunes Etwas mit einem rauen Rand, wie eine verdorrte Knospe.

»Und wie soll die heißen?« Robert fragte sich, wie spät es war. Wenn er nicht den Rückweg im Dunkeln zurücklegen wollte, musste er sehen, dass er hier schnell wegkam.

»Das ist eine Flora Gustavis«, bemerkte Gustav mit verklärter Stimme. Fast klang es so, als würde er gleich anfangen zu weinen. »Ich habe sie nach mir selbst benannt. Das ist unter uns Botanikern so üblich.«

Auf einmal schien Gustav es sehr eilig zu haben. »Wie wäre es denn, wenn Samantha und Markus dich mit meinem Jeep ins Dorf fahren? Sie könnten dir bei den Einkäufen helfen. Die Einkäufe sind doch sicherlich viel zu schwer für einen kleinen Jungen!«

Robert trat von einem Fuß auf den anderen.

Samantha und Markus schauten einander an und zuckten die Schultern.

»Und hinterher«, fuhr Gustav fort, »holt ihr Pizza für uns alle und wir feiern den glücklichen Fund einer weiteren Flora Gustavis. Was haltet ihr davon?« Das war keine Frage. Das war mehr ein Befehl.

Ohne eine Antwort abzuwarten, griff Gustav in seine Hosentasche und warf Markus einen Schlüssel zu. »Der Wagen steht gleich unten an der Weggabelung. Geld ist im Handschuhfach.«

Samantha schmatzte ein bisschen mit ihren kirschroten Lippen. »Ich nehme eine vegetarische Pizza. Und du, Gustav? Was für eine sollen wir dir mitbringen?«

Aber Gustav hörte sie schon gar nicht mehr. Er stapfte langsam und bedächtig in den Wald hinein, die Hände hatte er ausgestreckt und behutsam über der Blume geschlossen. Robert vermutete, dass er zu seiner Hütte ging.

Markus erwies sich als vorsichtiger Autofahrer, der langsam fuhr. Trotzdem aber wurde Robert auf dem Rücksitz des großen schwarzen Jeeps hin und her geworfen, als sie den holprigen Waldweg entlangrumpelten. Samantha fummelte am Radio herum und versuchte einen Technosender zu finden, wie sie sagte. Aber mit dem altmodischen Gerät bekam man nur ein einziges knatterndes Programm herein, und das brachte Nachrichten. Samantha stemmte ihre nackten Füße gegen das Armaturenbrett und wackelte mit den rosa lackierten Zehen.

»Es gibt einen guten Ökoladen im Dorf«, rief sie zu Robert nach hinten. »Die haben nur Produkte aus unserer Gegend. Du wolltest bestimmt dort einkaufen.«

Robert klammerte sich an der Lehne ihres Sitzes fest, während sie ein riesiges Schlagloch umfuhren und der Jeep in Schräglage ging. Der Motor heulte auf. »Keine

Ahnung. Nehmen die da denn auch eine Kreditkarte an?«

»Oh, du hast eine Kreditkarte«, erwiderte Samantha. Dann wackelte sie wieder etwas mit ihren rosa Zehen. »Wenn das so ist, fahren wir besser zu einem richtigen Supermarkt.« Sie drehte sich kurz zu Robert um und lächelte ihn an. »In unserem Ort gibt es zwei Supermärkte, zwei Banken, zwei Eiscafés, zwei Apotheken und zwei Pizzerien.«

»Eine Pizzeria. Die andere ist Schrott«, mischte sich Markus ein.

»Das eine Eiscafé kenne ich. Das an der Hauptstraße.« Robert kam es plötzlich wie eine Ewigkeit vor, dass er dort auf seine Mutter gewartet hatte.

Sie hielten vor einem kleinen Supermarkt, dessen Fenster über und über mit neonfarbigen Sonderangebotsschildern bepflastert war. Markus machte keine Anstalten, aus dem Jeep auszusteigen. »Ich bleibe lieber beim Wagen«, sagte er und kurbelte die Scheibe hinunter, um seinen Arm lässig herauszuhängen.

»Ich helfe dir!« Samantha sprang aus dem Auto und streckte Robert eine Hand hin. »Hast du einen Einkaufszettel? Oder kaufen wir wild ein?« Wild einkaufen klang irgendwie gut, fand Robert.

Während sie den großen Einkaufswagen durch die engen Gänge schoben, erfuhr er, dass Samantha vier kleinere Brüder hatte, dass sie keine Lust zu ihrer Banklehre hatte und dass sie mit der Zungenspitze ihre Nasenspitze berühren konnte. Sie war siebzehn Jahre alt, nach der mittleren Reife von der Schule abgegangen und ihre Haare waren in Wirklichkeit auch rot, aber nicht so stark. Irgendwann einmal wollte sie ihr Abitur nachmachen und dann Biologie studieren. »Finde ich unheimlich romantisch, in einem Wald zu leben, so wie Gustav das macht«, sagte sie und warf eine Chipstüte in den Einkaufswagen.

»Lebt er dort denn wirklich? Ich habe in seiner Hütte gar kein Bett gesehen.« Robert biss sich auf die Lippe. »Ich meine, es ist doch sicher sehr kalt im Wald? Zum Schlafen, meine ich.« Er spürte, wie er rot wurde. Draußen waren es mindestens dreißig Grad Hitze. Die beiden Ventilatoren unter der Decke des Supermarktes drehten sich wie Propeller. »Äh ... Zurzeit ist es allerdings zu warm im Wald. Zum Schlafen, meine ich«, fügte er matt hinzu.

Samantha lachte ihm mitten ins Gesicht. »Hast du da etwa rumgeschnüffelt? Kein Problem. Ich verrate dich nicht.« Sie gab ihm einen Klaps auf den Rücken. »Das hab ich auch schon gemacht. Mit Markus«, fügte sie leise hinzu. »Gustav kam uns zu Anfang immer so merkwürdig vor. Aber er ist in Wirklichkeit sehr nett. Er lebt nur für seine Pflanzen.« Sie räusperte sich. »Die Naturschutzbewegung braucht solche Leute. Menschen, die sich mit Leidenschaft einer Sache widmen.« Sie stellte ein riesiges Glas Schokoladencreme in den Einkaufswagen. »Brauchst du noch Batterien? Meine Brüder verbrauchen die kiloweise, jede Woche.« Sie wartete die Antwort gar nicht erst ab und schleuderte vier Päckchen Fischstäbchen in den Wagen. »Fischstäbchen braucht man auch immer. Gustav hat im Wagen eine Kühlbox. Willst du noch Hähnchenkeulen haben? Die mit der Mandelkruste und der süßsauren Soße sind gut. Meine Brüder essen die kiloweise. Und dazu Pommes!«

Sie schlenderte von Gang zu Gang und griff fast blind in die verschiedenen Regale. Robert hatte Mühe, mit dem immer schwerer werdenden Einkaufswagen hinter ihr herzukommen.

»Also, ich finde Gustav toll!«, sagte Samantha und schaufelte ein paar Dutzend eingeschweißte Miniwürstchen in den Wagen. »Falls du ihn mal näher kennen lernst, wirst du selber sehen, wie nett er ist.«

Robert blickte verstohlen auf seine Liste. Samantha hatte lauter Dinge ausgesucht, die seine Mutter ihm niemals erlaubt hätte. Cornflakes mit Zuckerüberzug, jede Menge Schokolade und Gummibärchen, schneeweißen Toast und eine riesige Dose Kakaopulver. Das Wasser lief ihm schon im Mund zusammen. »Vielleicht nehmen wir noch ein bisschen Obst mit«, schluckte Robert und nahm einen dicken grünen Apfel in die Hand.

»Den isst du doch sowieso nicht«, lachte Samantha und schmiss den Apfel zurück in den Karton. »Meine Brüder nehmen Äpfel nur als Wurfgeschosse.« Stattdessen drückte sie ihm eine große Packung Knusperkekse in den Arm. »Die sind gut, die essen meine Brüder kiloweise«, erklärte sie.

Vor dem Regal mit den Schreibwaren nahm Samantha ein paar kleine rosafarbene und hellblaue Kugelschreiber in die Hand, die mit einer Art Silberflitter verziert waren, und probierte auf der Cornflakespackung aus, wie die neonfarbene Schrift aussah. »Süß, oder?«, fragte sie.

Robert lächelte. »Verbrauchen deine Brüder die auch kiloweise?«

Samantha schüttelte ihren Kopf. »Nee. Die schreiben eigentlich nie was auf. Aber vielleicht würde sich Joe freuen, wenn du ihr einen Schreibstift mitbringst. Sie kann doch tagsüber nicht ins Dorf gehen.«

Robert nahm einen der Stifte in die Hand. Vier Euro, ganz schön teuer. Und Joe hatte sich nun wirklich kein Mitbringsel verdient. »Wieso kann sie nicht ins Dorf gehen?«

Samantha zuckte die Schultern. »Irgendwie ist die Fürsorge hinter ihr her. Ach, ich weiß auch nicht so recht. Am besten, du fragst sie selber.«

Klasse Idee, dachte Robert. Wahrscheinlich würde Joe ihm sofort das Gesicht zerkratzen. Sie flippte ja schon aus, wenn er sie nur fragte, wie viel Brot er kaufen sollte. »Und was ist die Fürsorge?« Robert schwante es, dass das irgendetwas mit dem Jugendamt zu tun hatte. Vielleicht hatte Joe etwas gegen das Gesetz getan?

Aber Samantha war schon weitergefedert. Sie stellte sich auf die Zehenspitzen und angelte vier Dosen eingelegte Pfirsiche aus dem obersten Regal. »Die sind gut«, erklärte sie. »Zuckersüß. Meine Brüder sind ganz verrückt danach.«

Als sie endlich bei der Kasse ankamen, war der Einkaufswagen so voll, dass Robert die Waren oben mit der Hand abstützen musste, damit sie nicht herunterpurzelten.

Dass Robert eine richtige Kreditkarte hatte und damit bezahlen wollte, verursachte fast einen Volksauflauf. Zuerst stand die Kassiererin von ihrem Stuhl auf und verschwand in einem Büro. Dann kam sie mit drei Kolleginnen als Verstärkung wieder heraus. Alle nahmen die goldene Karte in die Hand und drehten sie zwischen den Fingern. Als Nächstes riefen sie über Lautsprecher den Geschäftsführer. Der kam herbeigeweht, knöpfte seinen weißen Kittel zu und wieder auf und blickte Robert streng an. Letztlich aber zuckten alle mit den Schultern und ließen Robert und Samantha mit ihren Einkäufen passieren. Die Quittung, die das Kassengerät ausspuckte, war so lang wie Roberts Arm.

Sie mussten sich bepacken wie Lastkamele, um die vielen großen Tüten überhaupt aus dem Laden zu bekommen. Markus hatte den Wagen unterdessen umgeparkt. Er stand jetzt direkt vor der Tür und Markus lehnte auf der Kühlerhaube und unterhielt sich mit einem schnauzbärtigen Mann, der eine dicke blonde Katze an einer Leine führte.

»Das ist Antoine«, sagte Markus. »Er fährt auch einen Jeep. Er macht hier Urlaub.«

»Bonjour«, sagte der Mann und steckte sich eine filterlose Zigarette an. Robert hörte schon an der Art, wie er das Wort »Bonjour« aussprach, dass er Franzose war. Vielleicht kam er aus Paris, aus der Stadt, in der Roberts Vater mit seiner Freundin war? Robert wusste sofort, dass er diesen Mann nicht mochte. Leute, die in Städten wohnten, die durchgebrannten Vätern Unterschlupf gaben, konnten nur doof sein. Die Katze machte einen Buckel und fauchte.

Samantha ging sofort in die Hocke und versuchte sie zu streicheln. »Du bist ja ein armes kleines Würstchen. Warum musst du denn an der Leine gehen?« Die Katze legte den Kopf schief.

Antoine runzelte die Stirn. »Wenn ich mal für meine Katze antworten darf: Sie weiß es nicht. Nicole weiß nämlich über'aupt gar nichts. Sie ist so dumm wie ein Croissant. Aber ich kann Ihre Frage beantworten, Mademoiselle. Wenn ich sie von der Leine lasse, ist sie, 'usch, weg, und ich sehe sie nie wieder.« Er reichte Samantha die Leine. »Sie dürfen sie gerne 'alten. Aber Vorsicht! Sie ist zwar dumm, aber stark wie ein Tiger.«

»Und warum nehmen Sie sie dann mit in den Urlaub?«, fragte Robert aggressiv. »Für so was gibt es doch Tierpensionen!« Er hatte die hintere Tür des Jeeps aufgeklappt und zog geschäftig eine große blaue Kunststoffbox näher zu sich heran. Das musste die Kühltasche sein. Da mussten jetzt ganz schnell die Fischstäbchen rein.

»Oh, der kleine Mann ist aber fresch«, sagte Antoine. »Das gefällt mir!«

Robert würdigte ihn keines weiteren Blickes. Er löste die beiden Schnappverschlüsse der Kühlbox und spähte hinein. Sie war fast leer. Nur auf dem Boden der Box lag etwas. Es sah aus wie ein kleiner Küchenschwamm. Komisch, dass es die auch in Schwarz gab. Robert versuchte, den Schwamm mit spitzen Fingern zu ergreifen.

Aber es war kein Schwamm! Es hatte Augen! Es war kalt und hart und auf der Unterseite klebte geronnenes Blut, schmierig und dick wie Klebstoff. »Iiiiihhh! Was ist das?« Robert war zurückgewichen und wischte sich die Hände an der Hose ab. »Das ist ja scheußlich!«

Markus und Antoine kamen interessiert näher, nur Samantha streichelte unentwegt die blonde Katze.

»Sieht aus wie 'ne tote Fledermaus«, verkündete Markus.

»Und vermutlich ist sie eines gewaltsamen Todes gestorben«, fügte Antoine nach einem kurzen Blick auf das Tier hinzu. »Schade, dass Nicole schon gefrühstückt 'at.« Die Katze hatte sich auf die Pfoten erhoben. Samantha ließ die Leine locker, damit Nicole auf die Ladefläche springen und sich den Fund ebenfalls anschauen konnte. Aber die Katze hob nur kurz den Kopf und wendete sich dann gelangweilt ab.

»Wenn die Totenstarre eingesetzt hat, sind Fledermäuse nischt mehr schmackhaft«, erklärte Antoine. »Die Fledermaus ist also seit mehr als drei Stunden tot. Katzen sind sehr gute Detektive.«

»Und was sind Sie?«, fragte Robert wütend. »Sind Sie etwa auch ein Detektiv?« Er fand es herzlos, wie der Franzose über die tote Fledermaus sprach.

Antoine lächelte und blies den Rauch seiner Zigarette in den Sommerhimmel. »Ünsinn. Isch bin nur ein Urlauber.«

Wie sich herausstellte, machte die Pizzeria erst am frühen Abend auf, und Robert, Samantha und Markus mussten lange vor dem kleinen Lokal herumstehen, bis ihnen schließlich die heißen Schachteln ausgehändigt wurden. Als sie endlich wieder im Jeep saßen und den Waldweg entlangrumpelten, schwirrte schon die Abendschicht der Stechmücken über den Büschen. Robert blickte auf seine Uhr: halb sieben.

Sie ließen den Wagen mit all den Einkäufen unter einem riesigen Baum stehen und gingen den restlichen Weg zu Gustavs Hütte zu Fuß. Die Tür stand offen. Robert sah den breiten Rücken von Gustav, der an einem seiner Computer hockte. Und neben ihm, auf einem Schemel, saß Joe.

»Na, der kleine Fresssack ist ja auch schon wieder da!«, rief Samantha schlecht gelaunt. »Beeilt euch wenigstens, wir machen ein Picknick vor der Tür. Ich habe Hunger wie ein Wolf.«

Joe drehte kurz den Kopf, schwieg aber. Gustav reagierte überhaupt nicht. Er tippte weiter auf seiner Tastatur herum. Auf dem Bildschirm scrollten lange Zahlenreihen herunter.

»Also, wir essen jetzt«, bemerkte Markus und ließ sich auf einem Baumstumpf nieder. »Mir ist schon ganz schlecht vor Hunger.« Er nahm ein Taschenmesser aus der Hosentasche und schnitt eine der Pizzen in fünf gleich große Segmente. »Du willst doch sicher Salami, Joe?«

»Mir egal«, erwiderte Joe, ohne sich noch einmal zu ihnen umzudrehen.

Robert ließ sich seufzend neben zwei großen Farnen nieder und klappte den Deckel seiner Pizzaschachtel auf und wieder zu. Er musste an die tote Fledermaus denken und daran, wie sie mit ihren kalten erschrockenen Augen auf dem Boden der Kühlbox gelegen hatte. Ob Gustav sie getötet hatte? Und warum bewahrte er sie dann in einer Kühlbox auf? Ob er das Tier vielleicht untersuchen wollte? Robert wusste es nicht. Er hatte zu viel Hunger, um noch klar denken zu können. Andererseits aber verdarb ihm der Gedanke an das kleine geflügelte Tier den Appetit. Es war nicht zum Aushalten. Robert schloss die Augen und versuchte, ruhig zu atmen.

In diesem Moment legte sich eine große schwere Hand auf seine Schulter. »Na, mein Bester.« Gustav stand direkt hinter ihm. Robert drehte den Kopf und blickte zu seinem riesigen Gesicht auf. Gustavs Mund war zu einem breiten Lächeln verzogen. Seine Augen aber blickten stumpf. »Du hast bestimmt gar keinen Hunger bei der Hitze, was?«

»Nö, eigentlich nicht.« Robert versuchte, sich unter Gustavs Hand wegzuducken, und tatsächlich ließ der sofort von ihm ab.

»Wie wäre es, wenn ich dir mal meine ganzen Analysegeräte und die Computer zeige, Robert? Unsere liebe Joe hat mir erzählt, dass du dich auch für Computer interessierst.«

Joe kam aus der Hütte geschlendert und zeigte Gustav ein scheues Lächeln. »Robert ist super in der Schule«, sagte sie dann. »In allen Fächern! Sogar in Mathe!«

Robert traute seinen Ohren kaum. Was hatte sie da gesagt? Und wo war das Schimpfwort?

»Das ist aber wirklich toll«, sagte Gustav nun. »Es wäre mir eine große Ehre, so einem klugen Jungen mein Labor zu zeigen!« Gustav lächelte jetzt so stark, dass Robert seine silbernen Backenzähne sehen konnte. »Tut mir übrigens Leid, wenn ich vorhin ein wenig grob zu dir war. Ich war einfach so aufgeregt wegen der Pflanze, die sich da an deinem Hosenbein verfangen hatte.«

»Schon gut«, sagte Robert leise. Vielleicht hätte er doch was von der Pizza essen sollen. Vielleicht bewirkte der Hunger, dass er die Menschen um sich herum plötzlich ganz verzerrt wahrnahm? Joe war wie ein verschrecktes kleines Mädchen, das Gustav nicht von der Seite wich. Und Gustav, der gleiche Mann, der ihn am Nachmittag noch zu Boden geworfen hatte, wollte ihm plötzlich seine Computer zeigen. Was war nur los?

»Und dann musst du mir unbedingt noch einen Gefallen tun, Robert«, fügte Gustav hinzu. »Du musst genau überlegen, wo du heute Morgen gewesen bist. Und gestern Abend.« Gustav sah ihn durchdringend an.

»Wieso denn?« Robert stand langsam auf und stopfte die Hände in die Hosentaschen. »Das ist doch meine Sache, oder?«

Gustav lächelte noch stärker. »Klar, Mann, das ist deine Sache. Mir geht es ja nur um die Pflanze, die an deinem Hosenbein hing.«

Wie harmlos das klang. Robert schüttelte unwillig den Kopf.

»Bestimmt bist du irgendwo durch den Wald gelaufen? Da könnte die Pflanze am Stoff hängen geblieben sein? Oder vielleicht bist du mal hingefallen? Ich muss unbedingt wissen, wo das gewesen ist.« Gustavs Stimme wurde für einen Augenblick wieder laut und drohend. Aber dann hüstelte er und fuhr ganz sanft fort. »Ich muss wissen, wo die Pflanzen wachsen, verstehst du? Ich bin Wissenschaftler. Es ist wichtig. Sehr wichtig. Fällt dir denn gar nicht ein, wie du mir helfen könntest?«

»Keine Ahnung«, sagte Robert.

»Wann hast du die Hose denn angezogen? Heute Morgen aus dem Schrank genommen oder gestern?« Gustav hatte angefangen auf dem Waldboden auf und ab zu gehen. »Ich brauche viele von diesen Pflanzen, sehr viele«, sagte er nun. »Irgendwo muss es ein ganzes Feld davon geben. Ich weiß, dass es so ist. Und ich will das Feld finden.« Gustav blickte ihn eine Weile lang an, dann wendete er sich langsam ab. »Komm her, ich zeig dir das Labor.«

Robert folgte ihm zögernd. Bei seinem ersten heimlichen Besuch war ihm die kleine Hütte verdreckt erschienen und unordentlich. Jetzt aber leuchteten Strahler auf den langen Tisch an der Seite, das Regal war aufgeräumt und anscheinend hatte sogar jemand sauber gemacht. Gustav strich mit einer Hand über das blitzende Mikroskop. In einem blinkenden gläsernen Gefäß lag ein kleines braunes Etwas, vermutlich die komische Pflanze. Das Glas stand auf einem eigenen kleinen Tischchen, fast wie auf einem Altar.

»Joe hat das alles hier sehr hübsch geputzt«, sagte Gustav lobend. »Sie hat sogar Staub gewischt. Muss wohl irgendwie ein schlechtes Gewissen gehabt haben.«

Robert trat von einem Bein auf das andere. »Es ist schon sehr spät. Ich möchte jetzt lieber ins Schloss zurück.«

Gustav zuckte beleidigt die Schultern. »Schade. Aber ganz wie du willst. Allerdings fürchte ich, dass du mit deinen Einkäufen dann zu Fuß gehen musst. Ich habe hier noch zu tun.«

»Ich kann Robert ja mit dem Jeep fahren. Und dann bringe ich Samantha mit dem Wagen nach Hause. Sie muss morgen ganz früh raus«, rief Markus von draußen. »Bin sowieso fertig.« Er kaute anscheinend noch an einem Stück Pizza herum. »Komm, Robert.«

Joe schulterte ihren Stoffbeutel und drehte sich ebenfalls zum Gehen. »Dann bis bald, Gustav«, sagte sie brav. »Ich will mich noch ein bisschen aufs Ohr legen, bevor ich heute Nacht kartiere.«

Aber Gustav war mit einem Schritt bei ihr und packte sie am Arm. »Du bleibst hier, kleines Fräulein«, sagte er und seine Stimme klang gefährlich leise. »Wir beide müssen noch etwas besprechen, oder etwa nicht?«

Robert sah empört zu Markus und dann zu Samantha, doch die berührten einander gerade mit den Nasenspitzen und flüsterten irgendetwas. »Aber Joe muss mir helfen, die Sachen ins Schloss zu bringen!«, rief Robert verzweifelt. Der Gedanke, alleine in der Küche des Schlosses zu sein und die Lebensmittel wegpacken zu müssen, erschien Robert schrecklich. »Das war so abgemacht.« Das stimmte zwar nicht, aber irgendetwas musste er ja schließlich als Begründung angeben.

Joe sah ihn aus ihren hellen Augen an. »Na und?«, sagte sie dann schnippisch und wendete sich schnell ab. »Dann machst du das eben alleine.«

Robert hatte das Gefühl, dass hier ein Spiel gespielt wurde, dessen Regeln er nicht im Entferntesten kannte. Und vielleicht war es nicht einmal ein Spiel.

Markus erwies sich als immer besorgterer Autofahrer. Als sie endlich den Weg zum Schloss hinaufrumpelten, hatte er schon dreimal angehalten, um etwas nachzusehen: Einmal hatte sich angeblich ein Ast unter dem Fahrwerk verfangen, ein anderes Mal wollte er kontrollieren, ob vielleicht eine der chromblitzenden Radkappen lose war, denn er meinte, ein merkwürdiges Geräusch gehört zu haben.

Nun ging es auf halb zehn zu und es war bereits dunkel. Das Schloss lag still und ruhig unter den sich wiegenden schwarzen Bäumen. Nur einmal glaubte Robert in einem der Büsche ein Fauchen zu hören.

Samantha gähnte ununterbrochen und konnte vor lauter Müdigkeit nur eine einzige Tüte Chips in die Küche tragen und selbst unter deren Gewicht schien sie fast zusammenzubrechen. Markus hingegen hatte sich offenbar vorgenommen, möglichst selten und eilig zwischen dem Wagen und der Küche hin- und herzulaufen. Er trug die Waren hoch aufgetürmt auf seinen Armen und Robert musste hinter ihm herflitzen und die herunterpurzelnden Schachteln und Päckchen wieder aufsammeln. Als sich das ganze Durcheinander endlich auf dem Küchentisch stapelte, verabschiedete Markus sich so schnell, dass Robert kaum den Mund aufmachen konnte, um zu protestieren. »Ihr könnt mich doch hier nicht alleine lassen«, murmelte er kläglich. Aber da war Markus schon die Treppe hinaufgefedert, hatte »See you, Robert« gerufen und den Motor des Jeeps angeworfen.

Robert verstaute die Lebensmittel mit fliegenden Händen. Die Tiefkühlkost schmiss er in die riesige Truhe in der Küche, die so groß war wie ein Sarkophag und nur äußerst schwer aufging. Alles, was nicht gekühlt werden musste, ließ er einfach auf dem Küchentisch liegen. Er schnappte sich noch schnell eine Tüte mit Keksen und eine Flasche Saft, dann rannte er ebenfalls die Treppe hinauf ins Freie.

In Gedanken saß er bereits auf dem großen breiten Bett im Zimmer der Brüder. Er wusste nicht, woran es lag, aber dort oben fühlte er sich noch am ehesten sicher. Vielleicht könnte er sogar mit dem Notebook und dem Handy eine Internetverbindung herstellen und nachschauen, ob seine Eltern ihm gemailt hatten? Notebook! Internet! Verflixt! Er hatte in der Nacht zuvor das Netzteil in dem kleinen Zimmer hinter der Galerie liegen lassen, weil es nicht mehr in seinen Rucksack passte. Es fiel ihm gerade in dem Augenblick ein, als er die Tür des Schlossportals aufdrückte. Es half nichts, er würde das Netzteil holen müssen, sonst wäre er da oben im

Zimmer der Brüder bald völlig von der Außenwelt abgeschnitten.

Der Geruch in der Galerie war auf eine merkwürdige Art abgestanden. Fast glaubte Robert, dass ein Hauch von Schweiß in der Luft lag. Ob er sich da vielleicht täuschte?

Die Tür zum Zimmer war nur angelehnt. Wahrscheinlich hatte er neulich bei seiner überstürzten Flucht keine Geräusche machen wollen und die Tür einfach hinter sich offen stehen lassen. Robert konnte sich aber nicht mehr daran erinnern.

Der Schalter des Deckenlichtes fühlte sich klebrig an. Er drehte ihn herum und die wenigen verbliebenen Glühbirnen in der braunen Schalenlampe tauchten den Raum in ein trübes Licht.

Zuerst dachte Robert, dass er sich in der Tür geirrt hatte. Dann sah er seine grüne Regenjacke auf dem Boden liegen. Die Türen des Schrankes standen offen, jemand hatte alle Kleidungsstücke herausgerissen und überall im Zimmer verstreut. Das Bett war zerwühlt. Die Matratze war von oben bis unten aufgeschnitten. Aus ihrem Inneren quollen weiße und braune Flocken, dazwischen ringelten sich Sprungfedern in die Luft.

Die Bücher, die seine Mutter auf einem der Tischchen gestapelt hatte, waren auf das Sofa gefegt worden, nun lagen sie aufgeklappt übereinander wie ein Haufen ermordeter Schmetterlinge.

Robert spürte, wie ihm ein Schauder über den Rücken kroch. Oder war da etwa ein kalter Luftzug hinter ihm hereingeweht? Am liebsten hätte er sich auf den Boden geworfen und nach seiner Mutter oder nach seinem Vater geschluchzt.

Vor dem Sessel lag Theo, der Teddy, die stämmigen Gliedmaßen merkwürdig verzerrt. Er lag auf dem Bauch. Der flache Teddyhinterkopf war eingedrückt. Robert widerstand mit Mühe der Versuchung, ihn aufzuheben.

Dann sah er das Netzteil. Es lag immer noch auf der Sitzfläche des Sofas, genau dort, wo er es in der Nacht zuvor abgelegt hatte. Robert war sich sicher, dass das Netzteil der wertvollste Gegenstand in diesem Raum war. Es war schließlich ganz neu. Aber warum hatte der Einbrecher es nicht mitgenommen? Was hatte er gesucht?

Robert riss das Netzteil an sich und war mit einem Satz wieder bei der Tür. Dann gab er sich einen Ruck und drehte das Licht aus. Nur nichts berühren, nur nichts verändern. Wer auch immer nach ihm in diesen Raum kommen würde, er sollte den Eindruck haben, dass Robert niemals mehr hier gewesen war. Er lief die Galerie entlang und stürzte die Treppe hinauf.

Robert hatte die kleinen Nachttischlampen mit den grünen Glasschirmen neben den Betten der Brüder angemacht, so als lebten die Brüder noch und als könnten sie gleich ins Zimmer gelärmt kommen. In einer Nacht wie dieser hätte Robert es mit den wildesten Jungen ausgehalten, das wusste er. Beinahe sehnte er sich sogar nach den frechen Typen in seiner Klasse.

Ein schwacher Lichtschein fiel auf das Ölbild an der Stirnseite des Raumes. Der Junge, der dort abgebildet war, schien seine dunklen Augen direkt auf Robert gerichtet zu haben. »Willst du auch einen?«, fragte Robert und hielt einen dicken Schokoladenkeks in die Höhe. Aber der Junge zuckte nicht mit der Wimper und schaute ihn nur an, so traurig wie seit Ewigkeiten schon.

Es war leicht, ins Internet zu kommen. Das Kontrolllämpchen am Netzteil leuchtete in hellem Grün. Alles in Ordnung, dachte Robert, alles im Griff. Wie er schon vermutet hatte, waren zwei E-Mails da, von jedem seiner Eltern eine. Seine Mutter schrieb über die handtellergroßen glitschigen Motten, die in ihrem Hotelzimmer in Schanghai herumflogen. Außerdem liebe sie ihn. Und er solle nicht so viel fernsehen. Sie hoffte, bald wieder nach Deutschland zurückfahren zu können. Bald. Was auch immer das hieß.

Roberts Vater schrieb, dass es in Paris sehr laut gewesen sei und schrecklich teuer. Einmal habe er fast dreihundert Euro für eine einzige Flasche Wein berappen müssen und vom dem Zeug habe er zudem Kopfschmerzen bekommen. Und das von nur zwei Gläsern. Urlaub sei eben auch anstrengend, schrieb er. Aber dann habe er einen Anruf aus der Klinik erhalten. Nun sei er wieder in der Heimat und arbeite sehr viel. Morgen müsse er nach Südafrika fliegen, zu einem Kongress. Außerdem liebe er Robert sehr. Nur solle er nicht so viel fernsehen, das müsse Robert ihm versprechen. Und viele Grüße an die Mutter.

Robert seufzte. Es war schwierig, den Eltern zu antworten. Was sollte er auch schreiben? Sollte er seinem Vater mitteilen, dass die Mutter ihn hier allein gelassen hatte? Oder sollte er der Mutter schreiben, dass Frau Eisenstein ins Krankenhaus gekommen war und dass Einbrecher das Haus belagerten? Sollte er schreiben, wie ekelhaft Joe zu ihm war und dass Gustav ihn im Wald auf den Boden geworfen hatte? Dass merkwürdige Pflanzen an seinen Hosenbeinen wuchsen? Oder dass er den ganzen Tag nur Kekse aß, wenn er überhaupt etwas zu essen bekam? Vielleicht wäre sie sogar beunruhigt, wenn sie erführe, dass es hier nicht einmal einen Fernseher gab? Oder sollte er schreiben, dass die Fledermäuse des Nachts zu ihm kamen und mit ihm sprachen?

»Lieber Vater. Es geht mir gut und ich habe viel Spaß. Viele Grüße von Robert.« Dann schickte er seiner Mutter den gleichen Text, allerdings mit der Anrede »Liebe Mami«.

Robert schloss die Datei und rief eine Suchmaschine auf.

»FLEDERMÄUSE«.

Eigentlich war er todmüde. Wo Joe nur blieb? Das bläuliche Licht des Bildschirms brannte in seinen Augen. Er stopfte sich noch einen Keks in den Mund, das tat er, um seinen Blutzuckerspiegel zu erhöhen. Dann spülte er mit dem letzten Rest Multivitaminsaft nach.

Es gab Tausende von Internetseiten mit Informationen über Fledermäuse. Er klickte versuchsweise einige an. Manche hatte Soundfiles. Dann piepste und boingte es aus dem Lautsprecher des Notebooks. Auf einer Seite waren die waghalsigen Flugbewegungen der Fledermäuse dargestellt. Man konnte sie sogar mit dem Cursor ansteuern und in verschiedene Richtungen lenken.

»Guck dir das mal an«, sagte Robert und drehte den Bildschirm so, dass der Junge auf dem Ölgemälde seinen dunklen traurigen Blick darauf werfen konnte. »Damit kannst du die Fledermäuse über deinen Wald fliegen lassen. Dann müssen sie nicht jahrhundertelang über deinem Kopf stehen.« Der Junge blickte regungslos auf den Bildschirm. Die Fledermäuse standen starr über den Wipfeln des dunklen Gemäldes. »Warum glotzt du nur?«, fragte Robert. »Oder bist du verzaubert?«

Robert tippte »FLEDERMÄUSE + ZAUBER« in die Suchmaschine ein. Keine Fundstelle.

»FLEDERMÄUSE + ÖLGEMÄLDE«. Keine Fundstelle. Das hätte er sich denken können.

Robert überlegte. Wie wäre es dann mit »FLEDERMÄUSE + KONTAKT«? Der Bildschirm flackerte. Dann wurde er schwarz. Und kurz darauf leuchtete er in einem hellen Blau. Robert kniff die Augen zusammen. In der Tiefe des Bildes flog etwas. Es kam langsam näher und näher. Dann konnte er gezackte Flügel erkennen und einen kleinen runden Kopf mit glänzenden Knopfaugen, die ihn fixierten. Die Fledermaus öffnete ihr Maul und zeigte Robert eine Reihe kleiner spitzer Zähne. »Huhu«, sagte sie.

Robert näherte sich dem Bildschirm. Was war das für ein Geruch? Muffig und süß zugleich.

»Guck nicht so dumm«, sagte die Fledermaus. Ihre Stimme war sehr leise und sie klang sehr hoch.

Robert öffnete den Mund und schloss ihn wieder. Dann streckte er die Hand aus und stellte mit dem Cursor den Regler für die Lautstärke etwas höher.

»Das geht nicht«, feixte die Fledermaus. »Hör einfach gut zu, dann verstehst du mich schon. Du musst besser lauschen, Robert.«

Robert spürte, wie sich Gänsehaut auf seinen Armen bildete. »Du kennst meinen Namen?«

Das Maul der Fledermaus zog sich auseinander und wurde breiter und breiter. Dazu machte sie ein Geräusch, als ob sie niesen würde. Vielleicht war das ihre Art zu lachen?

»Kennst du Ludwig?«, fragte sie dann. »Das ist Ludwig, Ludwig, Ludwig.«

Robert traute sich kaum, den Kopf zu bewegen. »Der Junge auf dem Bild?«, fragte er dann.

Sie machte wieder das Niesgeräusch. »Ludwig war auch dumm, dumm, dumm«, piepste die Fledermaus. Ihre Stimme war jetzt so hoch und fein, dass es in Roberts Ohren zu sirren begann.

Sie flog eine Runde, verschwand in der Tiefe des Bildschirms und tauchte dann nahe vor ihm wieder auf, fast so als stieße sie mit ihrer kleinen Schnauze gegen das Innere des Glases. Sie hing jetzt kopfüber. Aber sie schaute Robert nicht an, sie war ganz mit dem Ordnen ihrer hauchdünnen Flügel beschäftigt. Das sah sehr umständlich aus, wie bei jemandem, der versucht gleichzeitig zwei kaputte schwarze Regenschirme zusammenzufalten und dann unter den Arm zu nehmen, einen unter jede Achsel. Kein Zweifel, die Fledermaus war gelandet und baumelte jetzt von oben ins Bild hinein. Aber wo hielt sie sich fest?

Robert rieb sich die Stirn. Am oberen Bildrand ragten im Abstand von zwei Zentimetern zwei kleine schwarze Krallen aus dem Computer heraus. Eine von beiden bewegte sich sogar, als die Fledermaus ein wenig hin und her ruckelte, um eine bequemere Hängeposition zu finden. Es gab ein kratzendes Geräusch am Plastikrahmen des Computers.

»So, so, so«, quiekte die Fledermaus. »Frag mich was.«

Robert hielt unwillkürlich den Kopf schief. Es war ein seltsames Gefühl, von jemandem angeschaut zu werden, der über Kopf hing. Er wollte etwas sagen, aber zuerst kam nur ein Krächzen heraus. »Was ist mit Ludwig geschehen? Warum sieht er so bedrückt aus?«, fragte er leise.

Die Fledermaus baumelte ein wenig hin und her, hin und her, hin und her. »Finde es heraus«, wisperte sie.

Roberts Herz schlug so wild, dass er das Gefühl hatte, davon geschüttelt zu werden.

»Was ist?«, fragte die Fledermaus. »Warum wackelst du so? Wenn du so wackelst, kann ich dich schlecht hören.« Tatsächlich rauschte es nun lauter aus dem Lautsprecher, so als sei ein Sender nicht exakt eingestellt.

»Ich habe Angst«, sagte Robert und hielt sich am Bett fest, um nicht mehr so stark zu wackeln. »Mein Herz hämmert. Und ich bin traurig.«

»Ich weiß«, sagte die Fledermaus leise. »Genau wie Ludwig.«

Sein Mund war trocken, in der Kehle saß ein dicker Kloß. »Und was soll ich dagegen tun?«

Die Fledermaus nieste. »Stell deinen Tag auf den Kopf. Mach die Nacht zum Tage und den Tag zur Nacht. Und hab keine Angst.«

»Was?«, rief Robert. »Heißt das, ich soll nachts aufbleiben und tagsüber schlafen? Ich habe nachts aber Angst.«

»Eben«, sagte die Fledermaus trocken. »Eben, eben, eben.«

Plötzlich wendete sie den Kopf und starrte in die Ferne hinter sich. »Ich muss los. Dahinten kommen die anderen schon. Es ist spät.«

»Halt, warte doch«, rief Robert. Es rauschte, dann drehte sich die Fledermaus in der Luft und schoss im gleichen Augenblick davon. Der Computer gab ein metallisches Klacken von sich. Dann war der Bildschirm schwarz.

Robert blickte auf das Ölgemälde. Der Junge stand so regungslos wie zuvor. Aber bewegten sich nicht die gemalten Fledermäuse über seinem Kopf? Robert konnte es ganz genau sehen. Sie zogen einen großen Bogen über den Baumwipfeln und schossen in ihre ursprüngliche Position zurück.

Da hörte Robert ein anderes Geräusch. Auf der Treppe knackte es. Gleich darauf noch einmal. Knack, knack, knack. Robert spürte, wie sein Herzschlag immer schneller wurde. Vielleicht hätte er sich wieder verbarrikadieren sollen? Eines der schweren Betten durch den Raum schieben?

Die Tür öffnete sich und Joe kam herein. »Hallo«, sagte sie. Dann blieb sie plötzlich stehen und musterte Robert aus ihren hellen Augen. »Du siehst aus, als hättest du ein Gespenst gesehen, Angsthase!«

Robert merkte, wie ihm kalter Schweiß den Nacken hinabrann. »Ha-ha-hab ich auch«, sagte er. »Die Fledermäuse da auf dem B-B-Bild bewegen sich. Und in meinem Computer, da ist eine Fledermaus, die lässt ihre Krallen herausragen und sie spricht zu mir…«

Joe nickte. »Klar. Blödmann!« Sie ging von Bett zu Bett und knipste alle Lichter aus, bis auf das Lämpchen an Roberts Bett. Dann zog sie sich ungerührt ihren langen schwarzen Mantel aus und warf sich auf das Bett, das der Tür am nächsten stand. Robert wünschte, sie hätte wieder das Bett mit ihm geteilt. Aber das tat sie nicht.

»In dem kleinen Zimmer unten ist eingebrochen worden«, sagte Robert matt. »Es ist alles zerwühlt!« Er kam sich vor, als führe er ein Selbstgespräch.

Joe seufzte und stopfte sich ein Kissen in den Nacken. »Na und?«

»Und das mit den Pflanzen von Gustav kommt mir auch komisch vor«, fügte Robert verzweifelt hinzu.

Joe setzte sich langsam im Bett auf und sah ihn an. »Wie meinst du das?«

Robert schluckte. »Dass er so scharf darauf ist, diese Pflanzen zu finden, das ist merkwürdig.« Er sah, wie ihr Interesse schon wieder zu erlahmen drohte.

»Er ist ein Wissenschaftler«, sagte sie trotzig.

»Ist er nicht«, erwiderte Robert. »Jedenfalls ist er kein normaler Wissenschaftler. Damit kenne ich mich aus. Wenn er wirklich ein Pflanzenforscher wäre, würden ihm eine oder zwei von diesen Pflanzen genügen. Ich weiß das ganz genau. In den letzten Jahren sind viele neue Pflanzen entdeckt worden, meistens allerdings irgendwo im Urwald. Wenn man eine einzige Pflanze davon hat, kann man sie analysieren und katalogisieren. Mehr als eine oder zwei benötigt man nicht.« Er spürte selbst, wie er während des Sprechens außer Atem gekommen war. »Gustav will etwas anderes«, fügte er noch hinzu.

Joe hatte ihm regungslos zugehört, nun zog sie die Stirn in Falten. Anscheinend dachte sie wirklich ernsthaft nach. »Gustav will unbedingt wissen, wo diese Pflanze an deinem Hosenbein hängen geblieben ist. Er hat mich stundenlang ausgefragt, wo du warst und was du gemacht hast. Wenn ich es für ihn herauskriege, dann lässt er mich in Ruhe.«

»Und wenn nicht?« Robert sah, dass Joe schluckte.

»Er hat gesagt, dass er dir den Hals umdreht, wenn du ihm nicht sagst, woher die Pflanze kommt.«

In Roberts Magen begann es zu kribbeln.

Sie zuckte die Schultern. »Mir egal. Ich habe ihm jedenfalls alles erzählt, was ich weiß.« Sie hatte ihre Augen starr auf das Ölgemälde geheftet, so als spräche sie eher zu dem Jungen als zu Robert. »Ich habe ihm gesagt, dass du meistens nur auf dem Hof herumsitzt und Gameboy spielst. Dass du nie allein in den Wald gehst. Was für ein Angsthase du bist.« Sie sah kurz zu Robert und ließ ihren Blick dann wieder zu dem Jungen auf dem Gemälde schweifen. »Dass du ein bescheuerter Stubenhocker bist.« Sie stockte. »Und dass ich glaube, dass die Pflanze nur irgendwo hier im Haus an dir hängen geblieben sein kann. Wo denn sonst? Vielleicht bist du mal irgendwo hingefallen? Du fällst doch dauernd auf die Nase. Du Trampel!«

Roberts Kopf begann sich zu drehen. Er sah sich selbst, wie er in der Nacht die Treppen hinaufgekrabbelt und bäuchlings über den Flur gerutscht war. Schon möglich, dass dabei neben Staub und Schmutz auch eine vertrocknete Pflanze an seiner Hose kleben geblieben war. Wenn er es sich recht überlegte, war diese Möglichkeit sogar die wahrscheinlichste. »Und hast du Gustav erzählt, dass wir uns letzte Nacht hier im Zimmer versteckt haben?«

Joe schaukelte unruhig auf dem Bett hin und her. »Na und?«, sagte sie dann. »Ist doch egal, oder?«

Robert musterte ihr kleines schmales Gesicht mit den hellen Augen, die knapp an ihm vorbei auf das Bild in seinem Rücken gerichtet waren.

Und plötzlich veränderte sich ihr Ausdruck. Die Augen öffneten sich, wurden weiter und weiter und die Pupillen in der hellen Iris waren nur noch so klein wie Punkte. Gleichzeitig öffnete sich Joes Mund und sie atmete hörbar ein. »Das Bild…«, flüsterte sie. »Die Fledermäuse bewegen sich. Der Junge bewegt sich!«

Sie krallte sich ihr Kissen und drückte es vor ihren Bauch.

Robert folgte langsam ihrem Blick. Allerdings, da bewegte sich etwas. Es war genauso wie vorhin, nachdem die Fledermaus durch den Computer zu ihm gesprochen hatte. Aber nun sah er es genau. Es waren nicht die Figuren auf dem Ölgemälde, die sich bewegten, es war das Bild selbst, das leicht schwankte.

»Hier sind Geister!«, krächzte Joe. Alle Farbe war aus ihrem Gesicht gewichen.

Da hörten sie ein Knacken an der Haustür. Und waren das nicht Schritte unten im Schloss?

Robert Hopp hatte einmal in einem Buch gelesen, dass Menschen kurz vor ihrem Tod noch einmal ihr Leben an sich vorbeiziehen sehen wie in einem kurzen Film. Und genauso war es jetzt auch bei ihm. Er sah noch einmal seine komplette Kindheit an sich vorbeirauschen: Alle Geschenke, die er je bekommen hatte, rasten an einem Fließband vor seinem geistigen Auge vorbei, die Kinder aus seiner Klasse stimmten noch einmal ein lautes Buhgeschrei über ihn an. Und dann sah er seine Mutter und seinen Vater, die im Chor zu ihm sprachen. »Strenge deinen Geist an, Robert. Sei vernünftig, Robert. Es gibt für alles eine wissenschaftliche Erklärung, Robert!«

Die Treppe knirschte unter schweren Schritten.

Robert bewegte sich langsam, aber er bewegte sich. Auch das hatte er einmal gelesen: dass einem in Momenten der Gefahr jede Sekunde vorkam wie eine Ewigkeit. Genauso war es jetzt. Nur keine Eile, Robert Hopp!

»Die Fledermäuse auf dem Bild bewegen sich nicht«, sagte Robert langsam und leise. »Es ist nur das Bild, das sich bewegt.«

Joe wickelte sich enger in ihren Mantel und stand ebenfalls langsam auf.

»Das Bild hat sich vorhin schon einmal bewegt, als du nach Hause gekommen bist, Joe.«

Joe nickte. Dabei schwankte sie in ihren großen Stiefeln, so als würde sie gleich ohnmächtig werden.

Die Schritte auf der Treppe kamen näher, sie machten wumm, wumm, wumm.

»Das Bild kann sich nur bewegen, wenn es einem starken Luftzug ausgesetzt ist«, fuhr Robert fort. »Immer wenn unten die Tür aufgeht. Das bedeutet, dass sich hinter dem Bild ein relativ großer Hohlraum befinden muss. Und zwar ein Hohlraum, der ebenfalls einen Ausgang nach draußen hat, ein Mauerspalt vielleicht. Oder sogar ein Fenster. Vielleicht kommen wir da raus.« Er war beim Bild angekommen und fasste es mit den Händen an beiden Seiten des Rahmens. »Hinter diesem Bild muss ein Hohlraum sein. Hilf mir das Bild abzuhängen, Joe.« Seine eigene Stimme erschien Robert fremd und hohl. Aber Joe gehorchte sofort.

Wumm, wumm, wumm, machten die Schritte auf der Treppe.

Das Bild war leichter, als Robert angenommen hatte. Er blinzelte. Ob er sich nicht doch getäuscht hatte?

Hinter dem Bild schien nur ein rechteckiges Stück von einem feinen Stoff angebracht zu sein. Sonst nichts. Aber der Stoff wogte.

»Iiih. Was ist denn das?«, flüsterte Joe.

Robert stieß das seltsame Gewebe mit dem Finger an. Seine Hand griff sofort ins Leere. »Das sind Spinnweben«, sagte er dann. »Sehr alte Spinnweben. Wie ein Vorhang. Aber dahinter muss ein Zimmer sein. Schnell!«

Doch alles Leben verging wie in Zeitlupe. Robert streckte langsam die Hände aus und schob das Spinngewebe zur Seite. Die staubige Faser schlang sich sofort um seine Handgelenke und blieb dort kleben. Das Licht fiel ins Innere einer kleinen Kammer hinter dem Bild. Sie war voll gestopft mit irgendwelchen Gerätschaften, alten Kisten und Koffern. Und alles war mit einer feinen Staubschicht überzogen, still und farblos wie ein Wrack auf dem Meeresgrund. Robert kletterte vorsichtig durch die Öffnung. Zuerst mit einem Bein, dann mit dem anderen. Der Boden unter seinen Füßen war fest. Staub kitzelte in seiner Nase.

Er reichte Joe eine Hand und zog sie zu sich in die Kammer hinein. »Jetzt noch das Bild«, flüsterte er. »Wir müssen schnell versuchen, es von hier drinnen aus wieder aufzuhängen.«

Robert schob seinen Kopf abermals aus der Öffnung und prüfte, ob sie irgendwelche Spuren auf dem Boden vor dem Bild hinterlassen hatten. Was er sah, war schlimmer, als er befürchtet hatte. Direkt unter ihm an der Wand klebte ein Stück des feinen Netzes, das die Öffnung verschlossen hatte. Das Gewebe hing mit einem Ende bis zur Fußleiste hinunter. Das andere Ende, das eine kleine schwarze Kugel enthielt, pappte an der Wand, direkt unter Robert. Er beugte sich mit dem Oberkörper weit hinaus und fing die Spinnwebe ein. Aus der kleinen schwarzen Kugel ragten noch einige Beine. Robert schluckte. Eine mumifizierte Spinne. Sie fühlte sich an wie ein alter Haselnusskern.

Die stampfenden Schritte draußen waren jetzt am oberen Treppenabsatz angelangt, sie verharrten, dann wurden sie lauter, denn sie durchmaßen den Ballsaal. Robert strich das Spinnennetz an seiner Hose ab und griff abermals aus der Öffnung heraus, um an der Wand entlangzuwischen. Er hoffte inständig, dass damit alle Spuren beseitigt waren. Dann schnellte er mit dem Körper zurück in die Kammer und angelte mit den Armen draußen nach dem Bilderrahmen.

Was auch immer dieser winzige Raum war – es gab keinen Zweifel, dass er schon anderen Menschen als Versteck gedient hatte, denn das Ölbild hatte an der Rückseite eine Art Schlaufe. Es war kinderleicht, es wieder aufzuhängen. Robert stemmte es in die Höhe und setzte es einfach auf den Nagel an der Wand. Es glitt sofort in seine ursprüngliche Position zurück und verdeckte den Einstiegsschacht zu der Kammer perfekt. Das Letzte, was Robert sah, war, dass sich die Türklinke im Zimmer der Brüder langsam senkte. Dann hing das Bild bewegungslos an seinem Platz. Die Dunkelheit kam wie ein schwarzer Schlag ins Gesicht.

In diesem Augenblick hörten sie ein Poltern. Jemand hatte die Tür zum Zimmer der Brüder mit großem Schwung aufgestoßen. Schwere Schritte knarrten auf den Dielen, kamen näher, hielten inne, knirschten langsam weiter.

Joe krallte Roberts Hand so fest, als wolle sie sie zerdrücken. Er konnte sie nicht sehen, aber er spürte, dass sie mit weit aufgerissenen Augen in die Dunkelheit starrte, genau wie er selbst.

»Joe!«, rief eine herrische Männerstimme. Kein Zweifel, das war Gustav. »Robert! Joe! Wo seid ihr? Kommt sofort raus! Wird's bald!«

Jetzt war es Robert, der Joes Hand festkrallte. Eins wusste er genau: Gustav führte etwas im Schilde. Er ging im Zimmer der Brüder auf und ab. Manchmal verharrten seine Schritte. Anscheinend blieb er dann stehen und sah sich genauer um.

Robert hörte ein Quietschen. Das war die oberste Schublade seiner Kommode. Sie klemmte und es war fast unmöglich, sie weiter als einen Zentimeter zu öffnen. Dann ertönte das Geräusch von splitterndem Holz.

»Verdammt!«, murmelte die Stimme von Gustav. »Alles leer!«

Robert spürte, wie ihm Schweißperlen auf die Stirn traten und sogleich hinabkullerten. Die Kinder waren von Gustav nur durch das Stück alte Leinwand getrennt, auf das der Junge und seine Fledermäuse gemalt waren. Gustav war nahe, so nah. Jetzt betrachtete er das Bild, das fühlte Robert. Fast glaubte er, wieder den Geruch von Alkohol wahrzunehmen.

Dann setzten sich die Schritte abermals in Bewegung und knackten im Zimmer auf und ab. Einmal wurde es für lange Zeit still. Nur das Blut rauschte noch in Roberts Ohren. Er wollte gerade das Ölgemälde vorsichtig zur Seite ziehen, als die Schritte erneut stampften. »Hallooo! Kinder!«, rief Gustav nun in einer anderen Tonlage, die wohl sanfter klingen sollte. »Wo seid ihr? Habt keine

Angst. Das war doch nur ein Spiel. Ich will euch nur helfen.«

Robert traute sich nicht einmal, eine Antwort zu denken.

»Na, wartet, wenn ich euch kriege, ihr kleinen Bastarde…«

Ewigkeiten schienen zu vergehen. Joe stand neben Robert wie eine Säule, leblos und reglos. Ob Gustav die ganze Nacht lang im Zimmer der Brüder auf sie warten würde? Die Zeit kroch.

Doch irgendwann stampfte Gustav wütend davon, schlug die Tür hinter sich zu und dröhnte die Treppe hinunter. Das Schlossportal wurde geöffnet und wieder geschlossen. Ein leichter Luftzug streifte Roberts Wangen. Kurz darauf hörten sie das Aufheulen eines Motors. Es gab keinen Zweifel. Gustav war mit dem Auto davongerast.

»Und nun?«, flüsterte Joe. »Sollen wir hier drin bleiben? Glaubst du, dass er wiederkommt?«

Robert zuckte die Schultern, obwohl sie das in der Dunkelheit nicht sehen konnte. »Keine Ahnung. Vielleicht kommt er nicht sofort zurück. Aber irgendwann schon.«

»Und was sollen wir tun?« Ihre Stimme zitterte.

»Zwei Sachen«, sagte Robert. »Du musst mir alles erzählen, was du über ihn weißt. Und dann schauen wir uns diese Kammer hier mal genauer an.«

Joe schien ein Gähnen zu unterdrücken. »Jetzt gleich?«

»Ja«, sagte Robert. »Jetzt gleich. Ich denke, wir sollten ab sofort nachts aufbleiben und tagsüber schlafen. Wir kehren einfach unser ganzes Leben um. Das ist sicherer.« Er dachte an die Fledermaus in seinem Computer. Er hörte seine eigenen Worte und fragte sich, ob das wirklich stimmte.

Robert hob das Gemälde leicht an und setzte es sanft auf den Boden. Obwohl das Zimmer der Brüder von der grünen Nachttischlampe nur schwach erleuchtet war, brannte das Licht in Roberts Augen. Joe stand stocksteif neben ihm.

Als er einen Moment später mit einer Taschenlampe zurückkehrte, hatte sie sich immer noch nicht bewegt.

»Was ist los?« Robert kletterte in die Kammer zurück und leuchtete in Joes Gesicht. Sie zuckte nicht mit der Wimper.

»Ich habe Angst«, flüsterte sie.

Fast hätte Robert gelächelt. Er ließ den Schein der Taschenlampe langsam durch die Kammer schweifen. Der Raum war fast quadratisch und von der Größe eines gewöhnlichen Badezimmers. Zuerst hatte Robert den Eindruck, dass er mit Unrat voll gestopft war, aber dann sah er, dass die Gegenstände an den schwarzen Wänden und in den Regalen ordentlich aufgereiht waren. Alles war von einer dicken Staubschicht überzogen. Aber das Besondere war die hölzerne Decke des Zimmers. Sie war so niedrig, dass Robert nicht einmal den Arm über seinem Kopf ausstrecken konnte. Joe stieß sich fast den Kopf an.

»Das sieht aus, als wäre das Zimmer nachträglich eingebaut worden. Als Versteck oder so.« Er tippte mit dem Zeigefinger an die Decke. »Das ist nur Holz. Es ist eine Art Zwischengeschoss. Wahrscheinlich kann man es auch auf den Bauplänen nicht erkennen. Eigentlich müsste darüber noch eine Kammer sein.«

Joe trat unruhig von einem Fuß auf den anderen. »Na und? Lass uns lieber gehen.«

Robert leuchtete die Wände ab. In den rohen Holzregalen standen zahlreiche Glasbehälter. Einige waren so groß wie Aquarien. Andere kleiner als Schuhkartons. Es gab sogar ein Glaskästchen von der Größe einer Streichholzschachtel.

Auf dem Boden lag ein hoher Stapel seltsamer Glasrahmen in verschiedenen Größen. Robert wischte mit dem Ärmel den Staub von dem obersten Rahmen und wich entsetzt zurück. Hinter dem Glas klemmte ein Dutzend toter Frösche und Kröten. Ihre Gliedmaßen waren weit auseinander gezogen und mit Stecknadeln festgepikt. Durch die matte Scheibe sahen sie aus wie Fallschirmspringer vor dem Öffnen ihrer Schirme. Auf den kleinen Schildchen unter ihren Leibern standen irgendwelche Namen. Aber die Schrift war verwischt.

Joe kam zögernd näher. »Das ist ja scheußlich. Wer macht denn so was?«

Endlich kannte Robert sich mit einer Sache wirklich aus. »Zoologen machen das. Das hier sind präparierte Tiere. Früher hatten fast alle Naturforscher solche Sammlungen.« Er zog den Rahmen zur Seite und stellte ihn vorsichtig an die Wand. In diesem Augenblick löste sich eine der oberen Kröten aus ihrer Befestigung und glitt innerhalb des Rahmens herab. Im Fallen zog sie zwei ihrer erstarrten Kolleginnen mit. Gemeinsam landeten sie am unteren Bildrand. Robert schauderte es. Aber er war sich plötzlich sicher, dass Joe sich noch stärker ekelte als er. Sie atmete so tief ein wie ein Korallenfischer.

Er wischte den nächsten Rahmen sauber und blickte auf ein Heer von schwarzen Käfern, das ordentlich aufgereiht und festgesteckt auf die Zukunft wartete. Die anderen Rahmen enthielten Schmetterlinge und Motten, Libellen und Bienen, Wespen und Stubenfliegen, alle exakt in Reih und Glied.

»Bestimmt hat in diesem Schloss mal ein Naturforscher gelebt. Dann sind die Glasgefäße hier überall vielleicht Terrarien, in denen er irgendwelche Tiere gehalten hat, kleine und große.«

Joe nickte abwesend. Sie hatte sich abgewendet und starrte aus der Öffnung ins Zimmer der Brüder. »Ich habe Hunger. Hast du noch was zu essen?«

Aber Robert konnte nicht ans Essen denken. Er dachte an den Raum, der über ihnen sein musste. Und er hätte wetten können, dass es von hier aus einen Weg dorthin gab.

»Halt mal. Ich wische die Decke sauber.« Er reichte Joe die Taschenlampe und kletterte aus der Öffnung ins Zimmer der Brüder zurück. Er sah sich suchend um. Dann hatte er endlich etwas entdeckt, das er gebrauchen konnte: sein dunkelblaues Sweatshirt.

Joe sah ihm fassungslos zu, wie er zurückstakste und sofort begann, mit dem Pullover an der Decke herumzuwischen. Staub und Spinnweben segelten herab. Robert schloss die Augen und wischte unverdrossen weiter.

Dann endlich hatte er die Luke gefunden. Er sah sich triumphierend zu Joe um, die zwar mit der Taschenlampe in seine Richtung leuchtete, dabei aber auf ihre Schuhspitzen starrte.

Die Klappe war nicht viel breiter als ein Teetablett. Robert stemmte seine Handflächen dagegen und drückte mit ganzer Kraft, bis sie über ihm nach oben schwang. Irgendetwas leistete sanften Widerstand. Und irgendetwas raschelte.

Robert hob neugierig das Gesicht und blickte in die düstere Öffnung. Es war ihm, als ob da oben jemand lautlos erschrak. Ewigkeiten vergingen und dann passierte es. Joe war die Erste, die schrie. Es war ein kurzes helles Gellen. Dann ließ sie die Taschenlampe fallen und kletterte geschwind und tonlos wie eine Spinne aus der Kammer hinaus.

Zuerst dachte Robert, dass ein Schwarm toter Käfer auf ihn herabstürzte. Aber so viele Käfer konnte niemand sammeln, nicht einmal ein Naturforscher. Es mussten Tausende sein.

Die kleinen borstigen Gegenstände regneten herab, als habe jemand einen riesigen Sack ausgeschüttet. Sie streiften Roberts Gesicht und blieben leblos auf seinen Schultern liegen. Sie hakten sich flockenleicht an seinem T-Shirt fest. Schon stand er knöchelhoch in einer lockeren Schicht aus seltsamen Teilchen.

Robert bückte sich in den Lichtkegel der Taschenlampe und nahm einen der kleinen Gegenstände zwischen seine Finger.

Es gab keinen Zweifel. Es hatte keine Käfer geregnet. Robert erkannte es genau: Der kleine Gegenstand in seinen Händen war die Knospe einer vertrockneten Pflanze. Es war die gleiche, die an Roberts Hosenbein geklebt hatte. Die gleiche, nach der Gustav so verzweifelt suchte. Aber es war nicht eine einzige Blüte. Es waren Tausende. Ein richtiger Berg. Und Robert stand mitten darin.

Die große Küchenuhr zeigte Viertel vor fünf. Draußen auf dem Schlossplatz schüttelten sich die schwarzen Bäume die Nacht aus den Blättern. Die ersten Vögel begannen zu zwitschern und durch das geöffnete Kellerfenster strömte weiche Morgenluft in die Küche.

Robert konnte sich nicht erinnern, schon einmal mitten in der Nacht so viel Kuchen, so viele Chips und so dermaßen viele Gummibärchen gegessen zu haben. Zusammen mit der Cola bildeten die köstlichen Speisen einen dicken zufriedenen Kloß, der seinen ganzen Bauch ausfüllte. Er lehnte sich erschöpft auf seinem Stuhl zurück und schaffte es kaum noch, die Hand vor den Mund zu heben, um einem fetten Rülpser den Ausweg zu versperren.

Joe hatte eine ganz andere Esstechnik als Robert. Für jeden Brocken Kuchen, den sie sich in den Mund stopfte, ließ sie mindestens zwei große Stücke in einer ihrer Manteltaschen verschwinden. Zum Schluss sah sie aus wie eine satt gefressene Fledermaus, deren Flügel vor lauter Völlerei schlaff herabhingen.

»Also, nun mal der Reihe nach.« Robert gab sich alle Mühe, noch einen Schokoriegel zwischen seine Zähne zu stopfen. »Wieso machst du alles, was Gustav dir sagt? Was hast du mit ihm zu tun?«

Joe rührte in ihrem Kakao herum. »Weiß nicht.«

»Das ist keine Antwort.« Das war ein typischer Satz von Roberts Vater, aber bei Joe kam er nicht so gut an.

Sie griff nach der Kakaodose und schöpfte noch zwei weitere Löffel Pulver in ihren Becher. Dann begann sie wieder zu rühren.

Robert seufzte. »Wie lange kennst du Gustav denn schon?«

Joe nahm einen kleinen Schluck Kakao und sah Robert über den Becherrand aus ihren hellen Augen an. »Frau Eisenstein ist nicht meine Uroma.«

»Was? Echt nicht?« Fast hätte Robert sich verschluckt. Er musste husten und als er zu Ende gehustet hatte, sagte Joe: »Sie ist nur eine Nachbarin. Früher haben meine Mutter und ich oben im Schloss gewohnt.«

»Bist du etwa eine Prinzessin?«

Sie schüttelte genervt den Kopf. »Du bist so was von blöd, Robert Hopp!«

Jetzt verwendete sie schon seinen kompletten Namen als Schimpfwort. Robert gab sich alle Mühe, etwas weniger blöd zu wirken. Er dachte eine Weile nach, dann sagte er: »Das verstehe ich nicht.«

»Hier haben zwölf Familien gewohnt, ganz normal, wie in einem Mietshaus. Nur dass die Wasserhähne sangen. Und manchmal hatten wir auch keinen Strom. Und im Winter haben wir mit Kohleöfen geheizt.«

Robert nickte. In so einem Haus war seine Mutter auch aufgewachsen, davon erzählte sie ihm immer gerne.

»Und dann«, fuhr Joe fort, »sind nach und nach alle weggezogen, weil sie in der Stadt Arbeit gesucht haben. Zum Schluss waren nur noch meine Mutter und ich übrig. Und eben Frau Eisenstein.«

»Ich hätte nie gedacht, dass du eine Mutter hast«, platzte Robert heraus und biss sich gleich darauf auf die Zunge. Wahrscheinlich würde es Joe verletzen, wenn er so etwas sagte.

Aber das tat es anscheinend nicht. »Stimmt«, entgegnete

sie kühl. »Ich habe auch keine Mutter.« Sie schnappte sich die Kakaodose und schaufelte einen weiteren Löffel Pulver in ihren Becher. Robert sah, wie sich das Getränk in eine Art Brei verwandelte. Sah lecker aus. Er nahm sich auch noch etwas Pulver.

»Aber irgendwo muss sie doch sein.« Robert probierte etwas von seinem Schokoladenbrei. Es war die unglaubliche Süße, die ihn plötzlich traurig machte. »Oder ist sie etwa, ich meine, ist sie …« Das war ja ein schrecklicher Gedanke.

»Tot? Nee. Tot ist sie nicht. Sie lebt in Südfrankreich, da hat sie einen Freund und früher hatte sie eine Kneipe, glaube ich.«

Robert atmete erleichtert auf. »Dann kannst du ja mal zu ihr fahren, oder?«

Joe schüttelte wild den Kopf. »Sie hat mich bei Frau Eisenstein gelassen, als ich fünf Jahre alt war. Eigentlich sollte das nur für vier Wochen sein, aber dann wurden ein paar Jahre daraus. Manchmal kam eine Postkarte. Hier.« Sie griff in eine ihrer riesigen Taschen und zog ein Stückchen Pappe heraus, das auf der einen Seite blauer war als auf der anderen.

Robert nahm die Karte zögernd entgegen. »Das ist wohl das Meer«, sagte er langsam und betrachtete die etwas blauere Seite. »Schön da, oder?« Er gab ihr die Karte zurück und Joe verstaute sie umständlich.

»Dann stand sie plötzlich vor der Tür. Ich hatte sie sechs Jahre lang nicht gesehen, aber ich habe sie sofort erkannt. Sie sagte, ich sollte schnell packen, wir würden losfahren. Ich sollte ab jetzt bei ihr in Südfrankreich leben. Sie hätte mich sogar schon in der Schule abgemeldet und alles.«

Roberts kakaoverschmierter Rührlöffel war in der Luft erstarrt. Er lauschte atemlos. »Und dann?«

Joe räusperte sich. »Ich wollte nicht mit ihr fahren. Ich wollte lieber bei Frau Eisenstein bleiben. Aber ich hatte Angst, ihr das zu sagen. Frau Eisenstein wollte mir auch nicht helfen. Dann habe ich es ihr doch selber gesagt.«

»O Gott«, machte Robert.

Aber Joe schüttelte abermals den Kopf. »Nix o Gott. Ich dachte auch, dass sie anfangen würde zu weinen oder so. Aber das tat sie nicht. Sie sagte nur, ach so, ganz wie du meinst. Dann winkte sie und fuhr wieder los.«

Robert starrte Joe fassungslos an.

Joe hatte sich in ihrem Stuhl zurückgelehnt. »Wenig später hat sie dann angerufen und gesagt, es wäre tatsächlich besser gewesen, dass ich nicht mitgekommen bin. Sie hätte Ärger mit ihrem Freund. Und die Kneipe liefe auch nicht gut.«

Robert versuchte, einen Löffel Schokoladenbrei herunterzuschlucken, der wie Klebstoff in seiner Kehle hängen geblieben war. Er wusste nicht, was er sagen sollte. »Ist ja schrecklich«, war alles, was er schließlich herausbrachte.

Joe aber spitzte lässig die Lippen. »Ich komme klar. Wenn ich nur nicht ins Heim muss!« Ihre Stimme vibrierte ein wenig, dann senkte sie den Kopf und ihr Gesicht verschwand hinter ihren wirren Haaren.

»Heim? Du meinst ein Kinderheim? Wieso das denn? Du wohnst doch hier und du hast doch Frau Eisenstein!«

Joe griff nach einem scharfen Messer und schnitt sich eine elefantenohrgroße Scheibe Käse ab. »Das habe ich auch gedacht. Aber als meine Mutter damals wieder abgehauen ist, hatte sie bereits furchtbar viel Staub aufgewirbelt. Sie hat dem Schulleiter erzählt, dass Frau Eisenstein einfach zu alt wäre, um auf mich aufzupassen, und dass ich hier im Wald irgendwie verwildern würde.«

Robert nickte und hörte mitten in der Bewegung auf, als er ihren wütenden Blick sah.

Sie nahm einen kleinen Schluck Milch aus der Tüte. Dann verschwand ihr Gesicht hinter der Gardine ihrer Haare. »Als Frau Eisenstein mich dann wieder in der Schule anmelden wollte, verlangte unser blöder Schulleiter plötzlich die Unterschrift meiner Erziehungsberechtigten oder wie das heißt.«

Robert nickte. »Aber deine Mutter hätte die Unterschrift doch einfach schicken können, oder?«

Joe schüttelte wild ihren Kopf. »Du kennst sie nicht. Das hat Monate gedauert, bis wir überhaupt rausgekriegt haben, wo sie war. Sie hatte ihre Kneipe aufgegeben und war mit irgendeinem neuen Freund auf ein Segelboot gezogen. Da hatte unser Schulleiter schon lange das Jugendamt informiert, weil einige von den Zicken aus meiner früheren Klasse mich in der Stadt gesehen hatten.«

Das Zwitschern der Vögel war lauter geworden. Hinter den schwarzen Baumwipfeln dämmerte es bereits. »Heißt das etwa, dass du dich hier versteckst?« Robert spürte plötzlich, wie ein kalter Wind ihm über den Rücken strich.

Joe nickte. »Zweimal waren die schon hier und wollten mich abholen.«

»Aber sie haben dich nicht gekriegt!« Robert wurde von einer Welle der Bewunderung erfasst.

»Doch. Haben sie.« Joe legte ein angebissenes Stück Käse auf den Teller zurück. »Beim ersten Mal war ich vier Monate im Heim, beim zweiten Mal zwei Tage. Dann bin ich wieder abgehauen.«

Robert blickte sich unwillkürlich zum Fenster hinter ihm um. Aber der Hofplatz lag in Stille.

Joe lächelte. »Keine Angst. Sie glauben, dass ich jetzt doch wieder bei meiner Mutter bin.« Sie machte eine erschöpfte Pause, dann sagte sie: »Gustav hat mir nämlich geholfen.«

»Gustav? Verstehe ich nicht.«

»Er kennt viele Leute auf der ganzen Welt. Seine Freunde sind einfach überall.« Robert stellte missmutig fest, wie Joe richtig ins Schwärmen geriet. Sie warf sogar ihre Haare wieder aus dem Gesicht. »Er hat jemanden gebeten, einen Brief zu schreiben. Aus Frankreich. Mit einer echten Briefmarke und allem.«

In Roberts Hirn arbeitete es fieberhaft. Aber ohne Ergebnis. Schließlich sagte er einfach: »Hä?«

Joe stöhnte genervt auf. Langsam schien sie immerhin zu ihrer alten Form zurückzufinden. »Hör doch zu. Schlafmütze! Der Freund hat den Brief so geschrieben, als käme er von meiner Mutter. Da stand drin, dass ich bei ihr wäre. Und schon ganz braun geworden sei und so. Es lag sogar ein Foto bei von einem Mädchen, das nackt in einen Pool springt. War aber nur von hinten aufgenommen. Der Brief sah so echt aus, fast hätte ich sogar selbst geglaubt, dass er von ihr ist.«

Robert atmete tief ein und keuchend wieder aus. »Er hat den Brief gefälscht!«

Sie nickte stolz. »Ja. Und die Typen vom Jugendamt sind so blöd, dass sie darauf reingefallen sind.«

»So etwas ist doch riskant. Ich meine, wenn das rauskommt…« Robert sah vor seinem geistigen Auge einen Polizeiwagen vorfahren, der zuerst Joe, dann Gustav und letztlich auch noch ihn einlud, als Mitwisser. »Verstehe ich nicht, warum Gustav so was für dich tut. Kennst du ihn denn so gut?«

Joe funkelte ihn aus ihren hellen Augen wütend an. »Ich kenne ihn nicht, ich arbeite bloß für ihn. Und er mag mich.«

Aber Robert ließ sich nicht irritieren. »Und was kriegt er dafür?« Plötzlich hörte er wieder die Stimme seiner Eltern in seinem Kopf. Man bekommt im Leben nichts umsonst, dozierte sein Vater. Alles hat seinen Preis, stimmte seine Mutter ein. »Worin besteht die Gegenleistung?«, hörte Robert sich sagen und er fand, dass seine Stimme genauso fest und stark klang wie die seiner Eltern.

Joe zuckte die Schultern. »Ich hab freiwillig angeboten, ihm zu helfen bei der Sache mit dem Schutz der Fledermäuse. Und bei der Suche nach der Pflanze. Wenn er die erst einmal hat, kann er viel für die Fledermäuse tun.« Sie senkte die Stimme. »Weißt du, da, wo die Pflanze ist, sind auch die Fledermäuse.«

Robert runzelte die Stirn.

Joe seufzte und zum ersten Mal seit Tagen erschien so etwas wie ein Lächeln auf ihrem Gesicht. »Er wird überglücklich sein, wenn er hört, dass wir so viele Pflanzen gefunden haben.«

Robert starrte sie ungläubig an. »Du willst ihm die Pflanzen geben? Einfach so? Bevor wir wissen, was damit los ist?«

Aber Joe schien ihn gar nicht zu hören. »Endlich kann ich wieder gutmachen, was er für mich getan hat.« Sie beugte sich zu Robert und fuhr in einem vertraulichen Tonfall fort: »Bei der Kartierung der Futterplätze der Fledermäuse war ich nämlich nicht so gut. Da hat er oft mit mir geschimpft. Aber jetzt …«

Da geschah es plötzlich. Robert wusste selbst nicht genau, was er tat. Er sprang wütend auf die Füße und schlug mit der Faust auf den Tisch, so dass all die angebissenen Kekse erschrocken aufhüpften. Sein Stuhl fiel nach hinten um und riss im Fallen eine Topfblume mit. Der Blumentopf fiel auf ein Tablett und zerschmetterte einen Stapel chinesischer Teetassen. »Nein!«, schrie Robert Hopp. »Du gibst ihm nicht die Pflanzen! Nicht bevor wir wissen, was an ihnen so interessant ist.«

Joes Augen blitzten messerscharf. »Daran wirst du mich wohl kaum hindern können. Du Pflaume!« Sie war ebenfalls aufgestanden und sah ihn angriffslustig an. »Hosenscheißer! Muttersöhnchen! Schlappschwanz!«

Er fühlte, wie das Blut in seinen Schläfen zu pochen begann. Seine Augen brannten. Er hob langsam seine Fäuste. Er war kräftig geworden in diesem Sommer, das merkte er plötzlich genau. Seine Schultern waren straff gespannt, die Sehnen fest, die Beine muskulös und sicher, die Arme stark und bereit, sofort vorzuschnellen.

»Das hab ich mir gedacht«, sagte Joe ungerührt. »Du bist genau wie alle anderen.«

Roberts Herz machte einen Hüpfer. Hatte er das nicht immer gewollt? So zu werden wie alle anderen? So stark, so mutig und so entschlossen? Und was änderte das jetzt? Fühlte er sich etwa besser? Er versuchte, sich selbst von außen zu sehen, aber das Bild verschwamm vor seinen Augen.

Sie standen eine Weile da und starrten einander an. Dann ließ Robert langsam die Fäuste wieder sinken. »Es hat keinen Sinn, wenn wir jetzt auch noch anfangen, uns gegenseitig zu bekämpfen. Wir haben genug Probleme. Lass uns lieber überlegen, was wir tun.«

Joe nickte fast unmerklich. Dann ließ sie sich wieder auf ihren Stuhl sinken. »Aber ich hab dir doch gesagt, dass ich ihm die Pflanzen geben muss«, sagte sie hilflos. »Wenn ich es nicht tue, dann ist alles aus.«

Und plötzlich ahnte Robert, was sie ihm die ganze Zeit verschwiegen hatte. »Er erpresst dich?«

Sie nahm sich noch ein Stückchen Kuchen, betrachtete es lange und legte es dann wieder auf den Teller zurück. »Er hat gesagt, dass er das Jugendamt informiert, wenn ich nicht bald rauskriege, woher du die Pflanze hast. Und dass die mich sofort holen, wenn sie erfahren, dass Frau Eisenstein im Krankenhaus ist und sich nicht mehr um mich kümmern kann.«

»Das ist unlogisch!«, sagte Robert. »Die Leute vom Jugendamt denken ja, dass du bei deiner Mutter bist.«

Joe schien ernsthaft zu überlegen. Dann sagte sie: »Bisher haben sie das gedacht. Aber wenn sie erfahren, dass ich wieder hier bin, geben sie nicht eher Ruhe, bevor sie mich eingefangen haben.« Sie sah ihn mit schief gelegtem Kopf an. »Und dich fangen sie wahrscheinlich gleich mit ein.«

»Mich?« Robert wich unwillkürlich ein Stückchen zurück.

»Deine Mutter ist in Asien, dein Vater auch verreist…«, zählte Joe ungerührt auf. »Zerstritten sind sie sowieso…!«

»Hör auf damit!«

»Und als Kind hattest du einen Herzfehler, deswegen machen sich deine Eltern immer noch schreckliche Sorgen um dich …«, fuhr Joe fort.

»Ja, nein, ja«, machte Robert. »Das war früher. Das ist lange vorbei. Meine Eltern sind nur noch so …«

»Trotzdem«, fauchte Joe. »Das wird dem Jugendamt nicht gefallen, dass irgendwelche Eltern einen halb kranken Jungen allein in einem Schloss zurücklassen. Da schlagen sie sofort zu!«

»Das glaube ich nicht«, entgegnete Robert matt. »Außerdem bin ich nicht halb krank. Ich bin okay!«

»Na und? Mir doch egal. Dein Vater hat außerdem eine Freundin. Das sind ja vielleicht Verhältnisse bei euch!«

»Das weißt du auch?«

»Klar. Das und noch viel mehr.«

Robert schnappte wütend nach Luft. »Du hast gelauscht!« Bei allem, was Joe auf dem Kerbholz hatte, kam ihm das Lauschen allerdings selbst etwas lächerlich vor.

»Na und?«, fragte Joe patzig. »Ich hab ja sonst nichts zu tun.«

Robert malte mit dem Finger ein Muster auf den Tisch. »Der Einbrecher, war das auch Gustav?«

Joe bewegte ihren Kopf einen Millimeter weit nach unten und wieder hinauf.

»Aha. Deshalb hattest du also so wenig Angst. Du wusstest, dass er kommen würde. Er hat dich nämlich im Griff.«

Joe rutschte unruhig auf ihrem Stuhl herum. »Einbruch ist gut. Gustav hat ja nichts gestohlen. Er hat die Sachen nur ein bisschen durcheinander gebracht, damit es echt aussieht.«

Robert dachte an die aufgeschlitzte Matratze. Und an Theo, seinen Teddy, dem Gustav die Gliedmaßen ausgekugelt hatte. Den Teddy sollte er besser nicht erwähnen, sonst würde Joe ihn wieder mit ihrem beißenden Spott überschütten. »Vielleicht hat die ganze Sache wirklich einen harmlosen Hintergrund. Aber das glaube ich nicht. Wir haben nur eine Möglichkeit: Wir müssen herausfinden, was Gustav wirklich in diesem Wald sucht. Ich kann mir nicht vorstellen, dass er nur ein freundlicher Naturschützer ist. Er führt noch etwas anderes im Schilde.«

»Und wie sollen wir das herausfinden?«

Robert versuchte daran zu denken, wie sein Vater solche Sachen anging. »Die Wissenschaftler machen das so: Sie lüften zunächst die Geheimnisse, die direkt vor ihnen liegen. Wir fangen also am besten bei den komischen Pflanzen an. Ich habe noch nie etwas davon gehört.« Robert dachte, dass das nichts zu bedeuten hatte, denn bis vor wenigen Tagen wusste er noch nicht einmal sehr viel über Fledermäuse, aber das sagte er besser nicht. Robert räusperte sich. »Frau Eisenstein könnte uns etwas über die Pflanzen erzählen. Schließlich liegt die versteckte Kammer hinter dem Zimmer ihrer Brüder. Bestimmt weiß sie, dass es die Kammer gibt. Vielleicht hat sie sich als Kind dort selbst einmal versteckt.« Er sah vor seinem geistigen Auge eine winzig kleine Frau Eisenstein, die einen sehr kleinen Tropenanzug trug und die in der versteckten Kammer aus einem der Terrarien blickte.

Robert kam jetzt richtig in Fahrt. »Als Erstes müssen wir mit Frau Eisenstein sprechen. Und dann könnten wir im Internet recherchieren. Und dann…« Er zögerte.

»Dann müssen wir versuchen, mit den Fledermäusen Kontakt aufzunehmen.« Er mochte Joe gar nicht ansehen. Er konnte ihr helles Lachen schon hören, bevor sie überhaupt angefangen hatte, sich über ihn lustig zu machen. Aber seltsamerweise tat sie das nicht.

»Nachtwolke ist ganz nett«, sagte sie trocken. »Und Graufell auch. Nur vor Stürzer habe ich Angst.«

Robert sah sie fassungslos an. »Du kennst die Fledermäuse mit Namen? Du redest mit ihnen?«

Sie sah ihn aufmerksam an, so als wäre sie darauf gefasst, dass nun seinerseits Robert in schallendes Gelächter ausbrechen würde. »Eigentlich ist es eher so, dass sie mit mir reden«, entgegnete sie. »Ich höre ihre Stimmen, wenn ich nachts im Wald bin.« Sie stockte plötzlich, dann fügte sie leise hinzu: »Ich habe das noch nie jemandem erzählt. Es hat erst vor einem Jahr angefangen, seit ich wieder hier untergetaucht bin. Zuerst habe ich gedacht, dass ich vielleicht wirklich verrückt bin, so wie die Leute im Dorf das manchmal behaupten. Aber dann hat Nachtwolke mir gesagt, dass die Fledermäuse alle auf dich gewartet haben. Und dass du sie retten musst.«

»Echt?« Robert war so aufgeregt, dass er kaum noch ein Wort herausbringen konnte. »Und wie soll ich das machen?«

Joe gähnte. »Weiß nicht.« Dann stand sie langsam auf und ging nach draußen.

Unterdessen war es fast hell geworden. Als sie über den Schlossplatz stapften, strich tauglänzendes Gras um ihre Beine. Aber man spürte schon, dass es an diesem Tag wieder heiß werden würde.

»Ich frage mich wirklich, warum Gustav so scharf auf

die Pflanze ist«, murmelte Robert. Dann stolperte er müde die Treppe hinauf und ließ sich im Zimmer der Brüder auf sein Bett fallen.

Joe lag in ihrem Bett auf dem Rücken und starrte gegen die Decke. »Meinst du, dass wir das überhaupt herausfinden können? Hilfst du mir?«

Robert waren schon fast die Augen zugefallen. Er hörte Joes Stimme wie aus weiter Ferne. »Unter einer Bedingung«, sagte seine eigene Stimme, während sein restlicher Körper schon schwer und warm wurde.

»Und die wäre?« Joe klang ebenfalls immer leiser.

»Nenn mich nie wieder Angsthase oder Weichei oder Schneckenarsch oder Windelkind oder Blödmann oder Doofbeutel oder ...«

»Versprochen«, sagte Joe in seine Aufzählung hinein. »Ich mache das nie wieder. Keine Schimpfwörter mehr. Ehrenwort!«

An diesem sonnigen Sommertag schlief Robert Hopp im schwirrenden Sonnenlicht so tief und ruhig wie nie zuvor.

Als Robert am Abend erwachte, fühlte er sich leicht und ausgeruht. Die Sonne war noch nicht ganz untergegangen. Ihr ermattender Schein tauchte den Raum in ein helles rosa Licht.

Joe schlief zwei Betten weiter in ihrem großen schwarzen Mantel und sah dabei aus wie ein verhungerter Vampir. Robert blinzelte in die Sonne, aß noch im Liegen einen Schokoladenkeks und federte dann gut gelaunt aus dem Bett.

Seine Armbanduhr zeigte halb neun. Genau die richtige Zeit zum Aufstehen, wenn man beschlossen hat, lieber nachts als tagsüber zu leben.

»Hey! Aufwachen!« Er rüttelte leicht an Joes Schulter. »Wenn wir zu Frau Eisenstein ins Krankenhaus wollen, müssen wir bald los.«

Joe atmete tief ein und wieder aus. Dann flatterten ihre bläulichen Augenlider. »Lass mich in Ruhe, du A…!« Nach dem »A« brach ihre Stimme plötzlich ab.

»Was?« Robert rüttelte sie stärker.

In diesem Augenblick schnellte sie im Bett hoch. Fast hätten sie sich die Köpfe angestoßen. Sie starrten einander an und in jedem von ihnen schien ein Film abzulaufen, der den heutigen Morgen zum Inhalt hatte.

»Äh«, machte Joe. »Lass mich in Ruhe, du A…A…A… Alligator!«

Robert blinzelte. »Alligator? Was soll das schon wieder heißen?«

Joe sprang auf die Füße und suchte ihre Taschen und Beutel zusammen. »Alligator ist ein afrikanisches Kosewort. Kenne ich von Frau Eisenstein. Es bedeutet, dass jemand nett und grün ist und ein unheimlich guter Schwimmer.«

»So ein Quatsch.« Robert schüttelte den Kopf und reichte Joe einen Keks. »Beeil dich. Ich weiß nicht, wie lange man abends ins Krankenhaus reinkommt.«

Der Weg durch den Wald machte Robert an diesem Abend weniger aus als sonst. Sein lederner Brustbeutel war dick gefüllt mit den seltsamen Pflanzen und schlug bei jedem Schritt leicht gegen seinen Bauch. Robert folgte Joe in einigem Abstand, aber heute hatte er kaum noch Mühe, ihr Tempo zu halten.

Das einzig Nervige waren die Mücken. Zunächst dachte Robert, dass sie ihn stechen wollten, aber dann merkte er, dass sie von den Pflanzen vor seiner Brust angezogen wurden. Bald flog eine dichte Wolke kleiner schwarzer Fliegen vor ihm her, einige hatten es geschafft, auf dem Lederbeutel zu landen, andere surrten aufgeregt um seinen Hals herum.

Nach den Fliegen trafen die Käfer ein, zunächst die kleineren, dann die größeren, die in der Luft wie Spielzeughubschrauber aussahen. Als ein besonders dicker roter Käfer auf Roberts Schulter heruntergekommen war, wischte er ihn ärgerlich zur Seite und stellte fest, dass das Tier sich verzweifelt an seinen Finger klammerte. »Igitt! Das ist ja ekelhaft!«

»Schsch …« Joe sah sich wütend zu ihm um. »Leise!«

Sie hatten abgemacht, während der Walddurchquerung zu schweigen. Joe vermutete, dass Gustav sich hier herumtreiben würde, und sie wollten ihn auf keinen Fall auf sich aufmerksam machen.

Robert war stehen geblieben und versuchte eine daumenlange Libelle zu verscheuchen, die sirrend auf einem Ärmel seines T-Shirts saß. Da spürte er einen Luftzug.

Er blickte sich nach hinten um. Zunächst dachte er, dass die Dunkelheit ganz plötzlich hereingebrochen war. Aber eine dunkle Wolke hinter ihm bewegte sich auf ihn zu. Das war unfassbar. Die Luft war schwarz von Fledermäusen.

Es gab große, die sofort ihre Kreise um ihn zogen und fast seine Nasenspitze mit ihren Flügelenden berührten, mittlere, die den anderen die Flugbahnen streitig machten, und sogar ganz kleine, die er zunächst für Motten gehalten hatte. Von hoch oben über den Baumwipfeln näherten sich weitere schwarze Schatten. Sie stürzten herab und flatterten um ihn herum.

In seinen Ohren ertönte ein helles Rauschen, ein Pfeifen fast, das lauter und lauter wurde. Es schmerzte beinahe. Robert konnte Joe nicht mehr sehen. Er sah nur noch graue und braune, schwarze und rötliche zart befellte Leiber, ihre flatternden ledrigen Flügel und ab und zu ein paar hungrig geöffnete Mäuler mit kleinen spitzen Zähnen.

Die Insekten gerieten in helle Aufregung. Sie summten und brummten, sie flirrten und sangen immer lauter, aber sie flohen nicht vor den Fledermäusen. Robert sah aus den Augenwinkeln, wie eine dicke Wespe direkt neben seinem Ohr in einem weit aufgerissenen Fledermausmaul verschwand. Es knackte laut. Die Fledermaus schmatzte vernehmlich, dann segelte sie weiter.

Die Wolke der Fledermäuse wurde dichter und dichter. Der Luftzug, den sie verursachten, war wie ein starker warmer Wind. Der süßliche Geruch ihrer Körper nahm ihm fast den Atem. Ich muss den Brustbeutel abnehmen und weit wegwerfen, schoss es Robert durch den Kopf, sonst ersticken sie mich.

In diesem Augenblick hörte er eine hohe feine Stimme direkt über ihm. Er hob den Kopf und sah in das breite Grinsen eines kleinen dunklen Gesichtes. »Ich lande mal«, sagte die Fledermaus.

»Wasch? Nein, bitte nischt!« Robert sprach mit zusammengebissenen Zähnen, um der Motte, die sich an seiner Lippe festhielt, den Weg in seinen Mund zu versperren.

Aber da war es schon zu spät. Eine kleine spitze Kralle schnappte sich die Motte. Im gleichen Moment spürte Robert, wie sich etwas in seinen Haaren niedergelassen hatte. »Ich bin es«, sagte die Fledermaus. »Ich bin wieder gesund.«

»Wie schön«, presste Robert zwischen geschlossenen Zähnen hervor.

»Du hast mich neulich in dein Brustfell gewickelt und auf deinen flugunfähigen Panzer geschlagen«, fuhr die Fledermaus fort. »Das war an dem Tag, als ihr hier angekommen seid. Aber meine Mama hat gesagt, du bist unser Retter.«

»Ach ja?«, sagte Robert. Er hatte das Gefühl, dass immer mehr Insekten seinen Mund als Fluchtort auserkoren hatten. »Und wie scholl isch dasch machen?«

Die Fledermaus krabbelte ein Stückchen auf seinen Haaren nach vorne, dann krallte sie sich fest und ließ sich kopfüber vor sein Gesicht baumeln. Sie blickte ihm aus ihren kleinen dunklen Knopfaugen zunächst in sein linkes Auge, dann ruckelte sie ein Stückchen weiter zur Seite und blickte in sein rechtes Auge. »Huch«, sagte sie dann. »Wir dürfen eigentlich nicht beim Essen fernsehen.«

Robert spürte, dass eine weitere Fledermaus auf ihm gelandet war und nun an seinem Rücken hinaufkrabbelte. »Alle mal herkommen«, rief die Fledermaus auf seinem Kopf. »Er hat Federn an den Augen, und damit flattert er.«

»Dasch schind Wimpern«, zischte Robert. »Lasch mich bitte in Ruhe.« Er versuchte die Hände zu heben und seinen Brustbeutel zu erreichen, der von einer dicken Schicht wild krabbelnder Käfer umhüllt war. Dann glitten seine Hände zu dem Lederband, mit dem er den Beutel um seinen Hals trug. Er senkte langsam den Kopf, zerquetschte dabei eine fette Motte an seinem Hals und streifte vorsichtig das Band über den Kopf.

»Hey, pass doch auf!«, rief die Fledermaus auf seinem Kopf, als er ihren kleinen weichen Körper streifte.

»'tschuldigung«, entgegnete Robert. Dann holte er mit dem Arm aus, sog versehentlich eine Fliege beim Einatmen ein und warf den Beutel mit aller Kraft in den Wald hinein. Der Pfeifton in seinen Ohren schwoll kurz an. Dann wurde das Piepen leiser und alle Insekten und sämtliche Fledermäuse umschwirrten nur noch den Brustbeutel, der zehn Meter weiter an einer Astgabel hängen geblieben war. Sogar das Tier in seinen Haaren hatte sich in die Lüfte geschwungen, um seinen Kollegen zu folgen.

Joe stand wie gebannt im Wald. »Ich glaube, die Fledermaus auf deinem Kopf war Graufell und die auf dem Rücken Nachtwolke«, sagte sie.

Robert blinzelte. Dann pflückte er ein langes Fliegenbein von seinem Handgelenk und schnippte es auf den Waldboden. »Sie sind verrückt nach den Pflanzen«, sagte er leise. »Sie sind ganz anders als sonst. Irgendwie lustiger.«

Joe sah ihn stirnrunzelnd an. »Jetzt komm endlich. Wir müssen weiter. Blö...Blö...Blöööö...«

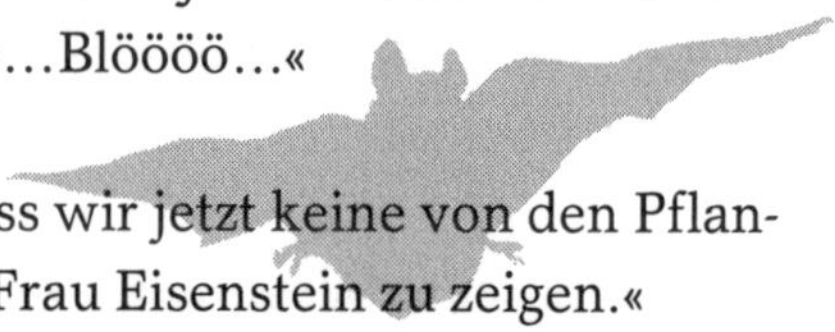

»Blö...?«

Joe hüstelte. »Blöd, dass wir jetzt keine von den Pflanzen mehr haben, um sie Frau Eisenstein zu zeigen.«

Robert nickte. »Dann müssen wir sie ihr eben beschreiben.«

Am Ende des Waldes gab es ein kleines Tal, in dem sich ein schmales Bachbett durch eine Wiese schlängelte. Links und rechts des ausgetrockneten Wassergrabens standen wilde Obstbäume, und von einer kleinen Anhöhe aus konnte man die ganze Gegend gut überblicken. Robert schien es, als sei diese Wiese das Ende der Wildnis des Waldes und der Übergang zur Zivilisation. Hier verbreiterte sich die Straße, die ins Dorf führte, ein weißer Mittelstreifen war auf der Fahrbahn aufgemalt und in einer Haltebucht stand sogar eine Ruhebank. Es war ein guter Ort für Joe, um auf ihn zu warten.

»Bist du sicher, dass du nicht doch mitkommen willst? Frau Eisenstein würde dich sicher sehr gerne sehen.« Robert sah Joe fragend an. Sie saß auf dem abgeknickten Ast eines Apfelbaumes direkt hinter der Ruhebank und baumelte mit den Beinen.

»Du weißt doch genau, dass ich mich im Dorf nicht sehen lassen kann. Du Do...!«

»Do?«, fragte Robert.

Joe riss einen Apfel von einem widerstrebenden Zweig und biss herzhaft hinein. »Do...Do...Dort drüben hängen noch mehr schöne Äpfel. Pflück dir doch einen für unterwegs.«

Robert fiel es leicht, den langen Weg ins Dorf zu gehen. Der Mond schien und ließ den Asphalt silbrig glitzern. Es war eine schöne Nacht. Als er sich in der ersten Kurve zu Joe umschaute, hockte sie immer noch auf dem Ast und winkte ihm.

Er hielt sich dicht an die Straße, auf der kein einziges Auto fuhr. Erst als er die Lichter der Tankstelle am Eingang des Ortes sehen konnte, nahm er eine Abkürzung über eine Weide. Die Kuh, die dort im Stehen döste, hob neugierig den Kopf und trottete dann ein Stück neben ihm her. Früher hätte Robert sich niemals getraut, allein über eine Kuhweide zu gehen. Und eigentlich traute er sich auch heute Nacht nicht. Er hatte nur keine Zeit und keine Kraft, an seine Angst zu denken. Er hatte Wichtigeres zu tun.

Im Dorf war kaum noch etwas los. Eine Joggerin kam ihm entgegengeschnauft, und aus einer Kneipe taumelte ein einzelner Betrunkener. Auf dem Dorfplatz lungerte eine Gruppe Jugendlicher. Robert glaubte, Samantha an ihren leuchtend roten Haaren zu erkennen, und winkte ihr zu, aber dann sah er an dem genervten Gesicht des Mädchens, dass er sich getäuscht hatte.

Robert bog in eine kleine Querstraße ein, um den Weg zum Ortsausgang zu nehmen. Direkt vor ihm lag nun das kleine Café, in dem er Wochen zuvor mit seiner Mutter gewesen war. An einem der runden Tische, die draußen auf dem Bürgersteig standen, hatte er stundenlang auf sie warten müssen, während seine Mutter telefonierend hin- und hergelaufen war. Robert versuchte an ihr Lächeln zu denken und an die lustigen Zeichen, die sie ihm immer gemacht hatte. Wie lange war das her? Zwei Wochen oder drei? Zu seiner Verwunderung spürte Robert nicht den Hauch eines Stiches in seinem Herzen oder in seiner Seele. Es tat nicht mehr weh, an sie zu denken. Sie machte eben ihre Arbeit und er machte die seine.

Genau hier war es, wo er damals gesessen und zwei kniehohe Eisbecher gelöffelt hatte. Jetzt saßen dort zwei Männer, miteinander in ein Gespräch vertieft. Robert sah noch einmal hin und erschrak so sehr, dass er fast gestolpert wäre. Denn es war Gustav, der an diesem Tisch saß. Ihm gegenüber hockte Antoine, der französische Tourist mit der blonden Katze am Halsband. Wie hieß sie noch? Nicole?

Robert sprang hinter einen Baum und spähte vorsichtig um den Stamm herum. Gustav saß mit dem Rücken zu ihm und konnte ihn unmöglich gesehen haben. Antoine hingegen saß mit dem Gesicht in Roberts Richtung, aber er schien gerade einer Geschichte von Gustav zu lauschen. Jedenfalls hatte er den Kopf auf die Hände gestützt und betrachtete ihn aufmerksam. Robert war sicher, dass Antoine keinen Blick für einen vorbeihuschenden Jungen hatte. Ganz anders allerdings verhielt sich Nicole. Die dicke blonde Katze hatte sich auf ihre Pfoten erhoben. Nun zog sie unverdrossen wie ein Schlittenhund an ihrer Leine und lief geradewegs auf den Baum zu, hinter dem sich Robert versteckte. Der weiße Plastikstuhl, an dem ihre Leine befestigt war, rutschte über den Bürgersteig, verfing sich dann aber an einem Laternenpfahl. Antoine schaute nicht einmal auf.

Dass er nicht eher darauf gekommen war! Gustav und Antoine waren alte Freunde. Man sah es schon an der Art, wie sie miteinander sprachen. Und hatte nicht auch Joe einen französischen Freund von Gustav erwähnt? War das nicht derjenige, der den Brief gefälscht und mit einer französischen Marke in Frankreich in den Briefkasten geworfen hatte, damit er möglichst echt aussah? Robert hatte Antoine schon von Anfang an sehr unsympathisch gefunden.

Er wartete den Zeitpunkt ab, als Antoine sich eine Zigarette drehte und aufmerksam in seinen Tabaksbeutel blickte, dann huschte er hinter seinem Baum hervor und die Straße hinunter. Das Letzte, was er von den beiden Männern sah, war, dass Gustav der Kellnerin winkte und aufstand.

Das Krankenhaus war ein lang gestrecktes Gebäude in Plattenbauweise. Nur in der obersten Etage brannte noch Licht. Der Pförtner hockte in einem Glaskasten im bläulichen Schein seines Fernsehers und blickte sich nicht zu Robert um, als der vor dem kleinen runden Glasfensterchen stand.

In Krankenhäusern kannte Robert sich aus. Und deswegen wusste er auch, dass die Besuchszeit lange vorüber war, dass Kinder als Besucher nicht gern gesehen waren und dass der Pförtner ohnehin nur Familienangehörigen Auskunft darüber geben durfte, auf welcher Station und in welchem Zimmer jemand lag. Aber zu untertänig durfte man nicht sein, denn dann fiele man nur auf.

Robert klopfte mit dem Fingerknöchel an die kleine runde Scheibe und fing an zu sprechen, bevor der dicke Pförtner sich genervt zu ihm umgedreht hatte. »Ich muss auf Station 8 was abgeben«, sagte er nun seinerseits genervt und hielt die geschlossene Hand hoch. Eine Station 8 gab es, soweit er wusste, in jedem Krankenhaus. »Meine Urgroßmutter hat ihren Ehering zu Hause vergessen, der ist ihr Glücksbringer! Ich kriege fünf Euro, wenn ich ihn ihr bringe.« Er hielt die Faust geballt, als befände sich wirklich ein kleines Schmuckstück darin.

Der Pförtner blickte ihn durch riesige Brillengläser an, wie eine Biene. »Fünf Euro!« Es war ihm anzusehen, was er dachte. Dass Kinder heutzutage viel zu sehr verwöhnt wurden, zum Beispiel.

Robert druckste herum. »Kann ich vielleicht mal eben von Ihrem Telefon aus zu Hause anrufen? Ich glaube, es waren sogar acht Euro und sie liegt auf Station 5.«

»Ein Euro wäre schon genug«, grummelte der Pförtner. »Und telefonieren kann man hier nicht. Die Leitung muss frei bleiben.«

Robert begann zu hüpfen. Auf und ab, auf und ab, und dabei hielt er sich an dem Rahmen des kleinen runden Fensters fest. Pförtner hassten hüpfende Kinder. Und tatsächlich –

»Hüpf hier nicht herum!«, blaffte der Pförtner.

Jetzt war es fast so weit. Jetzt würde er gleich zornig aufgeben, das wusste Robert.

»Haben Sie vielleicht mal ein Taschentuch für mich? Ich glaube, ich habe mich erkältet.« Er zog die Nase kraus und begann laut zu schniefen. Alle Pförtner in Krankenhäusern hatten Angst, sich an ihrem Arbeitsplatz anzustecken. Der Pförtner wendete sich sofort schaudernd ab, dabei fiel sein Blick wieder auf den Fernseher, in dem eine Krankenhausserie lief. Jetzt wollte er Robert loswerden, das war klar ersichtlich. Die Frage war nur, in welche Richtung er ihn schicken wollte, nach Hause oder nach oben auf die Station.

»Ist hier vielleicht irgendwo eine Toilette? Ich muss mal«, sagte Robert nun. Pförtner hassten es, den Besuchern den Weg zur Toilette zu erklären.

Der Pförtner stöhnte, dann bellte er: »Name?«

Jetzt war Robert kurz vor dem Ziel. Ein wenig Ablenkung wäre da nicht schlecht. »Mein Name ist Robert Hopp, Robert nach meinem Urgroßvater mütterlicherseits, dem, äh, Ehemann meiner Uroma, der ich den Ring bringen soll. Mein Vater ist Arzt, später will ich auch mal ...«

»Der Name deiner Uroma! Mensch!«

»Die Uroma, die hier liegt, meinen Sie?« Robert hüpfte abermals. »Ich habe nämlich zwei Uromas, und zwar ...«

»Ja, zum Teufel noch mal. Und hör endlich auf zu hüpfen. Und atme nicht in meine Richtung!« Der Pförtner schnappte sich ein riesiges Buch und begann darin zu blättern.

»Eisenstein!«, sagte Robert knapp und hörte mit Hüpfen und Schniefen auf.

»Station 3, Zimmer 13«, entgegnete der Pförtner ebenso knapp. »Dein Onkel war vorhin auch schon da.« Er schlug das Buch wieder zu und ließ sich auf seinen Drehsessel fallen. »Bekloppte Familie.«

Robert fand den Weg zur Station ohne auch nur ein einziges Mal stehen bleiben zu müssen. Zweimal begegnete er Schwestern auf dem Flur, denen er ein leutseliges »'n Abend!« zurief. Dann hatte er das richtige Zimmer gefunden.

Frau Eisenstein lag allein in einem riesigen Saal, alle anderen Betten waren mit dünnen Plastikhüllen abgedeckt. Sie hatte ihre Nachttischlampe angeknipst und sah zur Tür, als Robert vorsichtig ins Zimmer schlich.

»Hallo, mein Junge.«

Robert kam zögernd näher.

Ihr eines Bein war geschient und hochgebunden, nur die kleinen mageren Zehen schauten noch heraus. Um den Kopf trug sie einen gewickelten Verband, der auf ihrem stark gebräunten Gesicht fast wie ein Turban aussah.

»Ich hab dich schon viel früher erwartet«, sagte sie leise und streckte ihm eine kleine kühle Hand hin. »Setz dich her zu mir und erzähl mir, wie es euch geht. Was macht Joe?«

Robert ließ sich auf einem der roten Besucherstühle nieder und lächelte sie an. »Es geht ihr gut. Sie, äh, sie wartet auf mich.«

Frau Eisenstein nickte. »Wartet sie wieder am Waldrand? Hat sie dir erzählt, warum sie nicht ins Dorf gehen will?«

»Ja. Alles hat sie mir erzählt.«

»Das ist gut«, entgegnete Frau Eisenstein.

Robert bemerkte, dass ihre Stimme leiser und weicher geworden war und auch ein wenig bebte. Aber er wusste von seinem Vater, dass es für Patienten nicht gut ist, wenn man sie fragt, wie es ihnen geht.

»Du kannst mich ruhig fragen, wie es mir geht«, sagte Frau Eisenstein. »Mir geht es besser.«

»Ach so«, sagte Robert matt. »Das ist schön.«

»Aber ich muss noch eine Weile hier bleiben. Die Kopfwunde ist schlimmer, als die Ärzte dachten. Ich darf noch nicht aufstehen.«

Patienten nach ihrem Entlassungsdatum zu fragen war völlig sinnlos, auch das wusste Robert von seinem Vater.

»Ich weiß nicht, wann ich entlassen werde«, sagte Frau Eisenstein. »Ich bin sehr müde. Aber erzähl mir trotzdem, was bei euch vorgeht.«

»Vorgeht?«, fragte Robert. »Also, äh, nichts eigentlich, das heißt, doch.« Er bemerkte, dass sie ihn aus ihren kleinen Augen scharf musterte. »Eigentlich wollte ich Ihnen eine Pflanze mitbringen.«

Frau Eisenstein seufzte. »Ich mag keine Schnittblumen. Es ist ein schrecklicher Gedanke, dass man eine Pflanze abschneidet, um sie als Dekoration in eine Vase zu stecken. Stell dir nur mal vor, die Blumen hätten auch ein Eigenleben, so wie wir, und sie würden abgeschnittene Menschenköpfe in ihren Behausungen ausstellen!« Sie sah Roberts entsetztes Gesicht und lächelte. »Das hat mir mal einer unserer afrikanischen Farmarbeiter gesagt, als ich im Dschungel einen schönen Strauß bunter Blumen gepflückt hatte. In Afrika ist die Schnittblume unbekannt!«

Robert schüttelte den Kopf, um seine Benommenheit zu vertreiben. »Es wäre auch keine gepflückte Blume gewesen. Eher eine getrocknete Blüte.« Er zeigte mit den Fingern, wie klein die merkwürdigen Trockenpflanzen waren. »Wir haben hinter dem Zimmer der Brüder eine Kammer entdeckt. Und darüber ist eine Art Hängeboden. Da sind Tausende von kleinen trockenen Blüten. Tonnenweise!« Er spürte, wie ihm die Röte ins Gesicht stieg.

»Ach, ihr habt den Bechsteinraum entdeckt«, rief Frau Eisenstein. »Das hab ich mir schon gedacht, dass das Kind eines Wissenschaftlers alles genau erkundet. Seltsam, ich hatte schon fast vergessen, dass es dort eine geheime Kammer gibt.«

»Bechsteinraum?«

Sie nickte. »Das ist eine lange Geschichte, und ich weiß nicht, ob ich sie noch genau zusammenkriege. Aber ich glaube, sie geht ungefähr so: Vor langer Zeit lebte in Weimar ein kleiner Junge, sein Name war Ludwig.«

»Der Junge auf dem Gemälde!«, rief Robert aufgeregt.

Frau Eisenstein hob ärgerlich die Hand. Dann fuhr sie langsam fort: »Es war die Zeit um das Jahr 1810 herum, eine Epoche, die man heute die Zeit der Romantik nennt. Aber diese Zeit war nicht romantisch. Überall in Europa herrschte Krieg und viele Menschen litten an Hunger oder an Krankheiten. Der kleine Ludwig war der Sohn einer sehr armen Hutmacherin. Weil sie sich nicht um ihn kümmern konnte, gab sie ihn zu der Witwe eines Schlachters und deren ältlicher Tochter in Pflege.«

»Und der Vater?«, fragte Robert. »Warum kümmerte sich der Vater nicht um ihn?«

»Der Vater!«, entgegnete Frau Eisenstein. »Der Vater war ein französischer Söldner und er war nicht mit der Mutter des Jungen verheiratet. Er hatte Schande über sie gebracht, wie man damals sagte. Sie konnte den Jungen nicht behalten.«

»Oh«, machte Robert. Die Eltern des Jungen waren also nicht einmal geschieden. Es war sogar noch schlimmer!

»Der kleine Ludwig litt sehr bei der Witwe, einer bösen alten Frau. Er hatte immer Hunger, weil er nur Abfälle zu essen bekam, er durfte nicht zur Schule gehen, er bettelte auf den Straßen und er hatte keine Freunde. Eines Tages jedoch hielt vor dem Haus der Witwe eine Kutsche. Darin saßen der Forstrat Bechstein und seine Frau, entfernte Verwandte seiner leiblichen Mutter, von denen Ludwig noch nie zuvor gehört hatte. Der Forstrat und seine Frau hatten ihren eigenen Sohn verloren und nun wollten sie Ludwig bei sich aufnehmen und großziehen. An Kindes statt, wie man damals sagte.

Für Ludwig begann eine aufregende Zeit. Sie fuhren in einen großen dunklen Wald, in dem der Forstrat und seine Frau ein prächtiges Haus hatten.«

»Unser Wald!«, rief Robert, hielt sich aber gleich darauf selbst die Hand vor den Mund.

»Sie hatten Geld und große Güter. Und sie hatten noch etwas: Sie hatten überall im Haus irgendwelche Aquarien und Terrarien, in denen der alte Bechstein die unterschiedlichsten Tiere hielt. Kröten und Frösche, Molche und Lurche, aber auch Käfer und Spinnen.«

»Die Glasbehälter sind alle noch da«, sagte Robert aufgeregt. »In der Kammer!«

Frau Eisenstein nickte ungeduldig. »Der alte Bechstein gilt heute als der Begründer der Terrarienkunde. Er war wohl einer der ersten Naturschützer.«

Während Frau Eisenstein erzählte, verwandelte sich das weiße Krankenzimmer vor Roberts Augen in ein düsteres altes Haus, das mit Büchern und Globen voll gestopft war und in dem überall Terrarien aufgestellt waren mit den merkwürdigsten Tieren. »Das muss ja toll gewesen sein für Ludwig«, sagte Robert neidvoll.

Aber Frau Eisenstein schüttelte traurig den Kopf. »Ich glaube nicht, dass es so schön war für ihn. Vielleicht hatte er jetzt genug zu essen und bekam eine ordentliche Ausbildung. Aber er war ein unglücklicher Junge, ein Kind mit einem gebrochenen Herzen, das sich immer nach seiner Mutter und seinem geheimnisvollen Vater sehnte, den es ja nicht einmal kennen gelernt hatte. Und auch sein Pflegevater, der alte Forstrat Bechstein, muss ein bedauernswerter Mann gewesen sein, der den Tod seines leiblichen Sohnes nie richtig verwunden hatte. Deshalb haben dann wohl auch die Fledermäuse Kontakt mit ihm aufgenommen! Mit dem alten Bechstein und später dann auch mit Ludwig.«

»Die Fledermäuse?« Robert war so aufgeregt, dass seine Stimme anfing zu quieken.

Frau Eisenstein musterte ihn mit einem merkwürdigen Blick. »Ich dachte, dass du das schon herausgefunden hättest. Fledermäuse verständigen sich über Schallwellen. Damit erzählen sie sich, wo sie Futter finden, aber auch, wie es ihnen geht und was ihre Jungen machen. Aber das ist nur die wissenschaftliche Sichtweise, eine Erklärung aus der modernen Zeit. Es gibt für alle Phänomene immer auch eine romantische Erklärung, und manchmal kommt diese der Wahrheit viel näher als alle Messungen mit modernen Geräten und Methoden!

Fledermäuse spüren, wenn ein Kind ein gebrochenes Herz hat oder wenn ein Erwachsener schwere Sorgen zu tragen hat. Vielleicht weil alle Traurigen dieser Welt die Angewohnheit haben, die Nacht zum Tage zu machen. Zu diesen Menschen fühlen sie sich besonders hingezogen. Sie nehmen manchmal Kontakt mit ihnen auf.«

»Ludwig hat auch mit den Fledermäusen geredet?« Roberts Gesicht war vor Aufregung schon ganz rot geworden.

Frau Eisenstein stöhnte leise und versuchte sich in ihrem Bett ein wenig auf die Seite zu legen. »Auch? Ich wusste, dass sie mit dir sprechen würden, Robert. Ich wusste es vom ersten Augenblick an, als ich dich gesehen habe.«

»Aber warum tun sie das? Ich verstehe das nicht!«

Robert sah, wie Frau Eisenstein fast die Augen zufielen.

»Vielleicht liegt es daran, dass sich die Trauer der Menschen in der Nacht ausdehnt. Dann haben sie noch mehr Angst, und ihre Nöte erscheinen ihnen größer und schwerer. Sie fühlen sich einsamer und trostloser, wenn die Nacht hereingebrochen ist. Das spüren die Fledermäuse.«

Frau Eisenstein griff nach einem Glas Wasser auf ihrem Nachttisch und nahm vorsichtig einen kleinen Schluck.

»Eigentlich bin ich nicht die Richtige, um darüber zu sprechen. Mit mir haben die Fledermäuse niemals auch nur einen Pieps geredet. Mir haben sie nur ihren Kot auf der Treppe hinterlassen. Ich bin immer ein sonniger Mensch gewesen. Ich habe keine Angst und des Nachts pflege ich zu schlafen.«

Robert befürchtete, dass sie gleich damit anfangen könnte. Ihre Augenlider flatterten bereits und ihre Stimme wurde leiser und leiser.

»Und was haben die Pflanzen damit zu tun?«

Sie seufzte. »Ach, die Pflanzen. Sind die immer noch da? Ich hatte gedacht, dass sie längst verwest wären. Meine Brüder haben sie zum Spaß gesammelt, weil sie die Mücken und anderes Getier anlocken. Käfer und Spinnen sind ganz verrückt danach. Manchmal haben meine Brüder mir eine Hand voll von dem Zeug unters Kopfkissen getan, als ich ein kleines Mädchen war. Aber, wie gesagt, ich habe keine Angst. Ich eigne mich nicht besonders gut zum Erschrecken. Und irgendwann haben sie es dann gelassen.« Frau Eisenstein unterdrückte ein Gähnen. »Jetzt habe ich siebzig Jahre lang nicht daran gedacht und nun muss ich die Geschichte schon zum zweiten Mal an einem Tag erzählen …!«

Es klopfte an der Tür und die Nachtschwester streckte

den Kopf hinein. »Noch Besuch?«, fragte sie streng. »Wir müssen jetzt aber fein schlafen!«

Robert wollte gerade den Mund aufmachen und eine Erklärung abgeben, als er ein feines Piepsen hörte. Es kam aus seiner Hosentasche. Das Handy klingelte!

Unter dem bohrenden Blick der Nachtschwester nahm er das Gerät aus der Tasche und drückte auf die Taste mit dem grünen Hörer. »Ja, bitte!«

Die Nachtschwester murmelte: »Das geht hier aber nicht. Das ist verboten.«

Robert nickte ihr freundlich zu und wendete sich ab. Immerhin war Frau Eisenstein von dem Klingeln wieder etwas wacher geworden. »Ist das Joe?«, fragte sie. Robert schüttelte den Kopf.

Die Stimme seiner Mutter in seinem Ohr klang so nahe, als stünde sie neben ihm.

»Hallo, Schätzchen«, säuselte sie. »Ich rufe aus Kuala Lumpur an. Wie schön, deine Stimme zu hören. Geht es dir gut?«

»Ja, super«, sagte Robert schnell.

»Jetzt ist aber Schluss!«, rief die Krankenschwester.

»Was ist denn das für eine Frauenstimme da bei dir?«, fragte seine Mutter. »Und womit ist jetzt Schluss?« Robert hörte an ihrem Tonfall, dass sie gleich streng werden würde. »Schaut ihr etwa noch fern?«

In Roberts Hirn arbeitete es fieberhaft. »Nein, wir spielen nur noch etwas!«

»Spielen?«, keifte die Nachtschwester. »Das ist hier ein Krankenhaus!«

»Krankenhaus?«, schrillte die Stimme von Roberts Mutter in seinem Ohr. »Höre ich da Krankenhaus? Bist du etwa krank?«

Robert schüttelte wieder den Kopf, obwohl sie das von ihrem Handy aus in Kuala Lumpur ja nicht sehen konnte. »Nein, wir spielen nur«, entgegnete er schnell.

»Ihr spielt Krankenhaus?«, fragte seine Mutter irritiert. »Das solltest du deinem Vater erzählen. Das freut ihn sicher.« Sie stockte kurz und räusperte sich. »Hast du etwas von ihm gehört?«

»Ja, das freut ihn alles furchtbar«, erwiderte Robert fahrig. »Er freut sich überhaupt. Ich meine, das hat er gesagt, dass er sich freut, äh, dich, äh, wiederzusehen.« Robert konnte sich überhaupt nicht mehr konzentrieren. Frau Eisenstein machte ihm irgendwelche Zeichen, die er nicht verstand. Die Nachtschwester hingegen hatte beschlossen, tätlich zu werden. Sie hielt ihn an einem Ärmel fest und versuchte ihm das Handy aus der Hand zu reißen.

»Also, tschüs dann«, sagte Robert schnell, »ich freue mich auch.« Er versuchte verzweifelt, die Austaste zu erreichen. Aber er war nicht schnell genug.

»Und sieh bitte nicht immer so viel fern«, rief seine Mutter noch. Dann war ihre Stimme verklungen, irgendwo im luftleeren Raum zwischen Kuala Lumpur und hier.

Die Nachtschwester atmete empört ein und keuchend wieder aus. »Das geht nun aber wirklich zu weit. Sag deiner Uroma Gute Nacht und dann ab mit dir.«

»Ich hab nur noch eine Frage.« Er versuchte sich aus dem Eisengriff der Nachtschwester zu befreien. »Wem haben Sie die Geschichte von den Fledermäusen heute schon einmal erzählt, Frau Eisenstein?« Er dachte an den angeblichen Onkel, von dem der Pförtner gesprochen hatte. Seines Wissens hatte Frau Eisenstein keine

Verwandten außer Joe, und nicht einmal die war eine echte Urenkelin. Wer mochte der Mann nur gewesen sein?

Die Brillengläser der Nachtschwester funkelten empört. »Du nennst sie Frau Eisenstein? Das ist gar nicht deine Urgroßmutter? Nun aber raus, Bürschchen!« Sie gab ihm einen kleinen Schubser in Richtung Tür. Robert sah sich verzweifelt nach Frau Eisenstein um.

Aber Schnarchgeräusche zeigten an, dass sie bereits in einen tiefen Schlummer gesunken war.

Robert ließ das Ortsschild hinter sich und kämpfte sich den Weg zur Wiese hinauf. Die immer noch warme Nachtluft brannte in seinen Lungen, trotzdem kam er zügig voran.

Joe saß natürlich nicht mehr auf dem Ast des Baumes, das hatte Robert auch nicht erwartet. Wie lange mochte er fort gewesen sein? Zwei Stunden oder drei? Dennoch hatte sich ihm das letzte Bild von Joe eingebrannt: wie sie in ihrem langen Mantel im Mondlicht gesessen hatte, die wirren Haare im Gesicht, den Arm lässig zum Winken gehoben. Wahrscheinlich war sie unterdessen müde geworden und hatte sich unter irgendeinem Baum zum Schlafen niedergelegt.

Robert stapfte über die Wiese und blickte hinter jeden Baumstumpf. Ein Hase hob seine Löffel. In der Ferne schlug die Kirchturmuhr des Dorfes zwölfmal. Robert hielt inne und sah sich suchend um. Im matten Licht des zunehmenden Mondes sahen alle Büsche am Waldrand aus wie zusammengekauerte Menschen, die während des Wartens in einen leichten Schlummer gesunken waren und jeden Moment aufspringen konnten. Aber als Robert näher kam, fand er: niemanden.

Ob Joe alleine zum Schloss zurückgelaufen war? Oder ob sie sich irgendwo hier in der Nähe versteckte, um ihn zu foppen? »Joe?« Roberts Stimme krächzte. Für einen Moment verstummten die Geräusche des Waldes, dann schwollen sie wieder an.

Plötzlich sah er einen Schatten. Dort, wo der Waldweg begann, bewegte sich etwas. Robert stand ganz still und kniff die Augen zusammen. Nicht einmal den Käfer scheuchte er fort, der sich eben daranmachte, seinen Hals in Richtung Ohr zu erklimmen. Der Schatten verschwand hinter einem Baumstamm, Stille, dann ertönte ein unterdrückter Schrei.

»Joe!« Robert rannte über die Wiese und bahnte sich einen Weg durch die Büsche, die versuchten, ihn mit ihren dornigen Zweigen festzuhalten. Vor ihm lag ein schmaler dunkler Streifen, wie ein Graben. Robert setzte zum Sprung an, knickte mit dem Fuß um, verlor den Halt. Einen Augenblick später griffen seine Hände in weichen dunklen Modder. Er konnte gerade noch den Mund schließen, bevor sein Gesicht ebenfalls im Schlamm landete.

Als er den Kopf wieder hob, musterten ihn zwei grüne Augen, keinen Meter vor ihm, direkt auf der Höhe seines Gesichtes.

»Verdammt«, sagte Robert.

Die Katze fauchte und sträubte ihr dichtes blondes Fell. Die silbernen Nieten auf ihrem roten Halsband funkelten. Das war Nicole, die Katze von Antoine! Sie setzte sich langsam nieder und schloss die Pfoten um etwas kleines Dunkles, das auf dem Boden vor ihr eine klägliche Flucht versuchte. Petsch! Die Katze holte es wieder zurück. Dann beobachtete sie, wie es über die andere Pfote zu entkommen versuchte.

Das war keine Maus, die um ihr Leben kämpfte! Robert erkannte die zarten ledrigen Flügel einer jungen Fledermaus. Die winzigen Knopfaugen schimmerten, während sie mit ihren Krallen versuchte, die tastende Pfote der Katze abzuwehren. Nicole inhalierte den Geruch der Fledermaus, stieß sie sanft mit der Nase an und begann zu schnurren.

»Hilf mir!« Die feine hohe Stimme war so leise, dass Robert zuerst dachte, es sei ein Moskito an seinem Ohr. »Robert! Mensch! Rette mich!« Die Fledermaus entfaltete verzweifelt einen ihrer kleinen Flügel. Die Katze beobachtete sie interessiert, bis sie damit fertig war, dann patschte sie auf die Spitze des Flügels und er sackte zusammen wie eine Ziehharmonika. »Aua!«, piepste die Fledermaus. »Mama!«

In der Luft begann es zu schwirren. Robert spürte den Luftzug auf seinem schweißnassen Gesicht. Die Katze Nicole schloss die Pfoten enger um ihre Beute. »Ich kriege keine Luft mehr!«, piepste die Fledermaus.

Roberts Hand schnellte vor wie ein Geschoss. Aber Nicole, die Katze, bewegte flink den Kopf. Er bekam sie nur an einem Ohr zu fassen, das weich war wie Gelee.

Er robbte ein Stückchen voran. Die Katze robbte zurück und hielt ihre Beute fest umschlossen. »Robert!«, flehte die Fledermaus erstickt.

Eines war klar: Im Liegen auf dem Bauch rutschend war Robert der Katze unterlegen. Er sprang auf die Füße, unterdrückte den Schmerz in seinem Knöchel und hielt sich schwankend an einem herunterhängenden Ast fest. Die Katze sah interessiert zu ihm hinauf, dann senkte sie den Kopf und schnupperte an der kleinen Fledermaus.

Robert warf sich auf sie wie ein nasser Sack. Zuerst spürte er nur den weichen dicken Pelz der Katze, dann drehte sie sich unter ihm herum und bohrte ihm die rasiermesserscharfen Krallen in den Bauch. Robert biss sich auf die Lippen, die nach fauligem Schlamm schmeckten. Direkt neben seinem Kopf lag jetzt die kleine Fledermaus. Sie rutschte verzweifelt zentimeterweise voran und gab bei jeder Bewegung einen kleinen Piepser von sich.

Er streckte die Arme unter den Bauch und versuchte die Katze zu fassen zu bekommen. Aber Nicole wand sich unter ihm wie ein Aal. Plötzlich fuhr eine ihrer Tatzen unter seiner Brust hervor und ratschte ihm mitten durchs Gesicht. Robert griff reflexartig nach seiner Wange. Die Katze rollte sich herum. Robert fühlte, wie ihr Körper sich unter ihm spannte. Sie schoss unter ihm hervor, als habe er eine Rakete abgefeuert, und jagte mit einem riesigen Satz ins Dunkel des Waldes hinein.

Die kleine Fledermaus lag regungslos auf dem Rücken. Robert streckte vorsichtig einen Finger aus und legte ihn auf den kleinen weichen Bauch des Tieres. Es atmete.

Das Schwirren über ihm wurde leiser. Robert hob lauschend den Kopf. Die Luft stand still, keine Regung. Die Fledermäuse waren abgezogen. »Hallo!«, rief Robert verzweifelt. »Wo seid ihr? Hier ist eine kleine verletzte Fledermaus! Hört mich denn keiner? Ihr müsst euch doch um sie kümmern!« Aber der Wald schwieg und mit ihm schwiegen alle Tiere.

Wenn wenigstens Joe hier wäre. Sie wüsste sicher, was man mit einem kleinen verletzten Tier tun musste. In Roberts Verzweiflung mischte sich die Sorge um Joe. Wenn die Katze Nicole im Wald ihr Unwesen trieb, konnte auch Antoine nicht weit sein und mit ihm Gustav. Ob die beiden ganz in der Nähe waren? Vielleicht beobachteten sie ihn sogar? Er blickte sich nach allen Seiten um und sog die Lippen zwischen die Zähne ein, um sein Zähneklappern abzufedern. War Joe etwa den beiden Männern begegnet, während sie hier auf ihn wartete? Was hatten sie mit ihr getan? Oder war sie ihnen entkommen und versteckte sich jetzt irgendwo in der Tiefe des Waldes?

Er hockte sich auf den Waldboden und nahm die kleine Fledermaus behutsam zwischen seine Hände. Sie hob kurz den Kopf, dann ließ sie ihn matt wieder sinken.

Robert näherte sich ihr mit seinem Gesicht und pustete sie an. »Wie heißt du? Sag doch was.« Aber die Fledermaus schwieg. »Dann werde ich dich Katzenkämpfer nennen, weil du so mutig bist.« Die kleine Fledermaus bewegte sich zaghaft. »Es ist gut, wenn man zumindest einen mutigen Namen hat«, fuhr Robert fort. »Mach dir keine Sorgen. Ich werde mich um dich kümmern.«

Mit der Fledermaus in beiden Händen war es schwierig, durchs Unterholz zu stapfen. Robert konzentrierte sich auf seine Schritte. Der pochende Knöchel war wie betäubt. Jetzt nur nicht wieder hinfallen. Robert wich Baumstümpfen aus und umrundete herabgefallene Äste. Einmal noch hatte er das Gefühl, einen leichten Luftzug über sich zu fühlen, und er meinte, dass jemand ihn aus der Luft beobachtete, aber als er nach oben sah, bewegten sich nur die Baumwipfel.

Es war lange nach Mitternacht, als er endlich das Schloss erreichte. Robert fühlte eine bleierne Müdigkeit. Seine Armmuskeln schmerzten, weil er die Fledermaus die ganze Zeit mit weit von sich gestreckten Armen getragen hatte, um sie bei einem Sturz nicht unter sich zu begraben. Katzenkämpfer indes atmete unmerklich und drückte dabei seinen Bauch gegen die Innenfläche von Roberts linker Hand.

Er schaffte es, mit einer Hand das Schlossportal zu öffnen und mit dem Ellenbogen hinter sich wieder zu verschließen. Die Treppe zum Zimmer der Brüder schien während seiner Abwesenheit länger und steiler geworden zu sein.

Als er endlich oben angekommen war, fiel bereits eine milde Dämmerung durch die vier großen schmalen Fenster und tauchte den Raum in ein trübes Licht. Robert legte die kleine Fledermaus auf sein Kopfkissen und schaute sich suchend im Zimmer um. Was er brauchte, war eine Kiste oder ein Karton, in den er die Fledermaus betten könnte. Er zog die Schublade aus seiner Kommode, die Gustav in der Nacht zuvor aufgebrochen hatte, und polsterte sie mit seinem alten blauen Sweatshirt aus, mit dem er ohnehin schon die Decke in der Geheimkammer gesäubert hatte. Er legte die Ärmel als Rand rundherum und formte aus dem restlichen Stoff in der Mitte ein weiches Polster. Das müsste gehen, dachte er und betrachtete zufrieden sein Werk. Katzenkämpfer wachte nicht einmal auf, als er ihn vorsichtig in die Mulde legte. Sein winziges Brustfell war blutverkrustet. Einer der Flügel war ordentlich gefaltet und angelegt, aber der andere lag schlaff neben dem Tier wie ein Stückchen dünnes schwarzes Leder. Robert überlegte kurz, ob er den Fledermausjungen säubern sollte, verwarf den Gedanken dann aber sofort wieder. Er konnte die Wunden ohnehin nicht richtig versorgen. Joe wäre da bestimmt geschickter.

Zu seiner Verwunderung stellte Robert fest, dass auf Joes Bett ihr kleines schwarzes Notizbuch und der Rucksack mit der Antenne lagen. War sie zwischendurch hier gewesen? Oder lagen die Sachen etwa noch genauso da, wie sie sie vor ihrem Aufbruch zu Frau Eisenstein liegen gelassen hatte? War Joe in Gefahr oder streifte sie einfach im Wald umher? Roberts Kopf schmerzte vom Nachdenken. Er wusste nichts mehr, gar nichts.

Ludwig auf dem Ölgemälde blickte traurig zu ihm hinüber, als er unter die Bettdecke krabbelte. Dann lehnte Robert sich noch einmal aus dem Bett und betrachtete die kleine Fledermaus.

»Schlaf gut, Katzenkämpfer!«, sagte er leise und wühlte sich unglücklich in die Kissen.

Er hatte nur wenige Stunden geschlafen, als er plötzlich einen lauten Glockenschlag hörte. Der Klang dröhnte in seinen Ohren, als sei sein Kopf eine stählerne Schüssel und als habe jemand mit einem Hammer dagegen geschlagen. Als er die Augen öffnete, brannte das Tageslicht in seinen Augen wie Feuer.

Er setzte sich im Bett auf und rieb stöhnend seinen schmerzenden Schädel. Da ertönte der Gong ein zweites Mal und gleich darauf ein drittes Mal. »Hallo!«, rief eine ferne Frauenstimme. »Ist da jemand?« Es gongte abermals. Das Geräusch schien von einer Art Türglocke am

Schlossportal zu kommen und es hallte durch das ganze Haus.

Er warf einen Blick auf Katzenkämpfer, der sich in seiner Schublade bis an den Rand gerobbt hatte, aber ruhig schlief und regelmäßig atmete. Robert sprang aus dem Bett und hastete die Treppen hinunter.

»Einen Moment, bitte«, rief er noch von oben. Aber da war die Tür schon geöffnet worden und eine Frau kam in die Halle herein. Sie trug ein graues Kostüm, hatte graue Haare und eine graue Brille, hinter der ihre grauen Augen streng glitzerten. »Ich komme vom Jugendamt und ich bin hier, um mit Jorinde zu sprechen«, sagte sie an Stelle einer Begrüßung. »Wo ist sie?«

»Äh«, sagte Robert und kam zögernd die restlichen Stufen herunter. Jorinde war so ein merkwürdiger Name. Es dämmerte ihm nur langsam, dass damit ja Joe gemeint sein musste.

»Äh ist keine Antwort«, sagte die Dame vom Jugendamt streng. »Ich weiß, dass sie hier ist. Wir haben nämlich einen äußerst interessanten Anruf erhalten.«

Im milchigen Licht der Halle sah die Dame sehr künstlich aus, fast wie ein Gespenst.

»Wie spät ist es?«, fragte Robert, um das Gespenst auf die Probe zu stellen. In seinem Kopf hämmerte es. Außerdem hatte er furchtbaren Hunger, erschreckenden Durst und war gleichzeitig grausam müde. Das Loch in seinem Magen gähnte.

»Es ist Dienstagmorgen, Punkt halb zehn«, zischte die Dame, ohne auf ihre kleine graue Armbanduhr zu sehen. »Um diese Zeit sollten Kinder wie du längst ausgeschlafen sein. Was ist hier überhaupt los? Antworte gefälligst. Ich zähle bis drei.«

Robert kam einen Schritt näher. Er war zu müde, zu hungrig und zu durstig, um nachzudenken. »Dies ist unser Schloss«, sagte eine Stimme, die aus Roberts Mund kam. Sein Kopf schmerzte so sehr, dass er sich nicht einmal mehr über seine Frechheit wundern konnte, die sich jetzt wie ein ungezähmtes fremdes Wesen in seinem Verstand ausbreitete. »Verlassen Sie sofort das Gebäude!«

»Ganz schön vorlaut«, schnarrte die Dame vom Jugendamt. »Aber leider kommen wir so nicht weiter. Wo sind überhaupt die Erwachsenen in diesem Haus? Ich möchte sofort mit deinen Eltern sprechen! Und wo ist überhaupt diese, hmm…« Sie zog einen kleinen grauen Notizblock aus ihrer großen grauen Handtasche und begann darin zu blättern. Dann hatte sie gefunden, was sie suchte. »Richtig«, knurrte sie. »Wo ist überhaupt diese Frau Eisenstein?«

»Äh«, sagte Robert. Das Blut pochte in seinen Schläfen. Wer hatte die graue Dame informiert, dass Joe sich hier versteckt hielt? Da kam ja wohl nur Gustav in Frage. Aber wenn er Joe verschleppt und versteckt hatte, machte es ja keinen großen Sinn, wenn er gleichzeitig das Jugendamt auf ihre Fährte setzte. Robert wünschte, er hätte einen Zettel und einen Bleistift zur Hand, um ein Diagramm der Möglichkeiten aufzuzeichnen. In der Schule war er auch schriftlich besser als mündlich. Er schloss die Augen und stellte sich einen großen weißen Bogen Papier vor und wie er mit einem schwarzen Stift darauf herumkritzelte.

Entweder waren es Gustav und Antoine, die Joe am Waldrand aufgelauert hatten, dann aber konnte man ausschließen, dass ausgerechnet sie es waren, die das Jugendamt informiert hatten.

Oder, zweite Möglichkeit: Joe war einfach nur so weggelaufen, weil sie wieder eine ihrer Launen hatte. Vielleicht hatte sie Gustav und Antoine am Waldrand getroffen und sich mit ihnen gestritten. Robert war sich sicher, dass Joe das Versteck der Pflanzen in der geheimen Kammer keinesfalls verraten hatte. Und wegen ihrer Schweigsamkeit waren sie bestimmt in einen noch heftigeren Streit geraten, Joe war getürmt, und Gustav hatte die Behörden informiert, um sich an Joe zu rächen. Konnte das sein?

Robert schwankte leicht und musste sich mit einer Hand am Treppengeländer festhalten.

Die graue Dame aber blieb stehen, wo sie war. Sie blickte ihn aus ihren grauen Augen an, dann kniff sie die Lippen zusammen und räusperte sich. »Ich habe dich nach deinen Eltern gefragt und nach Frau Eisenstein!«, schnarrte sie.

Zu Roberts Durst, Hunger, Müdigkeit und Kopfschmerz kam jetzt auch noch die Angst. Was war mit Joe geschehen? Vielleicht gab es noch eine dritte Möglichkeit? Es war merkwürdig, dass sie ihre Sachen oben auf dem Bett zurückgelassen hatte. Verdächtig geradezu. Das, was Robert wusste, war reichlich wenig, und er durfte es nicht auch noch preisgeben. War Joe nicht neuerdings seine Freundin? War er nicht verpflichtet, sie zu schützen? Er konnte gut verstehen, dass sie nicht wieder ins Heim wollte. Robert atmete tief ein. »Wenn Sie etwas von mir wissen wollen, müssen Sie mir schon sagen, was los ist.« Seine Stimme brach ab, dann hob sie wieder an. »Aber draußen auf dem Hof, bitte. Meine, äh, meine Eltern schlafen noch. Sie wollen nicht gestört werden.« Wenn sie draußen vor der Tür stünden, könnte Joe immerhin schon von weitem sehen, dass gefährlicher Besuch gekommen war. Nur für den Fall, dass sie gerade auf dem Weg zurück ins Schloss war.

»Aber natürlich.« Die graue Dame nickte und öffnete die Tür. Ein Sonnenstrahl traf Roberts Gesicht. Seine Augen begannen sofort zu tränen. Immerhin hatte sie ihm abgenommen, dass seine Eltern hier im Haus waren.

Im grellen Sonnenschein eines heißen Sommermorgens sah die graue Dame noch grauer aus als vorher. »Und wo ist Frau Eisenstein?«

»Die ist gerade nicht hier«, sagte Robert schnell.

Die Dame vom Jugendamt sah ihn triumphierend an. »Ich weiß«, sagte sie dann und hielt ihren kleinen grauen Notizblock in die Höhe. »Ich habe gute Informationen. Frau Eisenstein ist todkrank und sie liegt im Stadtkrankenhaus. Warum lügst du mich an? Daran kann ich feststellen, dass du noch mehr zu verbergen hast! Wahrscheinlich stimmt es auch nicht, dass deine Eltern oben im Schloss sind. Und dass du nicht weißt, wo Jorinde ist. Nichts stimmt. Wenn einer lügt, dann lügt er immer.«

Robert spürte, wie der Boden unter seinen Füßen zu schwanken begann. Die graue Dame hatte ihn eingekreist. Er musste eine gute Ausrede finden. Und zwar jetzt sofort. »Also, wenn Sie es genau wissen wollen …«, fing Robert umständlich an, um etwas Zeit zum Nachdenken zu gewinnen.

»Du fängst so umständlich an, weil du etwas Zeit gewinnen willst zum Nachdenken. Das ist ganz typisch für Kinder, die lügen«, keifte die graue Dame. »Darauf falle ich nicht herein. Ich will nicht dein Gequassel hören, ich brauche nur die Fakten. Also bitte!« Ihre grauen Augen funkelten so gefährlich wie gefrorener Asphalt.

Irgendwo hatte Robert einmal gelesen, dass gute Lügen immer auch einen Teil Wahrheit enthalten müssen, das macht sie glaubwürdiger. Er dachte an die vergangene Nacht und daran, wie er Joe am Waldrand gesucht hatte. Da kam ihm plötzlich eine Idee. »Meine Eltern haben mit uns eine Nachtwanderung gemacht, deswegen sind wir alle so müde. Meine Eltern schlafen noch.« Robert fand seine Ausrede fast schon genial. Er gähnte, um seine Worte zu unterstreichen.

Die graue Dame hob einen kleinen grauen Finger und pikte damit in die Luft. »Mit uns? Du hast gesagt, mit uns! Mit wem denn? Etwa mit Jorinde und dir?« Ein lauerndes Lächeln umspielte ihre schmalen grauen Lippen.

»Quatsch!«, sagte Robert. »Jorinde? Die kenne ich gar nicht. Keine Ahnung, wen Sie meinen. Ich habe nur von meinen Eltern und von meinem, von meiner, von unserer, äh, unserer … Katze gesprochen. Mit unserer Katze haben wir eine Nachtwanderung gemacht. Alle zusammen.« In Gedanken sah er die dicke blonde Katze Nicole vor sich.

Die graue Dame musterte ihn aufmerksam. »Ihr geht mit einer Katze spazieren?«

»Sie trägt im Wald ein Halsband«, fuhr Robert fort. »Ein rotes Lederhalsband. Wir führen sie an einer Leine.«

Zu seiner Überraschung nickte die graue Dame langsam. »Komisch. So eine Katze ist mir gestern in der Stadt tatsächlich aufgefallen.«

Das lief ja gut. Robert beschloss, seinen Vorteil sofort auszubauen. »Dann haben Sie bestimmt auch meinen

Vater gesehen.« Die Idee, dass dieser schreckliche Antoine für seinen Vater gehalten wurde, ließ Roberts Knie zu Quark werden.

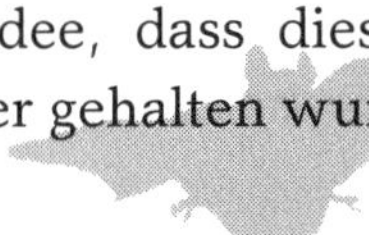

Die graue Dame errötete leicht. »Ach, das war dein Vater? Er war vor dem Supermarkt so freundlich, mir mit den Einkaufstüten zu helfen. Ich hatte gar nicht gedacht, dass er verheiratet, ich meine, ich dachte …« Die graue Farbe kehrte nur langsam auf ihre Wangen zurück.

»Tja«, sagte Robert. »Und was Frau Eisenstein betrifft: Es stimmt, dass sie im Krankenhaus ist. Zur Nachuntersuchung. Aber sie ist nicht todkrank. Sie ist nur ein bisschen hypo…hypo…« Zu blöd, dass ihm jetzt das richtige Wort nicht einfiel. Das Wort bezeichnete Leute, die ihre Krankheiten gerne ein bisschen hochspielen, obwohl sie eigentlich ganz gesund sind. Sein Vater hatte viel mit solchen Leuten zu tun.

»Meinst du hypochondrisch?«, fragte die graue Dame spitz.

Robert nickte. »Genau. Das meinte ich. Frau Eisenstein ist eben schon sehr alt. Mein Vater hat mir erklärt, dass alte Leute manchmal ein bisschen hypochondrisch sind. Mein Vater ist Arzt. Ein sehr berühmter Arzt.« Er versuchte, einen erleichterten Seufzer zu unterdrücken.

»Komisch«, sagte die Dame vom Jugendamt. »Ich dachte, er sei vielleicht ein Detektiv oder so. Er hat so einen tiefen und durchdringenden Blick …« Sie errötete abermals.

»Den tiefen und durchdringenden Blick braucht er, um Krankheiten zu erkennen«, sagte Robert schnell.

Aber da hatte die graue Dame schon begonnen, abwesend in ihrer großen grauen Handtasche zu graben.

Schließlich zog sie eine kleine graue Visitenkarte hervor. »Ruf mich an, wenn du was von Jorinde gehört hast«, sagte sie leise. »Falls sie hier auftaucht!« Dann stapfte sie über den Hofplatz, stieg in ihren kleinen roten Sportflitzer und brauste davon.

Robert machte einen Umweg über die Küche und stopfte eilig Kekse, Chips und ein großes Stück Käse in sich hinein, die er mit einer halben Flasche Mineralwasser hinunterspülte. Als er ins Zimmer der Brüder zurückkehrte, fühlte er sich etwas besser. Da hörte er ein klägliches Piepsen.

Katzenkämpfer war erwacht und rutschte verzweifelt an der Längsseite der Schublade entlang. Dabei schleppte er den verletzten Flügel hinter sich her wie ein besiegter Torero sein Tuch.

»Na?«, sagte Robert und stupste das kleine Tier vorsichtig mit dem Finger an. »Hast bestimmt auch Hunger und Durst.« Er benetzte seinen Finger mit etwas Wasser aus der Wasserflasche und hielt ihn Katzenkämpfer vor die Nase. Aber das Tier wendete nur angewidert den Kopf.

»Oder hast du etwa Hunger?« Vorräte hatten sie schließlich genug, dachte Robert erleichtert. Katzenkämpfer sah ihn aus seinen dunklen Knopfaugen an. Dann öffnete er das kleine Maul und piepste ein Wort, das Robert sofort einen Schauder über den Rücken jagte.

»Spinne«, sagte Katzenkämpfer.

»Was?«, rief Robert empört. Das konnte ja wohl nicht wahr sein!

Katzenkämpfer zuckte ein wenig zusammen. »Ich möchte eine mittelgroße schwarze Spinne. Die schwarzen sind besonders saftig.« Er schmatzte leise. »Aber knusprig muss sie sein. Die dünnen schlaffen mag ich nicht, obwohl da so viele Nährstoffe drin sind. Und bitte keine Käfer. Meine Mama sagt, ich soll die Käfer mit Schale essen, wegen der Vitamine. Aber die Schale ist immer so hart. Bäh! Ich will eine Spinne.« Katzenkämpfer sah ihn trotzig an.

»Igitt!« Robert verzog den Mund. »Und ich soll dir die Spinne fangen? Das ist ja widerlich!«

Katzenkämpfer robbte ein Stückchen weiter. »Ich habe aber Hunger. Und Durst. Dein Wasser schmeckt ekelhaft. Und mein Flügel tut mir weh!«

Robert nickte langsam. Die Gänsehaut auf seinen Armen fühlte sich an wie Schmirgelpapier. Dann hatte er plötzlich eine Idee. »Ich könnte dich in den Wald zurückbringen. Deine Familie kann dich doch versorgen!«

Katzenkämpfer runzelte seine fellige Stirn. »Ich verstehe dich nicht.«

»Wenn man krank ist, dann kümmern sich doch die Eltern um einen.« Robert dachte kurz nach. In seinem Fall war es meistens Frau Krawata gewesen, die Haushälterin, die ihm Tee gekocht, Wärmflaschen bereitet und die Stirn gekühlt hatte. Aber immerhin. »Oder irgendjemand anders aus der Familie«, fügte er noch hinzu.

Katzenkämpfer schüttelte den Kopf. »Bei uns ist das anders. Wenn jemand verletzt ist, dann lässt man ihn allein. Und wenn er allein ist, dann stirbt er. Ganz einfach.«

»Echt?« Robert traute seinen Ohren kaum. »Das ist ja grausam!«

»Weiß nicht«, entgegnete Katzenkämpfer. »Wenn du nicht zurückgekommen wärst, wäre ich auch gestorben. Aber jetzt bist du ja wieder da. Jetzt muss ich etwas essen!«

Robert war zu müde, um der Logik der Fledermaus zu folgen. »Und wo soll ich bitte schön die Spinne herkriegen?«

Katzenkämpfer machte das zischende Geräusch, das wie ein Niesen klang, aber ein Lachen war. »An deinem Flügel klettert gerade eine hoch. Ist zwar ein bisschen zu fett, sieht aber lecker aus. Eigentlich sind die schnellen würziger.« Er schmatzte abermals, legte sich auf den Rücken und öffnete sein Maul.

Robert erstarrte. Flügel? Welcher Flügel? Dann blickte er langsam zu seinem Arm. Tatsächlich stakste dort eine Spinne hoch. Sie hatte eben seinen Oberarm erreicht und verschwand aus seinem Blickfeld. Schon spürte Robert die kitzelnden Beine unter seinem linken Ohr.

Seine Hand schnellte vor und schloss sich über dem zappelnden Tier. Fast hätte er sofort wieder losgelassen, so eklig war das. »Und jetzt?«

Katzenkämpfers Augen strahlten. Aber seine piepsige hohe Stimme wurde einen Ton dunkler und fordernder. »Du musst mich füttern, sonst haut sie wieder ab. Steck sie mir einfach in den Mund!«

Robert öffnete langsam die rechte Hand und ergriff mit Daumen und Zeigefinger ein Spinnenbein. Die Spinne rollte sich zusammen und drehte sich hin und her.

»Los!«, schrie Katzenkämpfer. »Lass bloß mein Essen nicht fallen! Gib sie mir!« Er hatte sein Maul weit geöffnet. Er bebte.

Robert näherte sich mit der Spinne langsam den spitzen Zähnen. Dann schloss er die Augen. Aber Katzenkämpfer hatte im Bruchteil einer Sekunde bereits zugeschnappt. Robert sah nur noch, wie drei Spinnenbeine aus seinem Maul hingen. Dann hörte er, wie auch sie verschluckt wurden. Es knackte leise. »Donnerwetter, ist das ein dicker Brocken.« Katzenkämpfer schmatzte mit vollem Mund. »Und ziemlich saftig. Bisschen zu süß vielleicht. Trotzdem danke, Robert.«

In Roberts Rachen breitete sich ein modriges Gefühl aus. So etwas Scheußliches!

»Und jetzt möchte ich in deiner Flugtasche sitzen und getragen werden!«

»In meiner was?«

»Na, in deiner Flugtasche. Oder hast du keine? Meine Mama hat eine Flugtasche, da hab ich als Baby drin gesessen, bis ich zu dick wurde. Aber deine Flugtasche ist bestimmt größer. Oder?« Katzenkämpfer blickte hoffnungsvoll zu Robert auf. »An dir ist ja alles so riesig!«

Robert überlegte. »Ich hatte bis gestern einen Brustbeutel.« Allerdings hatte er den am Tag zuvor in den Wald geschleudert, um die Insekten von sich abzulenken.

»Du willst mich doch nicht wieder alleine lassen und sterben lassen?« Katzenkämpfer robbte langsam auf seine Hand zu.

»Nein«, sagte Robert matt. »Natürlich nicht. Hilf mir, den Brustbeutel wiederzufinden.«

Die kleine Fledermaus drückte sich zufrieden gegen seine Handfläche. »Und dann musst du mich immer herumtragen, damit ich nicht allein bin und sterbe. Zum Kuckuck, bin ich vielleicht satt.« Er rülpste leise.

Robert hoffte inständig, dass die Spinne möglichst lange vorhalten würde.

In der Tiefe des Waldes war es sogar nachmittags schummrig. Der Himmel hatte sich bewölkt, doch es war immer noch warm. Katzenkämpfer hockte in Roberts Handfläche und spähte ins Unterholz. »Also, ich kann hier keinen Brustbeutel entdecken!«

»Bist du denn sicher, dass du ihn aufspüren würdest, wenn er hier in der Nähe wäre?«

»Klar doch.« Katzenkämpfer bewegte langsam den Kopf hin und her. »Dort liegt ein alter Schuh unter einem Baum. Da oben baumelt ein Stück abgerissenes Seil. Vielleicht hat da jemand versucht sich aufzuhängen. Und, meine Güte, ist das aber eine dicke Kröte dahinten. So eine riesige habe ich noch nie gesehen!«

Robert schüttelte sich und blickte in alle Richtungen sichernd um sich.

Katzenkämpfer ließ sein Niesgeräusch hören, das ein Lachen sein sollte. »Die Kröte ist mindestens achtzig Flügelschläge weit entfernt. Hier in der Nähe sind nur ein paar Maden. Eine klettert gerade an deiner Wade hoch.«

Robert bückte sich so schnell, dass Katzenkämpfer in seiner Handfläche fast das Gleichgewicht verloren hätte. »Hey, pass doch auf!«

»Tut mir Leid.« Robert streifte die sich ringelnde Made ab und schüttelte den Kopf. Wenn er sich nur erinnern würde, wo der Brustbeutel nach dem Angriff der Insekten hingeflogen war. Aber er wusste nur noch, dass er ihn fortgeschleudert hatte. War das hier gewesen, oder mehr in der Nähe des Weges? »Vielleicht müssen wir eher bei der Straße suchen«, sagte Robert zweifelnd und stolperte weiter voran. »Schließlich waren Joe und ich ja auf dem Weg zu Frau Eisenstein, als ich den Beutel mit den getrockneten Pflanzen weggeschleudert habe.« Mit dem unruhig umherturnenden Katzenkämpfer in seiner Hand fühlte er sich fast so ungelenk wie vor drei Wochen, als er immerhin noch beide Hände frei hatte und trotzdem dauernd hingefallen war. Robert war seither viel kräftiger geworden. Und zu seiner größten Überraschung stellte er fest, dass es ihm jetzt sogar Spaß machte, über Baumwurzeln zu springen.

»Da kommt jemand in seinem fluguntauglichen Panzer angefahren«, sagte Katzenkämpfer. »Sitzt nur ein Mensch drin. Und, iihhh, das klingt ja widerlich ...!« Er begann zu zittern und drückte sich mit dem Kopf enger in Roberts Hand. »Halt mich in beiden Händen, ich will das nicht hören, das ist ja furchtbar!«

Robert war stehen geblieben und blickte angespannt in die Wand aus grünen Blättern. »Ich höre nichts. Was meinst du denn?«

»Iiihh!«, machte Katzenkämpfer und bemühte sich, seinen Kopf unter dem gesunden Flügel zu verbergen, so, als verstecke er sich unter einer Decke. »Und da kommt wieder diese gemeine Katze. Sie spürt, dass ich hier bin. Sie schnurrt!«

Robert schloss die Augen und versuchte besonders aufmerksam zu lauschen. Als er eben aufgeben wollte, vernahm er wirklich etwas: Da näherte sich tatsächlich ein Auto. Es rumpelte mit aufheulendem Motor durch den Wald, als ob es ausschließlich im ersten Gang gefahren würde. Gleich darauf kam es in Sichtweite.

Robert hätte niemals gedacht, dass sie schon so nahe am Weg standen. Jetzt aber merkte er, dass die schmale Straße fast ganz zugewuchert und kaum noch zu erkennen war.

Es war zu spät, sich zu verstecken. Der schwarze Wagen hielt direkt neben seinen Füßen. Dann öffnete sich die Tür und Antoine stieg aus. Hinter ihm sprang die dicke blonde Katze Nicole heraus. Anscheinend hatte sie auf dem Beifahrersitz gehockt. Sie begann sofort, Roberts Beine zu umschmeicheln und ihn aus ihren schmalen Augen anzusehen, als bettele sie um Futter.

Katzenkämpfer drückte sich fester in Roberts Handflächen.

»'allo, Robeeer'«, sagte Antoine gedehnt und zwirbelte seinen schwarzen Schnurrbart zwischen zwei Fingern. »Der fresche Junge aus dem Süpermarchee. Wie geht es diiir?«

Robert trat einen Schritt zurück. Das feuchte Gefühl in seiner Handinnenfläche zeigte an, dass Katzenkämpfer ein paar Tröpfchen Angstpipi gemacht hatte. Es stank erbärmlich. Nicole schnurrte und setzte sich brav vor seinen Beinen in Positur. »Können Sie vielleicht mal Ihre Katze zurückpfeifen?«

Antoine sah Robert mit seinem tiefen und durchdringenden Blick an. »Nun, Nicole 'at diiiir verziehen, wie du siehst. Obwohl du ihr gestern Nacht ein ganzes Büschel 'aare ausgerissen 'ast, du frescher Junge! Es ist Zeit, Frieden mit ihr zu machen!«

»Das wissen Sie? Das haben Sie gesehen?« Er hatte die ganze Zeit geahnt, dass Gustav und Antoine noch in der Nähe waren, als er nach Joe gesucht hatte. Robert spürte, wie das Blut in seinen Adern zu wallen begann.

»Mit Leuten wie Ihnen mache ich überhaupt keinen Frieden. Nicht mit Ihnen und nicht mit Ihrer blöden Katze. Wo ist Joe? Sagen Sie mir sofort, wo sie ist!«

Antoine seufzte, dann fasste er in seine Tasche und holte ein Päckchen Tabak hervor. »Du machst dir Sorgen um sie?«

»Ja, allerdings. Und wenn Sie mir nicht sagen, was Sie mit ihr gemacht haben, dann hole ich die Polizei!«

Antoine drehte sich langsam eine Zigarette und leckte das Blättchen an, ohne Robert aus den Augen zu lassen. »Das ist wohl nischt nötisch.«

Roberts Gesicht hatte sich gerötet und er schwitzte. »Ach, tatsächlich? Und wieso sollte ich Ihnen das glauben? Einem Freund von Gustav? Ich habe Sie gestern Abend zusammen in dem Café gesehen.«

»Isch weiß.« Antoine holte ein Sturmfeuerzeug aus der Tasche, blickte zu einem Baum hinauf und seufzte. »Rauchen im Wald ist wohl leider verboten!« Er steckte seine Zigarette hinter eines seiner Ohren. »Isch 'abe disch auch gese'en. Du machst ein komisches Gesischt, wenn du disch versteckst. Dadursch bist du mir aufgefallen!«

Robert sah Antoine erschrocken an und wischte sich mit dem Handrücken den Schweiß von der Stirn. Katzenkämpfer schaute in seiner anderen Hand über einen Finger kurz nach unten zur Katze und hielt sich sofort entsetzt den Flügel vor die Augen. Nicole schnurrte. Ihr breites Maul war leicht geöffnet, wie zu einem Grinsen.

Antoines tiefer und durchdringender Blick ruhte jetzt auf der Fledermaus in Roberts Hand. »Du liebst die Fledermäuse?«

Robert überhörte die Frage. Was ging es diesen Typen an, ob er Fledermäuse mochte oder nicht? Außerdem wusste er das selbst nicht so genau.

»Wie kommst du darauf, dass jemand Joe entführt 'aben könnte?«

»Weil sie so lange nicht im Schloss war, daher weiß ich es. Und weil alle ihre Sachen noch da sind. Und weil sogar das Jugendamt nach ihr sucht.« Er machte eine kurze Pause, dann fügte er hinzu: »Ich muss gar nicht die Polizei rufen. Das machen schon die Leute vom Jugendamt, wenn Joe nicht bald wieder auftaucht. Dann sind Sie dran! Sie und Ihr komischer Freund Gustav!«

»Er 'at mir gesagt, dass er auch dein Freund ist«, sagte Antoine lauernd. »Und er 'at mir erzählt, dass Joe ihm bei einem Naturschutzprojekt mit den Fledermäusen 'ilft. Was ist das für ein Projekt?«

»Das wissen Sie doch selbst!« Robert hielt dem tiefen und durchdringenden Blick von Antoine trotzig stand.

»Isch 'abe aber disch gefragt.« Antoine griff abermals in seine Tasche und holte ein Schächtelchen Pfefferminzpastillen hervor. »Du nimmst natürlisch von fremden Leuten keine Bonbons an, nischt wahr? Das ist brav. Aber du gestattest, dass isch eine Pastille esse, während isch auf deine Antwort warte.« Antoine steckte sich ein Bonbon in den Mund und lutschte es gemächlich. »Isch 'öre!«

Robert dachte angestrengt nach und ballte dabei die Fäuste so stark, dass Katzenkämpfer in seiner Hand ganz leise »Sackgesicht!« rief. Sofort lockerte er den Griff wieder etwas. Antoine hatte anscheinend nichts gehört. Er wartete immer noch.

»Ich weiß eigentlich gar nichts«, sagte Robert. »Ich weiß nur, dass Gustav hinter diesen Pflanzen her ist.«

»'inter welschen Pflanzen?« Antoines Blick wurde noch tiefer und durchdringender.

Robert zuckte die Schultern. »Irgendwelche langweiligen Pflanzen. Sehen klein und braun aus, nicht besonders auffällig.«

»Und wo wachsen diese Pflanzen?« Antoine hatte seine Pastille zu Ende gelutscht und gönnte sich eine weitere.

»Im Wald, nehme ich mal an«, hörte Robert sich sagen. »Hören Sie, ich bin wirklich nicht der Richtige, um über Pflanzen zu sprechen. Ich habe in Biologie eine Fünf.« Das war gelogen, doch Robert fand, dass er sehr gut log.

»Du lügst«, sagte Antoine langsam. »Aber das ist egal. Warum will Gustav so viele von diesen Pflanzen 'aben, wenn sie denn so langweilisch sind?«

»Weil sie besonders selten sind?«

»Selten?« Antoines Stimme klang weich und ruhig, aber seine Augen blitzten.

Aus Joe hatten Gustav und er wahrscheinlich nichts herausbekommen, jetzt nahmen sie ihn in die Zange. Robert legte den Kopf schief. »Mehr weiß ich wirklich nicht! Oder warten Sie mal …« In diesem Moment biss Katzenkämpfer ihm in den Mittelfinger. Die kleinen spitzen Zähne bohrten sich genau an der Stelle ins Fleisch, wo der Nagel aufhört und das Nagelbett anfängt, und es tat so weh, dass Robert nur mit Mühe einen Schmerzensschrei unterdrücken konnte. Fast hätte er die Fledermaus fallen gelassen. Nicole leckte sich bereits das Maul und schluckte trocken runter.

Antoine ließ sich davon nicht aus dem Konzept bringen. »'ast du vielleischt selber welsche von den Pflanzen gefunden?«

Plötzlich schoss ein Gedanke in Roberts Kopf. Die Insekten! Hatte er nicht gestern Nacht selbst erfahren, dass die Pflanzen kleine Insekten anlockten? Das hatten sie sogar durch den Brustbeutel hindurch getan, als er mit Joe durch den Wald ging. Vermutlich hatten sie etwas an sich, das die Insekten anlockte. Das war die Lösung! Dahinter war Gustav her. Er wollte aus den Pflanzen ein Mittel herstellen, mit dem man Insekten anlocken und dann vermutlich vernichten konnte. »Es ist mir egal, ob Sie und Gustav daraus irgendwelche Insektenmittel herstellen wollen«, hörte Robert sich sagen. Er kam sich schlau vor. Sie sollten ruhig wissen, dass sie ihn nicht für dumm verkaufen konnten. »Bestimmt wollen Sie mit den Mitteln dann reich werden. Mir ist das schnurz. Und Joe auch. Machen Sie doch, was Sie wollen. Aber lassen Sie Joe endlich frei!«

Zu seiner Überraschung lächelte Antoine. Er öffnete die Autotür und ließ Nicole hineinspringen und auf den Beifahrersitz hüpfen. Danach kletterte er selbst ins Auto. »Joe geht es übrigens gut«, sagte er über die Schulter hinweg. »Isch nehme nischt an, dass sie in Gefahr ist.« Dann warf er die Tür zu und startete den Motor, wendete den Wagen und holperte den ganzen Waldweg wieder zurück, bis sein Auto mitten im wilden Grün verschwunden war.

»Warum hast du mich gebissen?«, fragte Robert und stupste Katzenkämpfer mit dem Zeigefinger an.

»Weil du so dumm bist, Robert Hopp. Darum«, piepste die kleine Fledermaus.

Sie hatten den ganzen Nachmittag lang nach dem Beutel gesucht und Roberts Mut war von Minute zu Minute gesunken. Einige Male war er sich sicher, dass er den Platz wiedergefunden hatte, an dem die Insekten ihn überfallen hatten. Dort in der Nähe gab es auch mehrere hervorstehende Astgabeln, auf die er den Beutel geschleudert haben könnte. Allerdings hing dort kein Beutel. Gar nichts hing dort.

Katzenkämpfer fühlte sich sehr gebauchpinselt, weil er das Gefühl hatte, dass seinetwegen so viel Aufwand betrieben wurde. Aber Robert suchte verzweifelt, weil er von einem anderen Gedanken geplagt wurde: Was wäre, wenn Joe den Beutel an sich genommen und Gustav die Pflanzen gegeben hätte, um ihn zu beruhigen? Würde er sich mit einer Hand voll zufrieden geben? Oder würde er vermuten, dass es irgendwo noch mehr davon gäbe? Und was würde Joe ihm dann sagen? Dass sie eine ganze Kammer mit Pflanzen entdeckt hatten? Oder hätte sie vielleicht eine andere Ausrede parat? Robert hoffte inständig, dass nichts von alledem passiert war, dass der Beutel noch friedlich über irgendeinem Ast schaukelte und dass er nur zu blöd war, ihn zu finden. Doch seine Hoffnung sank mit jedem Augenblick.

Alle zwei Stunden musste Robert ins Schloss zurückgehen, weil Katzenkämpfer von nagendem Hunger erfüllt war und ausdrücklich nach einer Zimmerspinne verlangte. Die wilden seien nicht bekömmlich, wenn man krank war, sagte er. Nur die Zimmerspinnen würden als Schonkost gelten.

Robert fragte sich, woher Katzenkämpfer das wissen

wollte, da in der Gesellschaft der Fledermäuse doch angeblich alle Kranken ihrem Schicksal überlassen wurden. Aber er war viel zu müde, um mit der kleinen Fledermaus zu diskutieren. »Wieso bist du eigentlich tagsüber wach?«, fragte er schlecht gelaunt. »Ich denke, du bist ein Nachtgeschöpf?«

Katzenkämpfer kicherte. »Was meinst du, wie schwer es ist, tagsüber zu schlafen? Das ist wirklich schwierig. Das muss man üben. Und man kann es nur schaffen, wenn man nachts tüchtig herumfliegt und etwas aus seinem Leben macht.«

»Aha«, gähnte Robert. Er für seinen Teil könnte wunderbar jetzt sofort schlafen, ohne auch nur das Mindeste aus seinem Leben gemacht zu haben, nachts nicht und tagsüber schon gar nicht.

»Heute Nacht müssen wir beide unbedingt mal etwas unternehmen, damit ich morgen früh schön müde bin und schlafen kann«, sagte Katzenkämpfer. »Du siehst auch schon etwas gelangweilt aus. Du hast ja nicht einmal mehr Angst.«

»Woher willst du das wissen?« Robert schleppte sich die Treppe zum Zimmer der Brüder hinauf und konnte sich dabei nicht einmal am Geländer festhalten, weil Katzenkämpfer darauf bestand, in seiner rechten Hand sitzen zu wollen.

»Das spüre ich«, antwortete Katzenkämpfer. »Du bist jenseits aller Angst. Ich kann deinen Herzschlag hören. Dein Herz ist schwer, aber das lässt du heute nicht an dich heran, weil du so müde bist. Und du bist so müde, weil du heute über Tag nicht schlafen konntest. Und das konntest du deswegen nicht, weil die vergangene Nacht so langweilig war …«

»Hör auf!« Robert hätte sich am liebsten die Ohren zugehalten. Die kleine Fledermaus nervte ihn zunehmend. Kaum dass sie das Zimmer erreicht hatten, verlangte sie nach ihrer üblichen Spinne. Robert fing eine rasend schnelle Kellerassel in einer Bodenritze und hielt sie Katzenkämpfer vor die Nase.

Aber dieser begann sofort zu würgen. »Iiih, das ist Fast Food, das erlaubt meine Mama mir nicht. Davon kriegt man stumpfe Zähne und einen fetten Bauch und später findet man dann niemanden, der einen liebt ...«

»Hör auf, ist ja schon gut ...!« Robert ließ die Kellerassel resigniert fallen und beobachtete, wie sie in Windeseile in einem Loch in der Fußleiste verschwand. Seltsamerweise hatte er jetzt selbst großen Hunger, von seinem mörderischen Durst ganz zu schweigen. Die letzten drei Schokoladenkekse aus der Packung waren schon etwas fade, aber die Krümel vom Boden der Packung, die er sich mit zurückgelegtem Kopf in den Mund rieseln ließ, schmeckten gut. Er spülte mit dem abgestandenen Mineralwasser nach und fühlte sich gleich etwas besser. Spätestens morgen früh musste er eine Expedition in die Küche machen und neue Vorräte nach oben holen.

Draußen dunkelte es bereits. Katzenkämpfer schlief in seiner Schublade und ein Gefühl des Friedens erfasste Robert. Er klappte sein Notebook auf und stellte eine Internetverbindung her, um seine Mails zu checken. Außer einem Newsletter von einem Computerclub hatte er tatsächlich Post von seinem Vater und von seiner Mutter. Sein Herz machte einen freudigen Hüpfer. Bestimmt würden sie ihm mitteilen, dass sie bereits auf dem Weg zu ihm seien.

»Lieber Robert. Ich sitze in meinem Hotel in Johannesburg und bin sehr in Eile. Der Kongress dauert noch bis nächste Woche, dann fliege ich nach Deutschland zurück. Hier ist es sehr anstrengend, laut und regnerisch. Bestimmt hast du wunderbare Ferien. Du hast es gut. Ich beneide dich. Gruß an deine Mutter. Und sieh bitte nicht so viel fern. Gruß und Kuss. Vater.«

Robert biss sich auf die Unterlippe und drückte den Antwortbutton. Aber was sollte er dem Vater schreiben? Dass er hier seit Tagen ganz allein war und dass nun sogar noch seine Freundin verschwunden war? Dass er niemanden mehr hatte außer einer kleinen Fledermaus? »Lieber Vater. Es geht mir gut. Viele Grüße von Robert!« Das würde genügen. Sein Vater schätzte kurze Mitteilungen, in denen es um das Wesentliche ging. Robert öffnete die zweite Mail und überflog sie, bevor er sie wieder schloss.

»Lieber Robert. Ich habe gute Neuigkeiten. Meine Firma ist gerettet und ich habe meinen Job behalten. Besser noch. Ich bekomme sogar noch eine Abteilung dazu. Morgen fliege ich mit meinen beiden Kollegen nach Taipeh, dann geht es weiter nach Sydney. Hier in Phnom Penh sind die Kakerlaken so groß wie Schokoriegel. Sei brav zu Frau Eisenstein, grüße sie herzlich von mir und tu mir bitte einen Gefallen: Sieh nicht so viel fern! Ganz liebe Küsse von deiner Mama!«

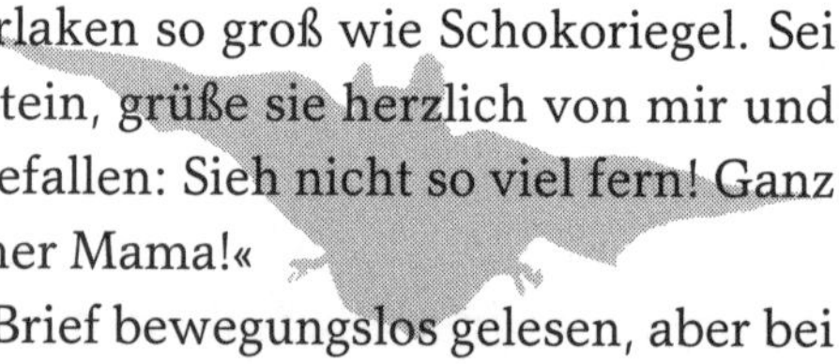

Robert hatte den Brief bewegungslos gelesen, aber bei dem Wort »Mama« musste er doch blinzeln, um die Tränen in die Augenwinkel zurückzudrücken. Warum zum Teufel interessierte niemanden, wie es ihm ging? Nicht einmal Frau Eisenstein schien sich Sorgen um Joe und um ihn zu machen. Sie war immerhin die Einzige, die wusste, dass die Kinder hier allein waren.

Robert nahm sein Handy und tippte eine Nummer ein. Die Stationsschwester meldete sich mit ihrem ellenlangen Vornamen. »Hallo, guten Abend, hier ist Schwester Anna-Katharina-Brigitte von Station 3. Was kann ich für Sie tun?«

»Hier Hopp«, sagte Robert knapp. »Ich möchte gerne mit Frau Eisenstein sprechen. Sie hat doch ein Telefon auf dem Zimmer?«

Die Stationsschwester zögerte einen Augenblick. »Bist du der Junge, der gestern Abend hier war? Tja, wir haben schon versucht dich zu erreichen, aber wir hatten deine Nummer nicht. Und bei Frau Eisenstein zu Hause ist der Anschluss anscheinend gestört. Gib mir doch mal deine Mutter, bitte.«

Robert spürte, wie sich ein kalter Schmerz in seinen Eingeweiden ausbreitete. Was war mit Frau Eisenstein passiert? Robert ahnte das Schlimmste. Aber jetzt war nicht die Zeit der Gefühle, jetzt hieß es nachdenken und aufpassen, sonst würde er niemals etwas erfahren. »Meine Mutter ist mit ihrer Freundin im Kino«, log Robert, »ich weiß nicht, wann sie zurückkommt.«

»Aha«, die Stationsschwester schien ebenfalls nachzudenken. »Dann würde ich gerne mit deinem Vater sprechen.«

Robert hielt den Hörer zu, um etwas Zeit zu gewinnen. Dann rief er: »Vater! Telefon!« Katzenkämpfer in seiner Schublade hob erschrocken den Kopf und ließ ihn sofort wieder sinken.

»Es tut mir Leid, aber mein Vater hat noch Besuch von einem Patienten. Es ist ein Notfall ... Soll ich meinem Vater sagen, dass Sie ihn trotzdem sprechen wollen?«

»Nein, nein, nicht nötig!«, antwortete die Stationsschwester schnell. »Also, dann sage ich dir eben, was ich zu sagen habe. Frau Eisenstein geht es nicht gut. Wir mussten sie in eine Spezialklinik verlegen.«

»Ist sie…?« Robert fühlte, wie sein Herzschlag sich beschleunigte. Katzenkämpfer öffnete die Augen und kam an den Rand seiner Schublade gekrochen. Dann machte er einen vorsichtigen halben Flügelschlag und landete direkt neben Robert auf der Bettdecke. Er sah Robert erfreut an.

Die Stationsschwester räusperte sich. »Tut mir Leid, Kind, mehr kann ich dir dazu nicht sagen.« Dann war das Gespräch unterbrochen.

Robert ließ sich in sein Kissen fallen und verschränkte die Arme hinter dem Kopf. In seine Sorgen um Frau Eisenstein mischte sich seine Angst um Joe und seine Wut über seine Eltern, die ihn einfach in einem Schloss ausgesetzt hatten und ihn ständig ermahnten, nicht zu viel fernzusehen, während er hier um seine bloße Existenz kämpfte. Draußen lungerten vermutlich schon wieder Gustav und dieser Antoine herum, und wenn Joe nicht bald von selbst wieder auftauchte, musste er etwas unternehmen: nämlich die Polizei informieren. Oder die graue Dame vom Jugendamt. Aber was, wenn Joes Abwesenheit doch einen harmlosen Grund hatte? Und wenn er sie dann ausliefern würde und man sie in ein Heim steckte? Er zermarterte sich den Kopf auf der Suche nach Erklärungen für ihr Verschwinden. Aber keine einzige fiel ihm ein. Es war nicht zum Aushalten. Und es wurde immer schlimmer.

Katzenkämpfer kam herbeigekrabbelt und versuchte auf seinen Brustkorb zu klettern. »Sei nicht traurig«, piepste er. »Das Leben vergeht dann zu schnell. Das hat Ludwig auch irgendwann eingesehen.«

Robert ließ seinen Blick zu dem Jungen auf dem Bild schweifen. Traurig sah er tatsächlich nicht aus, eher etwas schelmisch mit seinem schief gelegten Kopf. Merkwürdig. Wie hatte er sich nur so täuschen können?

Roberts Augen weiteten sich. Seit wann legte der Junge auf dem Bild den Kopf schief? Ob er gar anfing sich zu bewegen? Oder wurde Robert jetzt verrückt?

Die Dunkelheit umklammerte das Haus, ein leichter Wind war aufgekommen. Vor den vier hohen schmalen Fenstern schossen zwei Fledermäuse vorbei. In der Ferne bewegten sich die Wipfel der Bäume. Robert spürte, wie ihm ein Schauder über den Rücken kroch. Er nahm all seinen Mut zusammen und blickte abermals auf das Ölgemälde. Und dann sah er, ganz kurz, die Wahrheit. Es war nicht Ludwig, der den Kopf schief hielt. Das ganze Bild hing schief. Jemand war hier gewesen und hatte es abgenommen und später eilig wieder aufgehängt.

Robert sprang so schnell aus dem Bett, dass Katzenkämpfer das Gleichgewicht verlor und fast unter seinem Ellenbogen zermalmt worden wäre. Er riss das Bild von der Wand. Keine Spur mehr von Spinnweben in dem schmalen Durchschlupf. Der schwache Schein des Mondes flirrte ungehindert ins Innere der Kammer. Dennoch konnte man den Boden kaum erkennen.

Robert raste zu seiner Kommode, holte die Taschenlampe und leuchtete in die Kammer wie ein irrer Einbrecher, von Ecke zu Ecke und von Wand zu Boden und wieder zurück. In der Mitte des Raumes, da, wo Robert von den herabfallenden Pflanzen fast verschüttet worden war, hatte jemand ordentlich gefegt. Jetzt war dort eine kreisförmige saubere Stelle in einem Meer aus Staub. Und keine einzige Pflanze war mehr zu sehen.

»Hey!«, rief Katzenkämpfer und strampelte wild mit den Beinen, als Robert ihn von seiner Bettdecke pflückte und unsanft auf seine Schulter setzte.

»Festhalten!« Robert überlegte einen Moment, ob er die große Taschenlampe mitnehmen sollte, und warf sie dann aufs Bett. Mit der Taschenlampe in der Hand würde er selbst relativ wenig sehen, dafür aber würde er leicht gesehen werden.

Katzenkämpfer schlug ihm seine kleinen spitzen Krallen in die Schulter. »Ich bin doch kein Papagei! Halt mich gefälligst fest!«

Aber Robert beachtete ihn gar nicht. »Wir müssen sofort zu Gustavs Hütte. Die Pflanzen sind alle weg. Ich bin mir jetzt sicher, dass er Joe entführt hat! Bestimmt hält er sie gefangen.« Er grub in seinen Hosentaschen und hüpfte dabei von einem Bein auf das andere. »Ich muss hier irgendwo noch den Schuppenschlüssel haben. Verdammt. Da ist er!« Im Hinauslaufen hielt er Katzenkämpfer den Schlüssel vor die Augen. »Halt dich fest. Wir müssen uns beeilen!«

Katzenkämpfer klammerte sich verdrossen an die Schulternaht von Roberts T-Shirt. »Ich habe aber noch etwas Hunger. Man soll nicht aus dem Haus gehen, wenn man hungrig ist«, schimpfte er. »Mein Blutzuckerspiegel!« Doch Robert stürmte die Treppen hinunter, riss die Schlosstür auf und rannte die Freitreppe hinunter, geradewegs in den Wald hinein.

»Dann häng ich mich jetzt aber hin. Hier hocken bleiben kann ich jedenfalls nicht«, piepste Katzenkämpfer. »Falls die anderen mich sehen. Ich will schließlich nicht ausgelacht werden.« Im gleichen Augenblick spürte Robert, wie sich die Fledermaus an seinen Halsausschnitt hängte. »Endlich wieder alles richtig herum«, ließ Katzenkämpfer sich zufrieden vernehmen. »Schön klar heute Nacht. Gut hörbare Signale. Vorsicht! Über dir kackt gleich eine Eule!«

Robert zog mechanisch den Kopf ein, während er sich durch ein besonders dichtes Gebüsch schlängelte. »Weiter zum Herzen hin!«, kommandierte Katzenkämpfer. »Zwei Flügelschläge vor deinem rechten Bein schlängelt sich eine Kreuzotter.«

Robert machte einen leichten Ausfallschritt nach links ohne sein Tempo zu drosseln. Und was, wenn Gustav ihm im Dickicht auflauerte und ihn ebenfalls gefangen nahm? »Ist hier ein Mensch in der Nähe?«, flüsterte er. Sein Flüstern war wirklich sehr leise, er konnte es selbst kaum vernehmen. Ob Katzenkämpfer ihn nicht verstanden hatte? Er wich einem herunterhängenden Ast aus und sprang über einen dicken mondbeschienenen Stein.

»In der Nähe nicht«, piepste Katzenkämpfer. »Aber in der Ferne sind mehrere. Vier und einer!«

»Klar. Schlaumeier!«, keuchte Robert. »In der Stadt leben Tausende.«

»So weit kann ich nicht orten«, zirpte Katzenkämpfer. »Ich kann nur orten, was in diesem Wald los ist. Und da sind vier und einer.«

»Meinetwegen.« Robert kämpfte sich durch eine Brombeerhecke und hastete den Hügel hinauf. Wahrscheinlich wimmelte es in einer Mondnacht wie dieser hier von Förstern und Liebespaaren. »Hauptsache, Gustav ist nicht dabei!«

»Weiß nicht. Spinnwebe voraus. Zwei dicke und eine magere. Und eine süße Motte. Kann ich was zu naschen haben? Halt doch mal kurz an, bitte!« Katzenkämpfers kleiner Körper spannte sich bereits.

»Geht nicht. Wir müssen weiter!« Robert wich der Spinnwebe aus und duckte sich unter den Zweigen einer riesigen Tanne.

»Wenigstens eine Stechfliege. Nur eine. Bütte!« Katzenkämpfers Stimme wurde wehleidig. »Du isst doch auch dauernd Kaugummi. Warum darf ich das nicht?«

»Weil wir weitermüssen! Joe ist in Gefahr.« Die kühle Nachtluft drang in Roberts Lungen und gab ihm Kraft zum Laufen und zum Denken. Schon hatten sie den Gipfel der Anhöhe erreicht.

Als Robert vor einigen Wochen hier gewesen war, hatte ihm die Angst die Luft genommen und trotz der Helligkeit hatte er nur dichtes Grün gesehen. Jetzt aber stellte er fest, dass eine Art Trampelpfad den Hügel hinunterführte, der vom Schatten der Steine scharf gezeichnet war. Er verlagerte das Gewicht nach hinten und glitt mehr den Pfad hinab, als dass er lief.

»Acht Kröten voraus!«, meldete Katzenkämpfer. »Pass auf!«

Robert schlug einen Haken und fiel wieder in Laufschritt.

»Wo sind eigentlich deine Verwandten?«, flüsterte Robert nun doch etwas atemlos. Es war seltsam, dass in einer Nacht wie dieser keine Fledermäuse unterwegs waren.

»Nicht hier«, sagte Katzenkämpfer. »Dir geht es doch gut, oder? Das ist langweilig für uns. Ein Mensch ganz ohne Kummer ist öde. Da gibt es für uns Fledermäuse nichts zu orten.«

Sie waren an dem kleinen Bachlauf angelangt, der jetzt etwas mehr Wasser führte als noch vor Wochen. Robert fand den umgestürzten Baumstamm und lief ohne Zögern darüber. Ein fetter Frosch sprang platschend in den Sumpf. »Vielleicht sind sie bei Joe. Sie muss schreckliche Angst haben.«

»Weiß nicht«, sagte Katzenkämpfer. »Hier sind jetzt die Menschen. Vier und einer. Ich höre sie gut. Halt den Schnabel!«

»Wo denn?« Robert war stehen geblieben und blickte sich suchend um. Die Blätter der Bäume raschelten leise. In der Ferne schrie ein Käuzchen. Dann hörte er es auch. Stimmen.

Hinter den schwarzen Büschen lag Gustavs Hütte. Durch die beiden Scheiben leuchtete bläuliches Licht. Ein Mann sagte etwas. Ein anderer lachte. Ein Mädchen kicherte.

Robert schlich langsam näher und hockte sich unter die Fensteröffnung.

Katzenkämpfer ruckelte sich an Roberts Halsausschnitt zurecht. »Sie machen etwas. Ich weiß nicht, was es ist. Sie reden miteinander.«

Robert verstand einzelne Wortfetzen. Pflanzen. Destillat. Nicht genug. Dann schnarrte Gustavs Stimme ein Schimpfwort. Robert schob sich aus der Hocke langsam nach oben, weiter und weiter, bis seine Augen genau in Höhe der Fensterscheibe waren.

Joe starrte ihm direkt ins Gesicht.

Hinter ihr und mit dem Rücken zum Fenster standen Gustav und Samantha. Markus rührte in einem großen Bottich, von dem aus ein gebogenes Glasrohr bis in einen weiteren Glasbehälter führte. Ein Destillationsapparat! Robert hatte einmal gesehen, wie mit einem ähnlichen Gerät Schnaps destilliert wurde. Ob es die Pflanzen waren, die sie verarbeiteten? Aber warum taten sie das hier und nicht irgendwo in der Stadt in einem richtigen Labor?

Robert ließ sich wieder zurückrutschen und schrammte dabei mit dem Knie gegen eine der Holzbohlen der Hütte.

»War da draußen nicht eben ein Geräusch?«, knurrte Gustavs Stimme von drinnen.

»Nein, das war ich. Ich bin mit meinem Schuh, äh, gegen den Stuhl gekommen!«, rief Joe.

Roberts Herz pochte bis in seinen Hals. Was ging dadrinnen vor? Und warum hatte Joe ihn nicht eingeweiht? Was machten sie, was er nicht wissen durfte?

»Nun, meine liebe Joe«, sagte Gustavs laute Stimme, »ich fürchte, die Menge an Blüten wird leider nicht reichen. Vielleicht waren sie auch schon zu alt. Wir haben nur einen einzigen Tropfen der Essenz gewonnen. Damit wollen wir uns doch nicht zufrieden geben, oder?« Seine Stimme klang gefährlich nahe. Wahrscheinlich stand er am Fenster und blickte hinaus.

»Jetzt nicht bewegen!«, piepste Katzenkämpfer. »Er hat ein kaltes Herz. Aber er spürt, dass du hier bist!«

Roberts Körper war aus Eis. Er atmete flach, fast atmete er gar nicht mehr.

»Ich glaube, da muss unsere liebe Joe ihrem feinen Freund noch mehr von den Blüten abjagen. Es gibt doch noch mehr Verstecke im Schloss, nicht wahr? Und die wirst du für mich suchen!« Gustavs schwere Schritte entfernten sich etwas vom Fenster. »Dieser dumme Junge hat doch Vertrauen zu dir. Er erzählt dir doch immer alles. Vielleicht machst du ihm noch etwas Angst? Unser Einbruch war schon mal ganz gut gelungen. Und die Sache mit der aufgeschlitzten Matratze! In dieser Richtung müssen wir weiterarbeiten!«

Robert war in sich zusammengesackt.

Da hörte er die helle Stimme von Samantha. »Echt, Joe, Gustav hat Recht. Dieser feine Pinkel will doch nur mit seinen affigen Eltern das Schloss kaputtmachen. Was meinst du, was passiert, wenn die das erst einmal gekauft haben und anfangen mit dem Umbauen! Dann sitzt du sowieso auf der Straße. Mit einer wie dir wollen solche Leute doch nichts zu tun haben!«

Jetzt mischte sich auch Markus in das Gespräch. »Ich finde, das darf man nicht auf der persönlichen Ebene diskutieren. Wir müssen auf der Sachebene bleiben. Es geht hier schließlich um etwas Wichtigeres. Es geht um den Schutz der Fledermäuse. Wenn Gustav erst einmal die Essenz in großen Mengen hergestellt hat, können wir die Tiere ganz einfach umsiedeln, wenn sie bedroht sind. Du weißt doch, wie wild die Insekten auf die Blüten sind. Mit der Essenz aus den Blüten können wir die Insekten locken, wohin wir nur wollen. Und dann folgen uns auch die Fledermäuse. Damit haben wir sie in der Hand, verstehst du?« Markus hüstelte. »Ich meine: Das ist für die Fledermäuse das Beste.«

»Der weiß gar nichts!«, flüsterte Katzenkämpfer.

Roberts Herz schlug kalt und hart gegen seine Brust.

»Was meinst du, Joe? Kannst du aus diesem kleinen Idioten noch was herauskriegen?« Gustavs Stimme klang schmeichelnd. »Seine beknackte Mutter hat doch bestimmt die Pläne vom Schloss. Die soll er uns besorgen. Ich wette, es gibt noch mehr Kammern!«

Und dann war Joe zu hören. »Mal sehen«, sagte sie langsam. »Eigentlich stimmt es ja. Robert ist wirklich ein richtiges Weichei! Mit so einem möchte ich niemals befreundet sein.«

»Recht so«, triumphierte Gustav. »Das ist unsere alte Joe, wie sie leibt und lebt. Unsere süße kleine Spionin! Bravo!«

Robert schleppte sich auf allen vieren kriechend von der Hütte weg, wie ein geschlagener Hund. Er fühlte nichts mehr. Nicht die Steine, die in seine Knie stachen, und nicht die Dornen, die die Haut seiner Arme ritzten.

An der ersten großen Tanne rappelte er sich mühsam hoch. Dann stolperte er in den dichteren Teil des Waldes hinein. Es war ihm egal, in welche Richtung er ging. Sein Atem rasselte, die Knie waren wie aus Glibber. Nichts war mehr übrig von der Kraft, die er zu haben glaubte und die er doch niemals wirklich gehabt hatte.

Katzenkämpfer schwieg beharrlich. Oder konnte Robert ihn nur nicht mehr verstehen?

In der Nähe des Teiches ließ er sich auf einen Baumstumpf fallen. Er konnte nicht mehr. Nicht mehr laufen und nicht mehr denken. Aber vor allem konnte er nicht mehr weiterkämpfen.

Da schlug Robert Hopp die Hände vors Gesicht. Zuerst liefen die Tränen nur langsam. Sie tropften auf seine

Jeans und auf die Turnschuhe. Sein Rücken bebte. Da war niemand, der ihn trösten konnte.

Er war allein.

Und er spürte nicht, dass er genau beobachtet wurde.

DRITTES BUCH

Robert konnte sich später nicht mehr daran erinnern, wie lange er auf dem Baumstumpf gesessen hatte. Vielleicht war es eine Stunde, vielleicht die halbe Nacht. Kalt war es geworden. Der silberne Mond blickte still auf ihn herab, wie er dasaß und weinte und weinte und die ganze Luft mit Traurigkeit erfüllte. Es war die größte Traurigkeit, die der Wald seit langer Zeit erlebt hatte. Die Baumwipfel wiegten besorgt ihre Spitzen, die Grillen hörten auf zu zirpen und die ferne Kirchturmuhr im Dorf schlug nur ein einziges Mal, dann verstummte auch sie.

Da erhob sich ein Schwirren in der Luft. Zunächst war es nur ein Hauch, aber dann begann sich der Himmel zu bewegen. Aus den Nachtwolken lösten sich einzelne Schatten und stießen zu Robert hinab. Sie umschwirrten ihn und lockten mehr und mehr Schatten an, bis die ganze Luft erfüllt war von dahinjagenden grauen, braunen und schwarzen Leibern mit gezackten Flügeln.

Als Robert den Kopf hob, war Katzenkämpfers kleiner Körper an seinem Halsausschnitt angespannt. Robert blickte in die Luft, aber er schwieg.

»Hallo, Robert«, schrillte plötzlich eine hohe, heisere Stimme an seinem Ohr. »Ich bin es, Stürzer, der König der Fledermäuse, Majestät der Nächte. Steh auf und komm mit. Mein Volk will dir etwas zeigen!«

»Mir?« Robert wischte sich mit dem Handrücken über die tränenverkrusteten Wangen. »Ich bin müde. Und ich kann nicht mehr!«

Da zischte ein vielstimmiges Niesgeräusch durch die Luft, das Lachen der Fledermäuse. »Menschenskind, man kann immer weiter. Wenn man nur will«, sagte Stürzer. »Steh jetzt auf!«

Seine Stimme klang mehr wie ein Befehl als wie eine Einladung. Sie sirrte fast schmerzhaft in Roberts Ohren. »Bald wirst du verstehen, warum wir deine Hilfe brauchen. Folge uns einfach. Du kannst ruhig große Angst haben. Dann können wir dich besser orten!«

»Nun lass doch den Jungen«, ertönte eine noch viel feinere hellere Stimme, die Robert als die von Nachtwolke erkannte. »Folge uns einfach, Kind. Du musst nicht rennen. Wir sind alle bei dir. Wir haben viel Zeit.«

»Der Mond ist heute Nacht sehr gnädig«, hauchte eine andere Stimme. »Es wird ein wunderbares Fest!«

Robert folgte den Fledermäusen wie im Traum. Er konnte den Weg kaum erkennen, aber er fühlte, wie sie ihn leiteten, wie sie mit ihren Flügelspitzen seinen Wangen gefährlich nahe kamen, wenn er zu weit nach links oder rechts ging. Wie sie im Sturzflug auf ihn herabsegelten, um ihn vor dicken Steinen zu warnen. Und wie sie die Spinnennetze zerfetzten, die seinen Weg versperrten.

»Cool«, murmelte Katzenkämpfer.

Schließlich sammelten sich die Fledermäuse vor einem dichten Gebüsch, das so schwarz und geschlossen aussah wie eine Mauer, als habe noch niemals ein Mensch es durchdrungen.

»Geh, Robert«, rief Stürzer, und wieder klang es mehr wie ein Befehl. »Wir erwarten dich auf der anderen Seite.« Robert streckte eine Hand aus und zuckte sofort zurück. Die Dornen standen so dicht wie die Zinken einer Haarbürste und waren auch genauso lang. Die ganze Hecke war höher, als Robert groß war, und so breit, dass er keines der Enden erkennen konnte.

Robert streckte die Arme aus und schloss die Handflächen, so als wolle er schwimmen. Dann schob er die verworrenen Zweige ein Stückchen weit auseinander und tat einen Schritt nach vorne. Die Dornen berührten seine Haut, aber sie pikten ihn nur, ohne wirklich zu stechen. Die Hecke raschelte und schloss sich hinter ihm langsam wieder zusammen.

Robert blickte sich erschrocken um, aber alles, was er sehen konnte, war Schwarz.

Er machte eine weitere Schwimmbewegung. Dieser Teil der Hecke gab schwerer nach, anscheinend wurde sie nach innen hin dichter.

»Iiih, ist das gruselig«, flüsterte Katzenkämpfer unter seinem Kinn. »Hier dürfen wir nicht rein. Wir müssen immer drüberfliegen.«

»Das würde ich auch lieber tun«, flüsterte Robert zurück. Er spürte selbst, dass er ein wenig lächelte. Immerhin redete Katzenkämpfer wieder mit ihm. »Weißt du, wohin wir gehen?«

»Nach Hause«, piepste Katzenkämpfer glücklich. »Ich darf dich mit nach Hause nehmen!«

Die Hecke war dichter und breiter, als Robert befürchtet hatte. Er brauchte noch weitere fünf Schwimmbewegungen, um sie hinter sich zu lassen. Doch dann stand er plötzlich auf einer winzigen Lichtung, die fast völlig von einem riesigen Baumstamm ausgefüllt war. Sofort schwirrten wieder die Fledermäuse um seinen Kopf. »Das war schwierig, was?«, zischte Stürzer und flog direkt auf Roberts Gesicht zu. Für den Bruchteil einer Sekunde sah Robert die schimmernden alten Augen einer fast ergrauten Fledermaus. »Sag, dass es fast unmöglich war, da durchzukommen!«

»Stimmt«, entgegnete Robert sofort. »Das war eigentlich menschenunmöglich.«

»Hört, hört!«, rief Stürzer begeistert. »Menschenunmöglich! Was ich euch immer gesagt habe. Menschenunmöglich!«

Robert hob den Kopf und versuchte den Wipfel des riesigen Baumes zu erkennen. Der Stamm war mindestens einen Meter dick, vielleicht sogar noch mehr. Er ragte steil und gerade in den Nachthimmel hinauf, aber seine Zweige standen so dicht, dass Robert nicht viel sehen konnte.

»Geh auf die andere Seite, da ist das Einflugloch!«, befahl Stürzer. Sofort flatterten auch die übrigen Fledermäuse auf die andere Seite des Baumes, wie eine gigantische Wolke, die in einem Luftzug davonschwebte.

Robert tastete sich vorsichtig voran. »Ich sehe nichts«, sagte er dann. Direkt vor ihm hatte der Baum eine Art Spalt, kaum breiter als zwei Hände. »Ist das das Einflugloch?« Die Fledermäuse umschwirrten ihn. Wahrscheinlich erwarteten sie jetzt eine Art Lob für den Baum. »Hübsch«, sagte Robert. »Gefällt mir, das Einflugloch. Wirklich sehr gut!«

»Dann darf ich bitten!« Stürzer kam pfeilschnell an Robert vorbeigeschossen, genau auf den Baum zu, als würde er mit ihm kollidieren. Und tatsächlich schien er für den Hauch einer Sekunde am Rand des Spaltes anzustoßen. Dann bewegten sich seine Krallen und – husch – im nächsten Moment war er verschwunden.

»Worauf wartest du noch?«, erklang eine hohle Stimme aus dem Inneren des Baumes. »Komm endlich rein!«

»Ich?« Robert schluckte. »Äh, das ist nett. Aber ich fürchte, das ist nichts für mich.«

Die Fledermäuse über ihm hoben ein vielstimmiges Gepiepse an.

»Ich meine, ich bin zu dick«, erklärte Robert schnell. »Da pass ich nie und nimmer durch.«

»Du musst dich eben dünn machen«, mischte sich Katzenkämpfer ein. »Los, mach schnell, sonst wird Stürzer wütend. Hier ist seit ewigen Jahren kein Mensch gewesen. Der letzte, der uns hier besucht hat, war Ludwig. Das kannst du nicht ablehnen!«

»Aber ich lehne es doch gar nicht ab«, murmelte Robert kläglich. Er schob versuchsweise einen seiner Arme in den Baumspalt und zog ihn sofort wieder zurück. Dadrinnen war es warm und wuselig. Etwas hatte ihn berührt!

»Wo bleibt der Menschenjunge?«, hallte eine Stimme aus dem Baum. »Was ist los?« Die Fledermauswolke verharrte einen Wimpernschlag lang erschrocken über Robert in der Luft, dann setzte sie sich lautlos wieder in Bewegung.

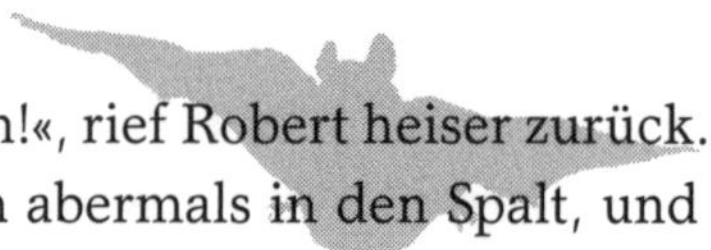

»Ich komme ja schon!«, rief Robert heiser zurück.

Er streckte den Arm abermals in den Spalt, und diesmal spürte er, wie etwas vor ihm zurückwich. Aber das war kein einzelnes Tier. Das waren Hunderte!

Robert schob seine Schulter nach und dann den Kopf. Seine Nase war zu lang. Er musste den Kopf drehen. Das glatte Holz der Öffnung rieb an seiner Wange. Und nun das Bein. Er streckte vorsichtig einen Fuß ins Innere des Baumes. Der Boden war so weich wie Schlamm und gab ein wenig nach.

»Weiter!«, rief Katzenkämpfer. Er war auf die bereits im Baum befindliche Schulter geklettert. »Komm schon!«

»Kann man denn hier drin überhaupt stehen?«, fragte Robert und hob den Kopf.

»Stehen?« Im hohlen Baum erklang von allen Seiten das Niesgeräusch, das ein Lachen war. »Wir fliegen hier drin sogar«, sagte eine strenge Stimme von ganz oben. »Das heißt: Ich fliege. Die anderen klettern natürlich«, fügte Stürzer erhaben hinzu.

Robert hatte es geschafft, seinen kompletten Körper ins Innere des Baumes zu zwängen. Im Hohlraum des Stammes gab es ein bisschen mehr Bewegungsfreiheit. Die Luft war warm und süßlich, rund um ihn herum spürte er Tausende von Bewegungen.

»Das ist unser bester und ältester Schlafbaum, unser Stammschloss«, erklärte Katzenkämpfer. »Hier machen in dieser Woche die Frauen mit den Kindern Sommerurlaub. Wir sind nämlich alle miteinander verwandt.«

»Ach ja?« Roberts Augen gewöhnten sich nur mühsam an die Dunkelheit. Aber nach und nach konnte er die einzelnen Leiber erkennen, die dicht an dicht an den Innenwänden des Baumes hingen, große und kleine, graue und braune und wenige schwarze. Sie hingen in Trauben und Gruppen zusammen. Und alle musterten Robert aus ihren kleinen glänzenden Augen.

»Unsere Sippe besitzt diesen Baum seit Jahrhunderten«, erklärte Katzenkämpfer. »Darum kennen wir auch alle Geschichten, die je in diesem Wald passiert sind.«

Robert hatte Mühe, sich auf dem glitschigen Untergrund auf den Beinen zu halten. Die schwere, süße Luft nahm ihm fast den Atem, dabei roch es eigentlich nicht schlecht, nur sehr intensiv. Bei jedem Luftstrom, der in seine Lungen drang, hatte Robert das Gefühl, ein Stückchen mehr mit den Fledermäusen zu verschmelzen, deren kleine fellige Körper dem seinen so nahe waren.

»Komm rauf!«, rief Stürzer von oben. »Kletter einfach nach oben!«

Robert berührte mit der Hand ein winziges Stückchen Holz, an dem zufällig keine Fledermaus hing. »Das ist hier zu glatt. Ich kann mich nirgendwo festhalten!«, schrie Robert zurück.

»Unsinn!«, erklang es von oben. »Was glaubst du, wo wir uns festhalten? Meinst du, wir klettern an glatten Flächen hoch? Wir sind doch keine Stubenfliegen!« Stürzer schien richtig beleidigt zu sein. »Los, Leute! Zeigt ihm, wo die Kanten sind!«

Im gleichen Moment begann es rechts und links von Robert zu wogen und zu ruckeln. Einige Fledermäuse rückten enger zusammen, manche traten den Rückzug nach draußen an, andere kletterten auf ihre Verwandten und hielten sich dort fest, so dass einige Gruppen bald aufeinander klebten wie die Weintrauben an einer Rebe. »Hierher!«, rief eine kleine rundliche Fledermaus, die Robert als Nachtwolke erkannte. Da, wo sie mit ihren Schwestern und Cousinen und einem Bündel kichernder Fledermausmädchen gehangen hatte, gab es tatsächlich einen mehrere Zentimeter breiten Absatz, breit genug, um sich daran festzuhalten und hochzuziehen.

»Hier ist eine gute Stelle für deine Krallen!«, flüsterte eine riesige fast weiße Fledermaus, die mit einigen anderen am unteren Ende der Schlafhöhle hing. »Stell deinen Fuß darauf und presse ihn gegen die Wand, dann geht es leichter.« Sie machten umständlich und unter großem Gestöhne Platz, und Robert erkannte, dass es ihnen schwer fiel, sich zu bewegen.

»Das sind zwölf von meinen Urahninnen«, sagte Katzenkämpfer leise. »Eigentlich sind die Ehrenplätze für die alten Frauen ganz oben, aber meine Großmütter finden die Luft da unten besser.« Robert wusste sofort, was er meinte.

Je höher er stieg, desto drückender wurde der Dunst, den die Körper und die ledrigen Flügel der Tiere verströmten, wie in einem alten Schrank. Robert zog sich langsam Schritt für Schritt nach oben. Unter seinen gespreizten Beinen schoben sich die Fledermäuse wieder an ihre ursprünglichen Hängeplätze zurück. Ganze Pulks von Fledermäusen waren mit dem Abstieg beschäftigt und kamen ihm entgegengebrandet. Sobald er sie passiert hatte, schoben sie sich wieder zurück. Robert schätzte, dass er an die fünfzehn Höhenmeter zurückgelegt hatte, als das Innere des Baumes nach und nach schmaler und enger wurde.

Das Klettern wurde dadurch einfacher, obwohl Robert kaum noch Raum hatte, sich zu bewegen. Zudem hatten die Fledermäuse, die ihm oberhalb seiner Griffhände Platz machten, nun Mühe, an ihm vorbeizukommen, ohne ihn zu berühren. Die ersten, die über seine Haare und seinen Hals nach unten turnten, entschuldigten sich noch höflich bei ihm. Aber nun kam eine Gruppe Jungtiere, die einfach an ihm hinabrobbten und dabei lustvolle Piepser ausstießen.

»Ach nee, da ist ja der kleine Idiot, der sich von einer Katze fangen lässt, unser Muttersöhnchen, das kleine Schätzchen, unser süßes Storchenbein, das Murkelchen, und jetzt hat er auch noch einen Menschen zum Freund, hahaha«, schnarrte eine schlanke braune Fledermaus, die anscheinend der Anführer der Jugendlichen war. Robert erstarrte, als sie sich einfach an sein Ohrläppchen hängte, und er hätte fast den Halt mit seinem linken Fuß verloren. Doch die schlanke braune Fledermaus beachtete ihn gar nicht. Ihr kühler arroganter Blick war auf Katzenkämpfer gerichtet, der jetzt auf Roberts Schulter hockte und den entgegenströmenden Tieren nur widerwillig auswich.

»Meinst du etwa mich, du räudiger Feigling?«, zischte Katzenkämpfer. »Pass bloß auf, dass ich deine gelackten Flügel nicht zu einer Wurst rolle!«

Die schlanke braune Fledermaus sah Katzenkämpfer fassungslos an, dann suchte sie den Blick der anderen Jugendlichen. Doch die taten so, als seien sie emsig mit Klettern beschäftigt, einige waren schon an Roberts Unterschenkel angelangt. »Bestimmt frisst dich die nächste Katze«, lispelte sie.

Katzenkämpfer spannte seinen kleinen Körper an. Dann breitete er beide Flügel aus und drehte sich wie ein Model bei einer Modenschau, das einen prächtigen schwarzen Regenmantel vorführt. »Kann schon sein, dass mich mal wieder irgendeine Katze fressen will. Aber das lasse ich mir natürlich nicht gefallen!« Er nieste leise. »Wie du siehst, bin ich wieder gesund. Man darf sich schließlich nicht hängen lassen. Und jetzt verpiss dich!«

Robert hoffte, dass die schlanke braune Fledermaus

diese Aufforderung nicht wörtlich nehmen würde, und wartete, bis sie sich langsam an den Abstieg wagte.

»Gut gemacht, mein kleines Schätzchen!«, wisperte plötzlich eine Stimme aus dem unteren Bereich des Baumes.

»Oh, Mann, das ist meine Mama«, stöhnte Katzenkämpfer. »Beeil dich, gleich kommt sie rauf und schließt mich in ihre Flügel.«

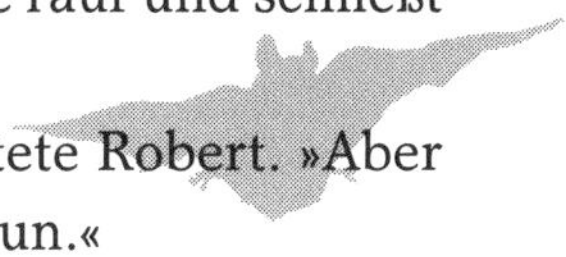

»Ich weiß, was du meinst«, antwortete Robert. »Aber ich finde, du solltest ihr den Gefallen tun.«

»Was ist da unten eigentlich los?«, giftete Stürzer von oben. »Komm jetzt, es ist höchste Zeit.« Sofort verstummte das Wispern des Fledermausvolkes und Robert kletterte in samtiger Stille weiter nach oben. Schon streifte ein Hauch kühlerer Nachtluft seine Nase. Zu seiner Überraschung waren im oberen Bereich nur noch wenige Fledermäuse und sie hingen in größerer Ordnung als unten im Baum.

»Das ist der Ältestenrat«, raunte Katzenkämpfer, »hätte nie gedacht, dass ich es einmal bis hierher schaffen würde.«

An einem schmalen Vorsprung hingen zwölf ergraute Fledermäuse in unterschiedlichen Größen, die Robert aus mageren fahlen Gesichtern musterten. Robert zögerte, dann entschloss er sich, ihnen kurz zuzunicken, bevor er sich schnell weiter nach oben schob.

Stürzer hing draußen im Mondlicht an einem hohen langen Ast und beobachtete, wie Robert sich aus der schmalen oberen Öffnung des Baumes zwängte. Hier wehte ein kühles Lüftchen und brachte Tausende von Blättern zum Rascheln, die alle von einem silbrigen Glanz überzogen waren. Robert blinzelte. Nach dem schummrigen Dunkel des hohlen Baumes erschien ihm das Mondlicht hell und gleißend und es hatte einen kühlen bläulichen Schein. Er klammerte sich an den Rand der Höhlenöffnung und sah sich um.

Oberhalb des Stammes streckte ein Dutzend dicker Äste die Arme in alle Richtungen aus. Nur ein Ast war kräftiger und länger als alle anderen und die Zweige, die an ihm wuchsen, waren zu einem dichten Geflecht verschlungen und verknotet.

»Komm raus!«, befahl Stürzer. »Klettere auf den Ast!«

»Ich?«, fragte Robert zitternd. »Aber ich bin nicht schwindelfrei.« Der Ast war so glatt, als sei er poliert worden. »Ich kann doch auch von hier aus sehen, was du mir zeigen willst!«

Stürzer stieß einen Laut des Missfallens aus. »Das kannst du nicht. Und der Kleine muss hier bleiben. Das, was ich dir zeigen will, ist für Kinderaugen nicht geeignet. Also, los!«

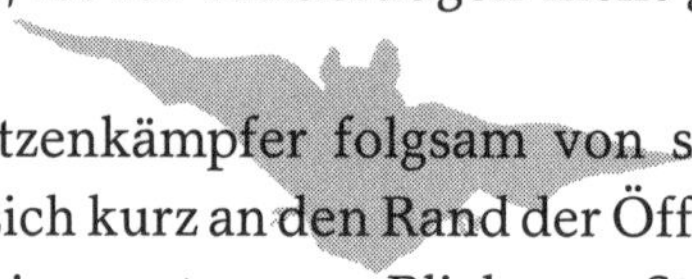

Robert sah, wie Katzenkämpfer folgsam von seiner Schulter kletterte und sich kurz an den Rand der Öffnung setzte, bevor er nach einem strengen Blick von Stürzer im Inneren des Baumes verschwand.

Eigentlich war der Ast wirklich dick genug, um darauf zu sitzen, fast so dick wie das Turngerät namens Pferd, der Schrecken von Roberts Sportunterricht. Er schwang vorsichtig ein Bein aus der Öffnung des Baumes, zog sich an einem der geschwungenen Äste nach oben und hockte zu seiner Verwunderung einen Moment später rittlings auf dem Ast. Er schaute herab und sah, wie ein Streifen hellen Mondlichtes den Waldboden in der Tiefe berührte. Die undurchdringliche schwarze Hecke sah von hier oben aus wie ein verdorrter Adventskranz, nicht größer. Robert schauderte.

»Zieh dich weiter nach vorne«, rief Stürzer direkt neben Roberts Ohr. »Du musst weiter nach außen klettern!«

»Das, äh, ich, das kann ich nicht.« Robert versuchte die Spitze des Astes zu fixieren, auf dem er saß. Er schien auf und ab zu wippen, genau in seinem Atemrhythmus.

»Kannichnich, kannichnich«, äffte Stürzer ihn nach. »Genau wie Ludwig. Aber dann konnte er es doch.«

»Das ist zweihundert Jahre her. Bestimmt ist der Baum seitdem gewachsen«, fiel Robert ein, und vor seinem geistigen Auge sah er einen Jungen in ferner Zeit, der auf einer bestenfalls zimmerhohen Buche herumturnte.

»Na und? Wir sind schließlich alle ein bisschen gewachsen, nicht wahr?«, erklärte Stürzer, und Robert spürte, dass die alte Fledermaus langsam die Geduld verlor. »Mach schon«, rief Stürzer. »Beeil dich!«

Robert tastete mit ausgestreckten Armen nach vorne und fand an einem leicht gebogenen Zweig eine Art Griffmulde. Daran zog er sich voran, bis er fast bäuchlings auf dem dicken Stamm lag. Das Holz unter seinem Körper war hart wie Stahl.

»Wenn du so weitermachst, fällst du gleich hinunter«, schrillte Stürzer und hängte sich genervt an einen Ast direkt vor Roberts Nase. Robert sah, wie die Augen der Fledermaus glitzerten.

»Stell dich auf deine Füße, wozu hast du sie denn?«

So jedenfalls konnte Robert wirklich nicht liegen bleiben, das sah er ein. Langsam und bedächtig zog er ein

Bein unter seinen Körper, dann das andere. Schließlich kniete er auf dem rundlichen Stamm, schwankend und mit den Armen rudernd.

»Und jetzt weiter«, befahl Stürzer und flog einen Ast weiter. »Schnell, es fängt schon an, schnell, Robert, schneller.«

Roberts Füße fanden Halt auf dem glatten Holz, und er konnte sich jetzt mit den Händen an den Zweigen festkrallen, die von oben herunterragten. Er machte einen kleinen Schritt, dann noch einen.

»Noch ein Stück, dann siehst du sie«, rief Stürzer und verschwand mit wehendem Flügelschlag in der Krone des Baumes.

Robert traute sich kaum, den Blick von den Spitzen seiner Turnschuhe zu lösen. Sie glänzten in einem silbrig blauen Licht, als würden sie sich demnächst auflösen.

Für einen Moment war es still im Wald. Robert überlegte, ob er vielleicht schon tot war, ob in der letzten Sekunde seines Lebens das Bild einfach eingefroren war, wie auf einem kaputten Computerbildschirm.

Dann machte es plötzlich »plopp«. Robert hörte den Laut und hob verwundert den Kopf.

Direkt vor ihm, durch ein Gewirr aus kleinen Zweigen glomm ein helles bläuliches Licht. Robert spürte, wie sein Körper sich langsam nach vorne beugte, dem kleinen Licht entgegen. Seine Füße bewegten sich von selbst, sein Gewicht war nur noch das eines Blattes, die Hände streichelten die Zweige mehr, als dass sie sich an ihnen festhielten. Noch ein Schritt und noch einer. Er schwebte.

Das Licht wurde heller und gleißender. Es hatte die Form und die Größe einer Blüte und es wuchs auf einem langen geschwungenen Stängel.

Blau, dachte Robert, das ist das Blau des Meeres oder das des Himmels. Aber im gleichen Augenblick wusste er, dass das nicht stimmte. Das Blau der Knospe vor seinen Augen war tiefer als das Meer und weiter als der Himmel. Und es war unendlich schön. Robert spürte, wie sich sein Herz weitete und mit Sehnsucht füllte, mit einem fließenden Gefühl, das sich selbst sofort wieder stillte, kaum dass es angefangen hatte. Er konnte den Blick nicht mehr abwenden. Und plötzlich kehrte sein Körper zu ihm zurück.

Er spürte wieder seine Füße, die groß und stark auf dem Baumstamm standen, seine Hände, die zwei glatte Äste fest im Griff hatten, und er fühlte die Wärme in seinen Schultern. Geschmeidig wie eine Katze ließ er sich auf dem Baumstamm nieder. Lehnte den Kopf an einen der Äste und stellte fest, dass sich eine große Zufriedenheit in ihm ausbreitete, warm und weich. Die Blume strahlte in schimmerndem Blau. Robert Hopp lächelte. Und auch wenn er sich in seinem bisherigen Leben niemals wirklich unglücklich gefühlt hatte, wusste er doch, dass dies das Gegenteil von einem dunklen Gefühl war, das sich seiner nie wieder bemächtigen würde. Er war glücklich. Ganz einfach.

Plopp! Plopp! Zwei weitere Blüten waren aufgesprungen. Robert bemerkte erst jetzt, dass der graue trockene Stamm von Knospen übersät war, die hier zu wachsen schienen. Plipp! Plipp! Plepp! Zwei kleine und eine mittelgroße. Plupp! Robert zuckte zusammen, als direkt vor seinen Füßen eine kürbisgroße Riesenblüte aufplatzte. Es war wie Popcornrösten. Es knallte und pleppte und ploppte, während mehr und mehr Blüten aufplatzten und ihre seidigen Farbschirme dem Mondlicht entgegenstreckten. Das Blau schmerzte in Roberts Augen und ließ sie sich mit Tränen füllen. Es drang sogar durch die geschlossenen Lider. Ein samtiges Violett, dessen Kraft Roberts Körper mit Glück erfüllte.

In der Luft erhob sich ein Sirren und ein Flirren. Käfer schwirrten heran und umkreisten die blaue Blüten. Zunächst waren es nur wenige, dann war die ganze Luft erfüllt von ihren winzigen Flügelschlägen. Nachtfalter und Motten segelten heran und umflogen die Blumen, Grashüpfer hopsten den Baumstamm entlang, ein riesiges Nachtpfauenauge umflatterte Roberts Kopf und zog dann seine Bahn über der kleinsten der Blüten.

Robert sah, wie eine Schar schwarzer Käfer herbeigesegelt kam und sich im Schein des bläulichen Lichtes in eine Gruppe silbriger Taumler verwandelte. Eine pelzige Raupe kroch über sein Bein und strebte der Riesenblume entgegen. Auf Roberts Fußspitze verharrte sie glücklich und starrte ins Licht. In ihrem Gefolge schritt eine Hundertschaft Marienkäfer. Einige von ihnen drehten eine kurze Runde, bevor sie schwer pumpend auf Roberts Hand zu sitzen kamen. Zwei von ihnen rollten sich zusammen und ließen sich auf ein Blatt fallen.

Robert blickte auf seinen Arm, auf dem sich ein schartiger brauner Käfer hochgekämpft hatte, die schrägen Augen auf das Licht der Blume gerichtet.

»Na?«, fragte Robert den Käfer. »Das ist schön, oder?«

Der Käfer machte einen erschrockenen kleinen Schritt und sah Robert ängstlich an.

»Keine Panik«, hörte Robert sich sagen. »Ich tu dir doch nichts.« Dann streckte er eine Hand aus, nahm das knorrige Tier behutsam zwischen seine Finger und setzte es auf seine Schuhspitze, gleich neben die Raupe. »Setz dich hierhin. Da ist die Aussicht besser.« Der Käfer atmete schwer.

»Gut so«, ließ sich Stürzer von oben vernehmen. »Das blaue Licht hat dein Herz erreicht. Ich wusste, dass das klappen würde.«

Robert schrak auf und blickte nach oben. In allen Ästen des Baumes hingen jetzt die Fledermäuse, dicht an dicht, in Trauben übereinander und nebeneinander. »Aber ich verstehe nicht, wieso ihr nicht...?« Er hatte einen Kloß im Hals und seine Stimme war vor Rührung ganz heiser.

Stürzer nieste. »Warum wir sie nicht fressen?«

Robert nickte vorsichtig, um die beiden Motten nicht zu stören, die auf seiner Hemdbrust einen sicheren Platz gefunden hatten.

»Weil sie glücklich sind. Und weil sie das Glück ab und an brauchen, um den Schrecken des Waldes und der Dunkelheit zu überstehen. Darum.«

»Aber, aber...«, machte Robert. So viele Insekten. So leichte Beute.

Stürzer kam pfeilschnell von oben herabgeschossen und hängte sich an einen Ast über Roberts Kopf. Die Fledermäuse, die bis zu dieser Sekunde dort gehangen hatten, machten eilfertig Platz für ihn. »Ihr Menschen denkt immer, dass ihr die Ordnung erfunden habt. Aber das ist nicht so. Wir können das auch. Wir haben die Blume der Sehnsucht. Und wenn sie blüht, in Nächten wie dieser, dann leuchtet das Glück durch den Wald. Unsere Futtertiere brauchen das. Oder glaubst du etwa, dass es Spaß macht, ein Käfer zu sein?«

Robert schüttelte vorsichtig den Kopf, denn auf seiner

Schulter hatten soeben zwei kapitale Hirschkäfer Platz genommen, die das blaue Licht anhimmelten.

»Oder eine Ameise?«, fuhr Stürzer fort. »Die ihr Leben lang nur schuftet und dann gefressen wird oder von einem Kind auf einen Stock gespießt. Macht ihr das Leben etwa Spaß?«

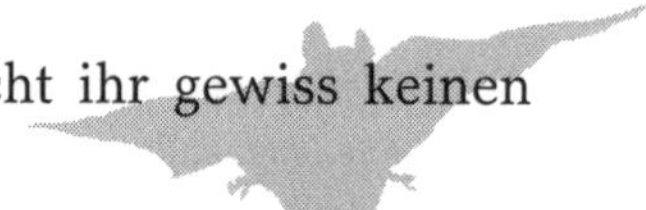

»Nein«, sagte Robert, »das macht ihr gewiss keinen Spaß.«

»Früher«, fuhr Stürzer fort, »nannten die Menschen diese Pflanze die Blaue Blume der Romantik und viele zweifelten daran, ob es sie überhaupt gibt. Das waren die Menschen mit den steinernen Herzen, die nicht empfänglich waren für Gefühle wie Angst und Trauer und Sehnsucht.«

»Und die anderen?«, fragte Robert.

Stürzer entfaltete umständlich einen seiner Flügel und ordnete ihn sorgfältig zu einem glänzenden schwarzen Plissee. »Die anderen gibt es fast nicht mehr. In diesem Wald rennen nur Wanderer umher. Viele von ihnen sind gierig. Gierig auf Pilze, auf Ruhe oder auf Brombeeren. Die fühlen nichts mehr.« Er ließ ein Geräusch hören, das wie ein Seufzen klang. »Es gibt auch Jäger. Die erschießen ein Tier und glauben, dass sie dadurch den Wald retten. Sie fühlen sich stark und stolz. Aber sie haben kein Mitgefühl.«

Robert nickte vorsichtig. In seinem Haar bewegte sich etwas. Vermutlich eine dicke Spinne.

»Es gibt nicht mehr viele von diesen Blumen«, fuhr Stürzer fort. »Zu Ludwigs Zeiten waren es noch mehr. Aber jetzt sind es nur noch wenige.«

»Ich habe ganz viele getrocknete gefunden«, sagte Robert schnell. »Aber die sind gestohlen worden.«

»Ja, ja«, sagte Stürzer müde. »Ich weiß. Die Käfer sind auch auf die getrockneten ganz wild. Und die blöden Moskitos sowieso. Ihr Hirn ist nicht größer als ein Körnchen Waldboden. Aber glaub mir: Der Anblick der getrockneten Pflanzen macht nicht glücklich. Es ist das Licht, das in unsere Herzen scheint. Wenn es diese Blume eines Tages nicht mehr gibt, dann wird auch das Leben im Wald bald von Trauer erfüllt sein und der Wald wird sterben. Alles Leben vielleicht sogar. Die Futtertiere werden zuerst vor Traurigkeit sterben. Und wir werden ganz langsam verhungern.«

Robert blickte auf die blaue Blume auf seinem Stamm und sah, dass sich ihre Blüten schon fast wieder geschlossen hatten. Nur ein schwacher Schein drang noch aus dem Inneren der Pflanze. Einige der Käfer krabbelten nun an ihrem Stiel hoch, um in das Herz der Blüte zu schauen, andere flogen gewagte Sturzflüge in ihr Zentrum.

»Und was kann ich da tun?« Robert beobachtete, wie eine winzige Wespe über den Rand der nun fast geschlossenen Blüte kletterte und in ihrem Inneren verschwand.

Stürzer wackelte an seinem Ast hin und her, als wiegte er nachdenklich den Kopf, nur dass es bei ihm der ganze Körper war, der sich bewegte. »Ludwig hat das damals gut gemacht. Er hat den Menschen etwas erzählt, das er Märchen nannte. Und die Menschen haben ihm zugehört. Es ist gut, wenn viele Leute glauben, dass es Dinge wie diese Blume gibt. Und es ist gut, wenn niemand die Blume wirklich sieht.«

»Aber ich habe sie jetzt doch gesehen!«

»Ja, duuuu!«, sagte Stürzer gedehnt. »Aber du willst sie ja nicht abpflücken, so wie dieser Mensch in der Hütte.«

»Du meinst Gustav!«

»Ja, genau. Und dieses komische Mädchen in seinem schwarzen Mantel. Wenn du nicht gekommen wärst, hätten wir sie einweihen müssen. Aber glaub mir, sie war nur unsere absolute Notlösung. Sie hat zwar auch ein gebrochenes Herz, so wie du. Aber sie ist schwach. Du bist stark, Robert!«

»Ha, ha«, machte Robert. Im gleichen Augenblick kitzelte es in seiner Nase und er musste niesen. »Hatschi.«

»Du lachst?« Stürzer wippte auf seinem Ast. »Geh jetzt lieber nach unten. Ich glaube, das ist hier jetzt nichts mehr für dich.«

Robert hob den Kopf und sah, wie viele der Fledermäuse begonnen hatten ihre Flügel zu entfalten. »Was habt ihr vor?«, fragte er leise. Das Licht der blauen Blumen war fast erloschen. Nur hier und da glomm zwischen den Blättern noch ein Fünkchen. Aber nur wenige Insekten hatten das Gebot der Stunde erkannt und sich auf den Rückzug gemacht. Die meisten hockten erstarrt auf ihren Aussichtsplätzen und putzten zufrieden ihre Fühler.

Stürzer nieste. »Abendessen natürlich. Was dachtest du denn?«

Noch Tage später fragte sich Robert, woran es lag, dass Stürzer ihn nicht vor der Gefahr gewarnt hatte, die unten auf ihn lauerte. Es konnte nur einen einzigen Grund dafür geben: Robert brauchte eine Ewigkeit, bis er den hohlen Baum wieder hinabgeklettert war. Die Zeit verbrachten Stürzer und sein Volk mit einem Festmahl, das so ausschweifend war, dass Robert das Schmatzen der Fledermäuse, das Knacken der Käferflügel, das Zerplatzen der fleischigen Mottenkörper und das ängstliche Sirren der Nachtfliegen während seines ganzen Abstieges hören konnte.

Oben über den Wipfeln rauschte ein erbarmungslos kalter Nachtwind. Robert hielt sich kaum noch an den überhängenden Zweigen fest. Die letzten Meter balancierte er freihändig. Vor dem Einstiegloch des hohlen Baumes hing Katzenkämpfer inmitten einer Gruppe jugendlicher Fledermäuse, die damit beschäftigt waren, sich gegenseitig die Schärfe ihrer Zähne zu demonstrieren. »Hallo«, sagte Robert und blieb direkt vor den Fledermäusen stehen, so dass er Katzenkämpfers kleines dunkles Gesicht sehen konnte. »Kommst du mit nach unten?«

»Ich nicht nicht ich bin hier«, piepste Katzenkämpfer.

»Was?« Robert kam ihm mit seinem Gesicht noch ein Stück näher. Fast schon berührten sich ihre Nasenspitzen. »Sag das noch mal. Ich kann dich nicht verstehen!«

Die anderen Fledermäuse stießen einander an und begannen zu niesen.

»Was ist daran so komisch?« Robert sah, wie Katzenkämpfers Augen sich verdunkelten. Dann öffnete das Tier sein Maul und schloss es mit einem Zischen wieder. Das klang ein bisschen wie »ich nicht«.

Robert runzelte die Stirn. »Was soll das heißen? Ich nicht? Verstehe ich nicht!«

Katzenkämpfer ließ zwei hohe und zwei etwas tiefere Piepslaute hören und wendete dann den Kopf ab.

»Na, gut, wie du willst. Wir sehen uns später. Ich klettere dann schon mal nach unten.«

Im Inneren des Baumes war es dumpf und dunkel. Robert stemmte sich mit den Armen auf die Öffnung und ließ seinen Körper vorsichtig hineingleiten. Aber ohne die Hilfe der Fledermäuse, und noch dazu rückwärts, war es sehr schwer, an den glatten Wänden Halt zu finden. »Hallo! Ist da unten jemand von euch?« Wahrscheinlich baumelten Katzenkämpfers Urahninnen noch unten am Eingang und kosteten tiefe reine Nachtluft wie geschmolzenes Eis.

Robert lauschte und hörte tatsächlich ein leises, aber mehrstimmiges Piepsen. »Ich kann euch nicht verstehen«, rief er. Seine Stimme klang tiefer und hohler, als sie eigentlich sein konnte. »Etwas deutlicher bitte!«

Die Fledermäuse piepsten lauter und heiserer.

»Na, dann eben nicht.« Robert ärgerte sich ein bisschen. Vielleicht wollten sie sich über ihn lustig machen, wenn er im Inneren der Höhle hinabschoss wie eine Lottokugel im Rohr. Aber diesen Gefallen würde er ihnen nicht tun.

Er drückte sich an den Rand des Einstiegloches und zog seine Turnschuhe und die Socken aus. Barfuß würde er die schmalen Vorsprünge in der Höhle leichter ertasten können. Die Schuhe band er an ihren Senkeln zusammen und legte sie sich um den Hals wie eine Kette.

Tatsächlich waren die Rillen im Holz des Baumes, die Kanten und die knorrigen Holzknäufe mit nackten Füßen ganz leicht zu erspüren. Aber Robert merkte auch, dass einige von ihnen glitschig waren.

Er drückte die Füße fester gegen das Holz, ließ sich vorsichtig hinabgleiten und verschwand nun auch mit dem Oberkörper in der Höhle, gerade in dem Moment, als in der Luft über ihm ein panisch dahinrudernder Hirschkäfer im Maul eines jungen Fledermausmädchens verschwand. Das blaue Licht war nun erloschen. Nur noch der Mond schien weich und milde zwischen den Wolken hervor.

Ein Schritt nach unten, dann wieder ein Griff mit den Händen. Der Baum wurde breiter und breiter, je weiter Robert sich nach unten vortastete. Beim Hinabsteigen bemerkte er einzelne Fledermäuse, die fast erstarrt an den Wänden hingen und ihn ausdruckslos ansahen. Die ersten grüßte Robert noch. Dann ließ er es bleiben.

Die letzten beiden Meter kletterte er fast im Spagat. Als seine Kräfte schwanden, ließ er sich einfach fallen und landete mit einem Platsch in der Masse, die die Fledermäuse am Boden ihrer Höhle hinterlassen hatten: ein weicher, ätzender Modder, der an den Hautstellen, an denen Robert sich in den vergangenen Tagen verletzt hatte, wie Feuer brannte.

Er hatte große Mühe, aus dem Einstiegloch in der Nähe des Waldbodens überhaupt wieder herauszukommen. Zweimal musste er die Beine und seine Schulter ins Innere des Baumes zurückziehen und von neuem beginnen. Fast war es, als sei er gewachsen in dieser Nacht oder wenigstens kräftiger geworden. Aber dann hatte er es geschafft.

Er stand leicht schwankend auf dem Waldboden und versuchte, die Knoten seiner Schuhkette wieder zu lösen. Die dichte schwarze Hecke vor ihm überragte ihn um mindestens einen Meter. Irgendwo raschelte es. Vielleicht ein Igel? Robert lächelte. Die Angst war weg. Für immer. Er bewegte die Zehen auf dem Waldboden und überlegte kurz, ob er vielleicht barfuß zum Schloss zurücklaufen sollte. Die glatten Blätter und die feinen Stöckchen fühlten sich gut an unter seinen Fußsohlen. Trotzdem zog er die Schuhe wieder an.

Von innen durch die Hecke zu kommen war ungleich leichter als auf dem Weg hierher. Er streckte die Arme aus und machte eine einzige Schwimmbewegung im Dickicht, da schienen ihn die feinen Ästchen schon nach außen zu drücken, wie eine schwere Woge, die ihn zurücktrug. Die dornigen Zweige streiften seinen Körper und ließen ihn leicht passieren. Er war frei. Und er atmete tief durch.

Da legte sich eine schwere Pranke auf seine Schulter.

Robert fuhr herum und prallte mit dem Kopf gegen die derbe Jacke von Gustav. Ein riesiges zerfurchtes Gesicht beugte sich über ihn. Die fleischigen Lippen mit den schiefen gelblichen Zähnen öffneten sich zu einem Grinsen. »Hab ich dich!« Ein Spucketröpfchen traf Robert mitten ins Auge.

Robert öffnete den Mund zu einem Schrei. Im gleichen Augenblick schmeckte er das Salz einer schartigen Hand. Gustav stieß ihm ein Knie in den Rücken. Ein Schmerz durchzuckte Roberts Wirbelsäule und machte sie weich wie Pudding. Sofort floss der Pudding auch in seine Beine. Er sackte zusammen und fiel mit dem Gesicht nach unten auf den Waldboden. Gustav griff seinen Arm und drehte ihn nach hinten.

Tannennadeln drückten sich in Roberts Wangen. Er versuchte sich hochzustemmen, aber Gustav hielt ihn am Boden fest.

»Ich habe alles gesehen! Die Blume ist nicht braun. Sie leuchtet in einem verdammten Blau. Der ganze

Wald war davon hell!«, brüllte Gustav. »Die bescheuerten Fledermäuse haben ihre verfluchten Blumen da oben in den Kronen der Bäume. Und ich lass mich hier verarschen und suche auf dem Boden wie ein beschissener Pilzesammler. Warum hast du mir das nicht gesagt, du kleine Kanaille?« Er drehte Roberts Arm noch ein Stückchen weiter nach oben, bis es in seiner Schulter knackte, gerade so, als zerplatze eine Kaugummiblase. »Antworte mir gefälligst!«

Robert wand sich unter Gustavs Eisengriff. Der Schmerz hatte eine rote Farbe, wie Feuer. Die fauligen Blätter in seinem Mund verklebten seinen Gaumen und rutschten langsam in Richtung Luftröhre. Er röchelte und atmete Staub ein.

»Er kann nicht antworten, wenn er mit dem Gesicht auf dem Boden liegt!«, sagte plötzlich eine leise Stimme. »Lass ihn bitte los, Gustav!«

Zu Roberts Überraschung lockerte sich Gustavs Griff fast sofort. Robert drehte sich vorsichtig auf den Rücken und starrte nach oben. Da stand Joe in ihrem langen Mantel und sah ihn mit einem merkwürdigen Blick an.

Gustav schnappte nach Luft, dann schoss er zu Joe herum. »Was sind das denn für Töne, du kleine Verräterin? Willst du deinem feinen Freund etwa helfen?« Gustav stieß Robert mit dem Fuß an und traf seinen schmerzenden Arm. »Dieser kleinen Ratte willst du helfen?« Er holte ein weiteres Mal mit dem Fuß aus und traf Roberts Schulter.

»Nein. Ich. Nein«, stammelte Joe. »Ich dachte, er soll für dich noch einmal da hinaufklettern und die Blumen holen.« Sie streifte Robert mit einem unsicheren Blick und starrte dann zu Boden.

Gustav griff sofort zu. Er packte Joe an ihren wirren langen Haaren und zog sie weit nach hinten. »Vielleicht willst du ja selber die Blumen holen, kleines Fräulein?« Joes Augen rollten. Gustav schüttelte sie hin und her, bis sie zu schreien begann und dann zu wimmern. »Möchtest du da hinaufklettern? Antworte mir?«

Robert hatte sich langsam auf die Füße gerappelt. Der Schmerz war einem tauben Gefühl gewichen. Das Blut klopfte in seinen Schläfen. »Niemand wird da hinaufgehen«, hörte er sich plötzlich sagen. »Joe nicht und ich auch nicht.« Er machte eine kleine Pause und beobachtete, wie sich Gustavs Augen zu schmalen Schlitzen verengten. »Und du übrigens auch nicht. Du bist nämlich zu fett, um in den Baum zu passen. Vielleicht würdest du noch hineinkommen. Aber dann würdest du feststecken und dadrin verrotten und die Fledermäuse würden auf deinen Kopf scheißen!« Robert holte tief Luft. Er konnte es nicht fassen, dass er es war, der dem Mann solche Töne entgegenschleuderte. Gleich würde Gustav erneut zutreten. Und dann wäre alles aus, für immer. Robert spürte, wie sein Körper schwankte. Joes Kopf war weit in den Nacken gelegt, sie hatte die Augen geschlossen. Über ihre Wangen lief eine Spur von verschmierten Tränen.

»Na gut, wie ihr meint. Dann muss Gustav das Problem eben auf andere Weise lösen! Mal sehen, ob man es vielleicht mit etwas Werkzeug lösen kann.«

Ehe Robert zurückweichen konnte, hatte Gustav ihn erneut gepackt und seinen Arm auf den Rücken gedreht. Diesmal war es ein schneidender Schmerz.

»Wir machen eine kleine Wanderung!«, ließ sich Gustav vernehmen und riss Joes Kopf an den Haaren nach oben. »Oder glaubt ihr, dass ich eine Kettensäge in der Tasche habe? Los! Abmarsch, ihr beiden. Und wehe, einer von euch macht noch irgendwelche Tricks!«

Sie setzten sich langsam in Bewegung. Robert voran, mit dem Arm auf dem Rücken verdreht. Dicht hinter ihm stapfte Gustav, der anscheinend Joe an den Haaren hinter sich herzog. Sie wimmerte leise, hielt aber Schritt.

Robert hatte bei dem Kampf einen seiner Turnschuhe verloren und humpelte nun. Sein rechter Fuß, der noch beschuht war, hatte auf dem Waldboden sicheren Tritt. Der linke fühlte das Piken der Zweige und der kleinen Steine. Was hatte Gustav mit ihnen vor? Robert bemühte sich, einen klaren Kopf zu behalten, und dennoch schienen sich seine Gedanken immer an der gleichen Stelle festzufahren, wie in einem Morast. Was würde er mit ihnen machen? Was würde geschehen? Vielleicht sollte er Gustav in ein Gespräch verwickeln?

»Was hast du überhaupt mit den blöden Pflanzen vor?«, fragte Robert. »Die können doch nicht so wichtig sein!«

»Pah!« Gustav keuchte. Anscheinend fiel ihm der Weg schwerer als den beiden Kindern. Sie kämpften sich die Anhöhe hinauf und kamen jetzt durch dichteres Gebüsch. Der Wald schwieg, fast war es, als ob er den Atem anhielte. »Das hat mich schon einmal jemand gefragt. Die war genauso neugierig wie Joe und genauso frech wie du. Verkaufen wollte sie die Pflanzen, die dumme Kuh. Ein Serum daraus machen. Glück unter alle Menschen bringen. Und die ganze Kohle für sich behalten!« Gustav schnaubte und stieß Robert wieder ein Knie in den Rücken. »Voran!«

»Aber eigentlich war das deine Entdeckung, stimmt's? Du warst es, der das Geschäft machen wollte!« Robert hörte, wie Joe hinter Gustav aufstöhnte.

Gustav ließ ein kaltes Lachen hören. »Du bist ein kluger Junge. Nur schade, dass du nicht mit mir zusammenarbeiten wolltest. Sehr bedauerlich! Vor allem für dich.« Er schubste Robert weiter. »Ich habe gleich gewusst, dass das mit den getrockneten Pflanzen nicht klappen kann. Obwohl die Insekten so wild darauf sind. Als ich vor einem Jahr die ersten beiden trockenen Pflanzen gefunden habe, konnte ich sie nicht bestimmen und hab sie einfach mit nach Hause genommen.« Er blieb schnaufend stehen und zog die Schulter hoch, um sich den herabrinnenden Schweiß abzuwischen. »Eine lag in einer Schale auf meinem Tisch zu Hause. Es war ein Sommertag, das Fenster stand offen. Und plötzlich kommen da die Wespen an. Dann Käfer. Mücken. Schmetterlinge, Motten, alles. Es waren Abertausende. Wie ein krabbelnder Berg auf meinem Tisch. Es war einfach irre!«

Die Erinnerung an diesen Tag schien ihn noch heute ganz aus der Fassung zu bringen. Ich muss weiterfragen, dachte Robert. Immer weiter. »Das klingt ja super!«, sagte er scheinheilig. »Das muss ja richtig toll ausgesehen haben!«

Gustav nickte, setzte sich aber langsam wieder in Bewegung. »Meine Kollegin hatte Schiss wie nichts Gutes. War zwar auch eine Biochemikerin, aber trotzdem. Diese ganzen Viecher krabbelten überall in der Wohnung herum und suchten noch mehr Pflanzen. Und immer kamen neue Insekten dazu.«

»Deine Kollegin?«, hörte Robert sich fragen. »Die war bei dir in der Wohnung?«

Aber Gustav schien ihn gar nicht mehr wahrzunehmen. »Zuerst wollten wir die Sache zusammen durchziehen. Wir haben gedacht, wenn die getrockneten Pflanzen schon so eine Wirkung haben, was ist dann erst mit den frischen. Ich konnte an nichts anderes mehr denken. Ich wollte ein Elixier aus dieser merkwürdigen Blume haben. Das Problem war nur, dass ich nicht wusste, wonach ich suchen sollte. Getrocknete Pflanzen sehen alle gleich aus. Meine Kollegin hat immer so getan, als wenn sie mir helfen wollte. Und ich hab gar nicht gemerkt, dass sie mich nur verarscht!« Er schnaubte. »Weiter. Was geht dich das überhaupt an?«

»Was ist dann mit ihr passiert?« Robert setzte stoisch einen Fuß vor den anderen. Vor ihnen lag der kleine Bach. Die Bäume rauschten.

»Ruhe jetzt! Beweg dich, du kleines Arschloch! Und wehe, du springst hier ab!« Gustav gab ihm einen kräftigen Stoß und Robert sprang auf den Baumstamm, der über dem Bachlauf lag. Diese Möglichkeit hatte er auch gerade erwogen, dann allerdings wieder verworfen. Er selbst wäre wahrscheinlich schneller als Gustav. Aber was würde dann mit Joe geschehen? Was würde Gustav mit ihr anstellen, bis er Hilfe geholt hatte?

Sie waren bei Gustavs Hütte angelangt. Die Tür war nur angelehnt, so als hätte Gustav sich sehr schnell zu einem Aufbruch entschieden.

»Wo sind Samantha und Markus?«, fragte Robert.

»Im Dorf. Diese Idioten«, stieß Gustav hervor. »Sie haben gar nichts begriffen.« Er gab Robert einen kräftigen Schubs. Dann zog er Joe an den Haaren in die Hütte. »So, ihr beiden. Das war es dann wohl. Glaubt ja nicht, dass ihr über das Internet Hilfe holen könnt. Den Generator stelle ich aus. Und wehe, ich höre einen einzigen Ton von euch.«

Robert war fast erleichtert über diese Mitteilung. Immerhin hieß es ja, dass er sie am Leben lassen wollte.

Er stolperte und knallte auf den harten Boden, direkt neben Joe. Im gleichen Augenblick flog die Tür ins Schloss und sie hörten das Geräusch eines sich drehenden Schlüssels.

»Was hat er vor?«, flüsterte Robert.

Es bollerte gegen die Holzwand. »Wenn ich noch einen Ton von euch dadrinnen höre, komme ich rein und drehe euch beiden die Hälse um!«

»Keine Ahnung«, flüsterte Joe. »Scheint so, als ob er da draußen etwas sucht.«

Tatsächlich hörten sie, wie Gustav eine der Tonnen zur Seite schob und sie dann offenbar umkippte.

»Ist da irgendetwas versteckt?« Robert tastete sich auf allen vieren vorsichtig zum Fenster vor und versuchte hinauszuspähen. Der Mond war anscheinend schon fast wieder untergegangen. Aber das matte Licht einer frühen Morgendämmerung tauchte den Wald in ein kaltes Grau. Er konnte Gustav nicht sehen. Er fühlte nur, dass er keinen Meter neben ihm in einer Tonne kramte, getrennt nur durch die dünne Holzwand.

»Soweit ich weiß, hat er da irgendwelche Werkzeuge gelagert. Eine Kettensäge und so«, hauchte Joe direkt in Roberts Ohr. »Die wollte er doch zum Baum mitnehmen!«

»Eine Kettensäge?« Robert biss sich auf die Lippen.

»Ruhe dadrinnen!«, schrie Gustav und trat gegen die Holzwand des Schuppens. »Sonst mache ich euch einen Kopf kürzer.« Im gleichen Augenblick erklang ein

Schnarren, dann begann es nach Benzin zu stinken. Ein Motor zündete und lief an. Schließlich donnerte die Kettensäge los. »Kleine Kostprobe gefällig?«, schrie Gustav über den Lärm des Motors hinweg und hielt das Sägeblatt an die Wand des Schuppens. Robert schoss zurück und riss Joe mit sich um. Eine der Tischplatten mit den Glasgefäßen senkte sich nach hinten, die Gläser rutschten zu Boden und zersprangen in Tausende kleiner Scherben. Gleichzeitig fraßen sich die groben Zähne des Sägeblattes durch die Wand, direkt an der Stelle, wo die Zeitungsausschnitte hingen, genau dort, wo eben noch Roberts Kopf gelehnt hatte. In das Kreischen der Säge mischte sich das irre Lachen von Gustav. Dann verstummte der Motor plötzlich. Das Sägeblatt verschwand. Und Totenstille senkte sich über den Wald.

Ob Gustav sich verletzt hatte? Dann hätte man bestimmt einen Schmerzensschrei gehört. Oder ob er da draußen lauerte, bis sich die Köpfe der Kinder wieder am Fenster zeigten? Robert traute sich kaum zu atmen. Joe lag still und bleich neben ihm wie eine staubige Mumie. Im Dämmerlicht sahen ihre wirren Haare aus wie ein Netz feiner Spinnweben.

Robert stützte sich vorsichtig auf seine Hände und richtete sich ganz langsam auf. Wenn er schon sterben sollte, dann konnte er die Sache ebenso gut im Stehen hinter sich bringen. Er zog die Füße unter den Körper und streckte die Arme nach vorne. Und stand bewegungslos wie eine Statue. Sein Kopf befand sich jetzt voll im Schein des Dämmerlichtes, das durch das kleine Fenster hereinfiel. Von draußen konnte ihn jeder sehen. Vorausgesetzt, da war überhaupt noch jemand.

Robert wusste nicht, wie lange er dort gestanden hatte. Waren es Minuten oder nur Sekunden? Draußen raschelte etwas. Roberts Herz schien für den Hauch eines Momentes stillzustehen, dann setzte das schnelle Pochen wieder ein. »Ich glaube, er ist weg!«, flüsterte er.

Joe bewegte sich nicht.

»Komm, steh auf. Gustav ist nicht mehr da«, sagte er in normaler Lautstärke und reichte Joe eine Hand, die sie sofort ergriff, wie eine Ertrinkende.

Ihre Stimme war heiser. Aber immerhin stand sie jetzt schwankend neben ihm. »Was sollen wir tun?«

»Erst mal hier raus«, entgegnete Robert und begann in seinen Hosentaschen zu wühlen.

»Das Fenster ist viel zu klein. Da passt du vielleicht durch, aber ich bestimmt nicht«, jammerte Joe. »Du lässt mich doch hier nicht allein, oder? Robert! Bitte!«

Robert lächelte. Er hatte gefunden, was er suchte. »Okay! Dann nehmen wir eben die Tür.« Er hielt triumphierend den Schlüssel in die Höhe, den er seit Wochen mit sich herumtrug. Seit dem Tag, an dem Joe und er in Gustavs Hütte eingedrungen waren.

»Du hast den?« Joes Stimme überschlug sich fast. »Gustav hat mir eine gescheuert, weil ich ihn verloren hatte. Verdammt, warum hast du mir nicht gesagt, dass du den Schlüssel hast?« Sie stampfte wütend mit dem Fuß auf.

Robert schloss die Tür von innen auf und verriegelte sie hinter ihnen wieder sorgfältig. Dann hängte er den Schlüssel an den Nagel, an dem das Tarnnetz befestigt gewesen war. Merkwürdig, dass er da zu Beginn des Sommers noch nicht herangekommen war. »Ich glaube, Gustav ist wirklich weg. Den Lärm, den du machst, hört man wahrscheinlich im ganzen Wald.«

Joe hielt sich sofort selbst den Mund zu. Jetzt, wo sie unter den wiegenden Bäumen standen, schien ihr Mut sie abermals zu verlassen. Sie sah sich kurz nach allen Seiten um, dann schlug sie den Weg zum Schloss ein.

Robert war mit einem Satz bei ihr und hielt sie an der Schulter fest. »Wir gehen hier entlang!«

»Du kennst immer noch nicht den Weg, Robert Hopp!«

»Ich will nicht ins Schloss zurück. Gustav kann nur beim Fledermausbaum sein. Wahrscheinlich will er ihn mit der Kettensäge fällen, um an die Blüten heranzukommen.«

»Aber ich dachte, er will die Fledermäuse retten, ich meine, ich verstehe das nicht.« Joe sah ihn aus weit aufgerissenen Augen an. »Das hat er doch gesagt!«

»Alles, was er will, sind die Blüten. Sie haben eine besondere Wirkung auf Menschen und auf Tiere. Insekten fühlen sich von dem Duft angezogen, genau wie die Menschen und die Fledermäuse, die der Anblick der Blume glücklich macht. Ich habe es selbst gesehen – oben im Baum. Es ist, als ob man mit flüssigem Gold voll liefe.« Robert hielt inne. Allein die Erinnerung an das Gefühl, das er hoch oben im Baum gehabt hatte, als alle Blumen aufsprangen, ließ ihn lächeln. »Gustav und seine Kollegin haben das anscheinend herausgefunden. Die Fledermäuse waren für ihn nur das Mittel zum Zweck. In Wirklichkeit war er immer nur hinter den Blüten her, die ganze Zeit. Er wollte ein Elixier daraus machen, eines, von dem man glücklich wird. Und das wollte er dann weltweit verkaufen.

Allerdings hat er erst heute Nacht gesehen, wo die Blüten wachsen. Gustav hat immer am Erdboden danach gesucht. Was er nicht wusste, ist, dass er hoch oben suchen musste. In den Wipfeln. Wenn man die blaue Blume finden will, muss man den Kopf hoch tragen und nach oben schauen.« Robert sah an Joes bewunderndem Blick, dass es gut klang, was er da gerade gesagt hatte. »Komm schnell. Wir müssen ihn aufhalten! Ohne die blauen Blumen gehen die Fledermäuse zu Grunde!«

Aber Joe schüttelte wild den Kopf. »Bist du verrückt? Das mach ich auf gar keinen Fall!«

Robert griff ihre Hand und zog daran, während er losrannte. »Was willst du sonst machen? Wer soll uns denn helfen? Bis die Polizei hier ist, wäre es vielleicht zu spät. Außerdem ist wahrscheinlich in so einem Fall eher jemand vom Forstamt zuständig. Die pennen garantiert noch.«

Joe ließ sich widerwillig fortziehen und bemühte sich sein Tempo zu halten. »Nicht so schnell«, rief sie einmal kläglich, als sie über einen glitschigen großen Stein kletterten. Waldschnecke, dachte Robert. Aber er sagte kein einziges Wort.

In den Tälern des Waldes lag jetzt ein undurchdringlicher Nebel. Einmal glaubten sie, dass Gustavs grobschlächtige dunkle Gestalt hinter einem Busch lauerte, aber dann sahen sie, dass es nur ein verlorener Regenmantel war, den irgendjemand an einen Ast gehängt hatte.

Roberts Furcht und die Sorge um Katzenkämpfer und um Stürzer und sein Volk fochten in seinem Inneren einen erbitterten Kampf aus. Er sah die kleine magere Fledermaus vor sich, die ihn aus ihren dunklen Augen musterte. Er hörte das Schimpfen von Katzenkämpfer. Und er hörte die aufmunternden Worte der alten Fledermäuse, die ihm hatten helfen wollen, als er versucht hatte, in der Schlafhöhle nach oben zu klettern. In Gedanken sah er die winzigen Fledermausbabys vor sich, die unschuldig aus den Flugtaschen ihrer Mütter herausschauten. Und er sah Stürzer, der dem unbeholfenen Menschenjungen sein größtes Geheimnis anvertraut hatte, weil er sein Volk retten sollte. Jetzt war es an Robert, seine Aufgabe zu erfüllen.

»Bist du sicher, dass das noch der richtige Weg ist?« Joe blieb einen Moment lang stehen und hielt sich die Hände in die Seiten.

»Glaube schon. Komm jetzt weiter«, keuchte Robert und sprang über einen umgestürzten Baum. »Psst. Hörst du das?« Sie blieben abermals stehen und horchten in den Nebel hinein. Die hohen Töne der Kettensäge schienen vom Dunst verschluckt zu werden. Aber die tieferen Töne brummten irgendwo in der Ferne.

»Das klingt, als ob er sehr weit entfernt wäre!«, sagte Joe.

Robert schüttelte den Kopf. »Das täuscht. Der Nebel hält uns zum Narren. Er muss ganz nahe sein. Leise jetzt.«

Sie krabbelten langsam die Anhöhe hinauf. Robert duckte sich hinter einen Strauch und spähte nach unten. Die große schwarze Hecke sah im Nebel aus wie eine Wand. Eine Wand mit einem Loch allerdings. Direkt davor stand Gustav. Er hatte die Kettensäge über seinen Kopf erhoben und erweiterte den Durchgang im oberen Bereich. Dann stellte er den Motor plötzlich aus und spähte suchend um sich. Robert duckte sich fest in den Busch hinein. Joe hatte sich flach auf den Boden gelegt.

Von der buschigen Hecke, dem ganzen Stolz von Stürzer, war fast die Hälfte verschwunden. Robert stellte fest, dass der Schlafbaum der Fledermäuse sogar von hier aus riesig aussah. Der Stamm glänzte in dunklem Braun. Gustav murmelte einen Fluch und wendete sich wieder seiner Arbeit zu. Die Kettensäge, die er nur noch mit einer Hand hielt, heulte auf und schoss durch das feste Gestrüpp. Holzsplitter flogen wie Funken um Gustavs Kopf. Mit der anderen Hand zog er die abgetrennten Zweige zur Seite und warf sie auf den immer höher werdenden Reisighaufen.

»Wir müssen ihn aufhalten!«, flüsterte Robert. »Wenn das Loch in der Hecke breit genug ist, wird er als Nächstes den Baum fällen, um an die Blumen zu kommen! Dann sind die Fledermäuse bald verloren!«

Als hätte Gustav das gehört, ließ er plötzlich von der Hecke ab. Mit der kreischenden Kettensäge in der Hand machte er einige Schritte auf den Baum zu und blickte hinauf. Dann klopfte er gegen den Stamm und begann langsam, den Baum zu umrunden. Er verschwand kurz dahinter, dann tauchte er wieder auf und sie konnten sein Gesicht sehen. Er grinste.

Joe sah Robert aus schreckgeweiteten Augen an. »Er überlegt sich, von welcher Seite er den Baum fällen will! Glaubst du, dass die Fledermäuse da noch drin sind?«

Robert nickte traurig. »Sie schlafen. Sie haben keine Chance, da lebend rauszukommen, wenn der Baum fällt.«

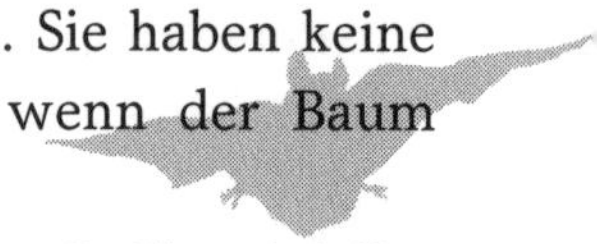

»Aber wir müssen sie warnen! Robert?« Sie stieß ihn mit ihrem kleinen dünnen Finger in die Seite.

Robert überlegte. Und je länger er überlegte, desto deutlicher wurde ihm, dass Überlegen der völlig falsche

Weg war, um den Fledermäusen zu helfen. Er musste handeln. Und zwar sofort.

»Robert!«, flüsterte Joe entsetzt. »Was tust du?«

Er war auf die Füße gesprungen. Der Abhang war steiler, als er ihn in Erinnerung hatte. Robert überwand ihn mit drei langen Sprüngen. Es war ihm egal, dass die Zweige knackten, sogar, dass er plötzlich seine eigenen Schreie hörte. Er wusste, dass es unklug war, was er tat. Mehr als das. Es war falsch und gefährlich. Er tat es trotzdem. Robert Hopp griff an.

Gustav drehte sich stirnrunzelnd zu ihm um. Die Kettensäge in seiner Hand blitzte. Sie kreischte in der Morgenluft. Sie kam näher und näher. Robert stürmte durch die Hecke.

Ein Sprung. Ein Schrei. Robert bekam einen Ärmel von Gustav zu packen und klammerte sich daran fest. Er drückte die Füße gegen Gustavs Bein, als sei es ein Brett, das er umzuwerfen versuchte. Die Kettensäge röhrte in der Luft. Irgendwo schrie ein Mädchen. Das war ganz in der Nähe, dämmerte es Robert.

Joe stand genau neben Robert und schlug und kratzte wild um sich. Sie hatte Gustav an der Wange erwischt. Er blutete. Gustavs Augen waren nur noch schmale Schlitze, der Mund war eng zusammengekniffen. Er hatte Roberts Handgelenk gepackt und es nach innen gedreht. Mit der anderen Hand erhob er die Kettensäge.

»Nein!«, schrie jemand. Das musste er selbst sein, dachte Robert. Es war aus. Vorbei.

Die langen Krallen schienen aus Gustavs Haaren herauszuwachsen. Sie näherten sich seinen Augenlidern von der Stirn her wie zwei schwarze Zangen und kniffen fast gleichzeitig zu. Gustavs Mund öffnete sich zu einem Schrei.

Da erst sah Robert die dicke blonde Katze. Sie war auf Gustavs Nacken gelandet und krallte sich an der faltigen Haut seines Gesichtes fest. Das Maul mit den langen weißen Zähnen war über Gustavs rechtem Ohr geöffnet. Dann biss sie zu.

Das Schneideblatt der Kettensäge sirrte durch die Luft. Schon konnte Robert den süßen Geruch des Kettenöls riechen und den Gestank von heißem Metall. Jemand ergriff seine Oberarme und zog seinen Kopf zurück, als wolle er ihn von den Schultern pflücken. Robert schoss nach hinten und landete hart auf einem Stein. Der Nebel um ihn herum wurde dunkler und dunkler. Dann war es schwarz und so undurchdringlich und still wie auf dem Grund eines Tintenfasses.

Als er die Augen wieder öffnete, fühlte er sich, als ob er durch eine schalldichte Tür ein Inferno betrat. Neben ihm kniete ein schnauzbärtiger Mann, der mit lauter Stimme auf ihn einredete. Irgendwie kam der Mann ihm bekannt vor, dachte Robert.

»'allo, du frescher Junge«, rief Antoine. »Das war knapp, seeehr knapp!«

Robert fuhr mit einem Ruck hoch und ließ sich sofort wieder zurücksinken. »Wo ist Joe?«

»Hier bin ich!«, rief Joe und legte ihm eine Hand auf die Schulter.

Robert setzte sich stöhnend auf und blickte um sich. Die Kettensäge knatterte führerlos und lärmend durch das Laub. Gustav lag mit dem Gesicht auf der Erde und wand sich wie ein riesiger gestrandeter Fisch. Seine fleischigen Handgelenke waren auf dem Rücken mit Handschellen verkettet, die großen Füße waren mit der roten Lederleine gefesselt, an der Antoine sonst immer seine Katze Nicole spazieren führte. Gustav gab dumpfe Knurrlaute von sich. Und irgendetwas piepte.

»Katzenkämpfer?« Robert blickte nach oben zur Krone des Baumes. Aber der Baum stand still wie ein Fels und mit ihm schwiegen alle seine Bewohner. Das Piepen wurde lauter. Da bemerkte Robert, dass es aus seiner Hosentasche kam. Er angelte mit tauben Fingern das Handy heraus und hielt es an sein Ohr.

»Hallo, Schätzchen!«, sagte die tiefe warme Stimme seiner Mutter. »Geht es dir gut? Momentchen mal, was ist denn das für ein Lärm bei euch?«

Robert schloss die Augen. Seine Mutter horchte.

Dann ließ sie einen Schnalzlaut hören. »Kind!«, rief sie vorwurfsvoll. »Das klingt doch wie eine Kettensäge. Und da stöhnt ein Mann! Ihr guckt euch Horrorfilme im Fernsehen an. Wusste ich es doch! Wie kannst du nur so etwas tun?« Roberts Mutter war ganz außer sich. »Da ist es aber gut, dass Vater und ich schon auf dem Weg zu dir sind. Wir haben uns zufällig auf dem Flughafen in Johannesburg getroffen, stell dir vor!« Sie holte Luft und begann mit einer weiteren Schimpfkanonade, die mit den Worten »Der Fernseher wird sofort ausgemacht!« endete.

»Sekunde noch«, sagte Robert und beobachtete, wie Antoine sich der wild wedelnden Kettensäge näherte und schließlich den Abstellknopf fand.

»Na, immerhin gehorchst du noch«, sagte Roberts Mutter mit ungewohnter Strenge. »Es wird Zeit, dass du wieder nach Hause kommst, zu Vater und zu mir.«

Roberts Herz machte einen kleinen erleichterten Hüpfer. »Heißt das, dass ihr euch wieder vertragt?«

Er hörte, wie seine Mutter am anderen Ende der

Leitung langsam ein- und wieder ausatmete. »Natürlich vertragen wir uns immer, Schätzchen«, sagte sie dann. »Und im Übrigen solltest du dich nicht um die Probleme der Erwachsenen kümmern. Das ist nichts für ein Kind. Geh lieber spielen, in den Wald.«

Als Robert das Handy wieder eingesteckt hatte, sah Joe ihn mit großen Augen an. Im Schein der aufgehenden Sonne schimmerten ihre Haare wie Feuer. »Deine Eltern kommen zurück, nicht wahr?«

Robert nickte langsam.

»Und dann fährst du wieder mit ihnen nach Hause?«

Die nächsten beiden Stunden waren voller Aufregung. Zunächst hörte man in der Ferne eine Polizeisirene, dann noch eine und noch eine. Bald raschelte es im Gebüsch und zwei riesige Polizeihunde zogen schnüffelnd zwei verschwitzte Polizisten hinter sich her. Dann rückte ein ganzes Dutzend uniformierter Beamter an, umstellte Gustav und zog ihn auf die Füße. Einer der Beamten, der einen Trenchcoat trug, schüttelte Antoine lange die Hand und dankte ihm für die kollegiale Hilfe. Dann zogen sie mit Gustav ab.

»Heißt das, dass Sie auch ein Polizist sind?«, fragte Robert.

Antoine schüttelte lächelnd den Kopf. »Isch bin Inspektor der französischen Polizei. Bei euch 'eißt das Kommissar. Und isch 'abe Gustav Leidenbrink seit Monaten gesucht.«

»Aber warum haben Sie denn das nicht gleich gesagt?«, fragte Robert.

Antoine grinste und griff in die Tasche, um sich eine Zigarette zu drehen, die er dann nach einem Blick auf die Bäume seufzend hinter sein Ohr steckte. »Vielleischt 'ättet ihr misch verraten?«

Robert überlegte. Er musste zugeben, dass ihm Antoine während der ganzen Zeit genauso verdächtig erschienen war wie Gustav. »Was hat Gustav denn getan?«

»Das ist eine schwierige Geschichte«, sagte Antoine, dessen französischer Akzent plötzlich kaum noch zu hören war. »Eine Kollegin von ihm, eine junge französische Forscherin, ist auf seltsame Art ums Leben gekommen. Sie ist in der Wohnung von Gustav vom Balkon gefallen, aus dem siebten Stock. Es hieß, das sei Selbstmord gewesen. Aber das habe ich nicht geglaubt. Ich habe immer gewusst, dass noch etwas anderes dahinter steckt. Konkurrenz zum Beispiel, die so stark ist, dass sie in Hass umschlägt. Immerhin haben die beiden im gleichen Labor gearbeitet, vielleicht waren sie auch befreundet. Die deutschen Kollegen haben mir gestattet, die Wohnung von Gustav zu inspizieren. Und da waren überall die toten Insekten, Tausende müssen es gewesen sein. Und Gustav war verschwunden. Nicht einmal seinen Job gekündigt hat er. Das hat mich stutzig gemacht.«

»Wegen so ein paar Fliegen ...«, sagte Joe trotzig. »Was hat denn das mit einem Verbrechen zu tun?«

»Habe ich mich auch gefragt«, antwortete Antoine. »Und ich wusste, dass ich das Rätsel der Insekten lösen musste. Und als ich hier im Wald ankam, musste ich zuerst das Rätsel der seltsamen Pflanzen und ihrer Anziehungskraft lösen. Gustav wollte die Welt mit einem Elixier retten, das alle Menschen glücklich macht. Aber er wollte die Welt unbedingt alleine retten. Da war seine Kollegin ihm im Weg.«

»Woher wussten Sie denn überhaupt von dem Fall?« Robert spürte, wie abermals eine Welle von Misstrauen in ihm hochstieg. »Sie leben doch in Frankreich, oder etwa nicht?«

Antoine nickte traurig. »Ich schon, aber Suzette nicht, so hieß die junge Frau. Sie hat seit dem Studium in Deutschland gearbeitet. Als ich von ihrem Tod hörte, wusste ich, dass sie sich keinesfalls selber umgebracht haben konnte.«

»Weil sie eine Naturwissenschaftlerin war.« Robert fühlte tief in seinem Inneren, dass solche Leute so etwas nicht taten.

Aber Antoine schüttelte nur noch trauriger den Kopf. »Weil sie eine alte Freundin aus Kindertagen war, daher wusste ich es. Wir sind früher immer gemeinsam durch den Wald gestreift, so wie Joe und du. Wir haben viele Abenteuer zusammen erlebt. Einmal haben wir ein kleines blondes Kätzchen gefunden.« Er streichelte der dicken blonden Katze Nicole über den Kopf. »Suzette hat immer gesagt, diese Katze habe detektivische Fähigkeiten. Deshalb habe ich Nicole hierher mitgenommen. Weil sie vielleicht helfen konnte, diesen besonderen Fall zu lösen. Sie ist zwar schon eine uralte Katzendame, aber wie du siehst, ist sie noch sehr stark.« Nicole zog den Kopf weg und fauchte.

»Suzette und ich haben uns zwar irgendwann aus den Augen verloren«, fuhr Antoine leise fort. »Aber in unserer Jugend waren wir wie Geschwister. So eine Verbindung hält ewig. Wenn man jemanden als Kind kannte, dann bleibt ein bisschen von ihm immer in der Erinnerung zurück.«

Joe hatte das Gespräch fast teilnahmslos verfolgt, jetzt aber drängte sie zum Aufbruch. »Mir ist kalt«, sagte sie nur, dann schüttelte sie ihre wirren Haare und rannte durch den Wald davon.

»Zu Hause wartet noch eine andere Überraschung auf dich«, rief Antoine ihr nach.

»Ach ja, welche denn?«, fauchte Joe und verschwand im Dickicht.

»Eine gute«, erwiderte Antoine. »Hoffe ich wenigstens.« Aber das hörte Joe schon nicht mehr.

Auf dem Rückweg zum Schloss fühlte Robert plötzlich, wie müde er war und wie kaputt. Überall hatte er Schrammen und Kratzer, zudem schmerzten seine Schulter, sein Fuß und der Arm, den Gustav ihm auf den Rücken gedreht hatte. Er hatte Hunger wie ein Tiger und Durst wie ein Kamel, das wochenlang keine Oase von innen gesehen hat. Und er verspürte zum ersten Mal in seinem Leben das Bedürfnis, sich die Hände zu waschen.

Sie hörten die Stimmen schon von weitem. Zwei hohe Frauenstimmen lachten, dazwischen erklang eine alte, heisere, die offenbar gerade eine Anekdote erzählte.

Frau Eisenstein stand oben auf der Treppe und winkte Robert mit ihrem Gehstock zu. Eines ihrer Beine war eingegipst, aber anscheinend konnte sie sich damit prima bewegen. Sie kam einen Schritt auf Robert zu. »Da ist ja unser Held des Waldes!«, rief sie. »Antoine hat mich immer auf dem Laufenden gehalten, was ihr so treibt.«

»Antoine hat was?« Robert schaute sich zu dem Kommissar um, der sich von Nicole von Busch zu Busch ziehen ließ.

Frau Eisenstein lächelte, öffnete die Arme und schloss Robert hinein, der plötzlich spürte, wie ihm die Tränen in die Augen traten. »An dem Tag, an dem du mich im Krankenhaus besucht hast, war Antoine kurz vor dir da«, sagte Frau Eisenstein. »Ich hatte schon befürchtet, dass du etwas merkst. Ein junger Mann wie du will schließlich keinen Aufpasser haben. Und eine junge Dame wie Joe will das erst recht nicht.«

Sie lockerte ihre eiserne Umarmung und hielt Robert an ausgestreckten Armen von sich weg. »Trotzdem war es noch gefährlich genug, will ich mal meinen. Ich habe mir große Sorgen gemacht. Eigentlich hatte ich ja die Absicht zu sterben, nachdem Gustav mich die Treppe hinuntergeschubst hat. Aber dann dachte ich, dass ich vielleicht doch besser wieder gesund werde.«

»Er hat Sie geschubst?« Robert versuchte, in die cremefarbene Tropenbluse von Frau Eisenstein zu schniefen, aber dafür war sie zu hart. Er rieb sich stattdessen mit dem Handrücken über die Nase. »Das ist doch verboten!«

Antoine räusperte sich. »Wir hatten abgemacht, dass Frau Eisenstein zunächst noch keine Anzeige erstattet. Zum Glück hat sie ja von Anfang an gesagt, sie sei von allein die Treppe hinuntergefallen. Sie hat ihrem Gefühl vertraut und das war gut. Eine Anzeige hätte Gustav nur misstrauisch gemacht. Und dann hätten wir vielleicht niemals herausbekommen, was er wirklich vorhatte.«

»Dann haben Sie die ganze Zeit gewusst, dass Gustav ein Verbrecher ist?« Robert schaute empört um sich und erblickte Samantha und Markus, die Schürzen trugen und neugierig die Köpfe aus der Kellertür streckten. »Hallo, Kleiner«, sagten sie.

»Wir haben nicht alles gewusst«, entgegnete Frau Eisenstein leise. »Und wir wollen auch nicht alles wissen. Es gibt Geheimnisse, die behält man lieber bis in alle Ewigkeit für sich.« Sie sah ihn durchdringend an.

Robert schluckte. »Heißt das, dass Sie von dem Fledermausbaum wussten? Und von den blauen Blumen?«

Aber Frau Eisenstein legte nur einen ihrer mageren Finger auf ihre dünnen Lippen und machte »psst«. Dann strich sie ihm flüchtig über den Kopf und wendete sich ab. »Deine Eltern sind übrigens auf dem Weg hierher. Sie müssten bald da sein. Vielleicht machst du dich ein wenig frisch, du siehst nämlich aus wie ein Neandertaler. Und dann kannst du Samantha und Markus beim Kochen helfen. Wir werden heute Abend eine Menge Leute sein. Ich hoffe nur, dass man aus Zutaten wie Marshmallows, Schokoladenkeksen und Gummibärchen überhaupt ein anständiges Menü zusammenbekommt.« Sie drehte sich abermals zu Robert um. »Was ist eigentlich mit Joe los? Als ich ihr gesagt habe, dass deine Eltern kommen, ist sie ohne ein Wort auf ihrem Zimmer verschwunden.«

»Keine Ahnung.« Robert trollte sich zum Schlossportal. Seine Lust aufs Händewaschen war einem Bedürfnis gewichen, sich unter eine heiße Dusche zu stellen. Aber vorher würde er sich noch für ein Weilchen aufs Bett legen und schlafen. Nichts als schlafen. Er konnte an fast nichts anderes mehr denken.

Draußen war es bereits wieder dämmrig geworden. Während das heiße Wasser aus dem riesigen altmodischen Duschkopf über ihn strömte wie aus einem siedenden Wasserfall, überlegte Robert sich, was er seinen Eltern erzählen sollte. Bestimmt würden sie sofort sehen, wie stark er sich verändert hatte. Schließlich nahmen sie immer jede seiner Wandlungen wahr, ob er blasser aussah als am Vormittag, ob seine Lippen vielleicht etwas blauer waren als am Tag zuvor oder vor drei Wochen und ob er anders dreinschaute als sonst. Seit er denken konnte, hatten sie ihn beobachtet, wie zwei Forscher, die ein seltenes Tier züchten.

Als er sich eine frisch gebügelte Jeans aus dem riesigen Klamottenvorrat anzog, den seine Mutter zu Beginn des Sommers mit ins Schloss genommen hatte, stellte er fest, dass seine Sachen ihm kaum noch passten. Die neue Hose reichte nur noch knapp bis zu den Knöcheln und das T-Shirt, das immer noch nach Waschmittel duftete, spannte an den Säumen der kurzen Ärmel. Zudem hatte die Sonne ihn anscheinend auch im Dickicht des Waldes gebräunt. Oder ob es das kalte Mondlicht war, das seine Haut so getönt hatte? Für einen kurzen Moment musste er an Katzenkämpfer denken, der jetzt vermutlich auch gerade aufgewacht war. Wie es ihm wohl ging? Ob er einen kurzen Besuch beim Baum machen sollte? Ob Katzenkämpfer wohl auch an ihn dachte?

Aber dann machte ein Gehstock »pock, pock, pock« auf dem Steinboden im Foyer und einen Augenblick später ertönte die knarrende Stimme von Frau Eisenstein durch das ganze Schloss. »Robert! Deine Eltern sind da. Komm bitte runter und schau nach, wo Joe ist. Das Essen ist auch gleich fertig!«

Sie hatten eine Tafel im Schlosshof aufgebaut, wie zu einem großen Fest. In den Zweigen der Bäume schaukelten bunte Laternen. Der lange Tisch war mit weißem Leinen und mit Silberbestecken gedeckt und mit Kräutern aus dem Garten geschmückt. Roberts Eltern saßen Hand in Hand am Kopf der Tafel und unterhielten sich angeregt mit Samantha und Markus, während Antoine geschäftig hin- und herlief und den Tisch mit großen Silberplatten belud, auf denen leckere Speisen kunstvoll angerichtet waren. Frau Eisenstein zeigte immer mit dem Gehstock, wo die vielen Platten hinsollten. »Ich habe das Gefühl, dass wir heute Abend noch mehr netten Besuch bekommen«, sagte sie rätselhaft.

»Hallo, Schätzchen«, rief Roberts Mutter und streckte eine Hand nach ihm aus. »Wie schön, dass es dir so gut geht. Gib Vater und mir einen Kuss!«

Robert kam langsam näher und küsste zuerst seine Mutter und dann seinen Vater auf die Wangen. Sie fühlten sich fremd an, beide.

»Schön, dass wir wieder alle zusammen sind«, lachte Roberts Mutter und gab seinem Vater ebenfalls einen Kuss auf die Wange. Dann klopfte sie Robert begütigend auf die Schulter. »Nun schau nicht so, Kind. Die Sache mit dem Fernsehgucken ist lange vergessen. Frau Eisenstein hat mir versichert, dass ihr dabei auch viel über die Natur erfahren habt.«

Robert fing einen verschwörerischen Blick von Frau Eisenstein auf und biss sich auf die Lippen.

»Und nun wollen wir es uns aber schmecken lassen!«, fuhr Roberts Mutter fort. »Hähnchenfilet mit Gummibärchen habe ich noch nie gekostet. Stellt euch nur mal vor, was die Leute in Schanghai alles essen. Und wie es dort in den Hotelzimmern zugeht. Kakerlaken, sage ich nur!« Sie streckte Daumen und Zeigefinger so weit auseinander, als wolle sie auf dem Klavier eine Oktave greifen. »So groß waren die!«

»Das ist ja unglaublich«, versetzte Roberts Vater und gab Roberts Mutter einen Kuss auf die Wange. »Ich bin ja so stolz auf dich!«

Robert wurde von Frau Eisenstein neben Markus gesetzt und musste sich eine Stunde lang anhören, wie wichtig das Fledermausprojekt für den Wald war. Und wie wenig Markus wirklich über diese Tiere wusste. Dass Gustav ein Verbrecher war, nahm Markus ausdruckslos zur Kenntnis. Er habe immer gefunden, dass das ein merkwürdiger Typ war, erklärte Markus kauend. Joe blieb die ganze Zeit über verschwunden.

Einige Male spürte Robert den Wunsch, Markus und den anderen von seinen Abenteuern auf dem Baum zu erzählen, aber als er gerade loslegen wollte, fing er Frau Eisensteins Blick auf und biss lieber in eines der Fleischstückchen, die sie ihm immer und immer wieder auf den Teller häufte.

Nach einer Weile begann Frau Eisenstein von den aufreibenden Tagen zu erzählen, die sie im Krankenhaus verbracht hatte. Antoine hatte wirklich ganze Arbeit geleistet und seinem Beruf als Kommissar alle Ehre gemacht. Nachdem er sie in der Klinik ausfindig gemacht hatte, war er täglich zu ihr gefahren, um sie zu informieren.

»Zunächst dachte ich nur, es ist ganz gut, wenn die Kinder mal ein bisschen auf sich gestellt sind. Aber dann habe ich es wirklich mit der Angst zu tun bekommen. Als ich hörte, dass Gustav von den Pflanzen im

Bechsteinzimmer erfahren hatte, war mir klar, dass ihr in großer Gefahr wart, ihr Lieben.« Sie klopfte mit dem Gehstock gegen ihren Gips. »Man weiß ja nie, was solche Leute machen würden, um an Dinge zu kommen, die sie begehren. Da habe ich mir überlegt, dass ich doch besser wieder gesund werde.«

»Welche Pflanzen denn?«, fragte Roberts Vater, aber niemand schien seine Frage zur Kenntnis zu nehmen.

»Was auch passiert«, sagte Roberts Mutter und stopfte sich begeistert ein riesiges Stück geschmolzenes Marshmallow in den Mund, das auf einer Tomatenscheibe klebte. »Das Schloss wollen wir nun doch nicht in Wohnungen umwandeln. Wir finden nämlich, dass dadurch die Struktur hier zu stark verändert wird. Es wäre auch schlecht für das Ökosystem. Markus hat uns das alles ganz genau erklärt.«

Robert sah, wie sein Vater ihm zunickte. »Es ist überhaupt die Frage, ob wir es kaufen wollen. Steuern zu sparen ist ja nicht alles im Leben. Was meinst du, Robert, was wir machen sollen?«

Robert dachte daran, wie er in der ersten Nacht im Zimmer der Brüder gelegen und sich gefürchtet hatte. Und wie die Fledermäuse zu ihm gekommen waren. Es war bedrohlich gewesen, aber im Nachhinein auch schön. Er hatte jetzt keine Angst mehr vor der Dunkelheit und fürchtete sich nicht mehr vor Käfern, Spinnen und Wespen. »Ich finde, es kann alles so bleiben, wie es ist«, sagte er leise. »Fast genauso jedenfalls. Vielleicht kann Frau Eisenstein das Schloss einfach behalten. Wir könnten doch ein Museum daraus machen. Das Museum der Nacht!« Robert sah sich in der Runde um. »Ist doch eine klasse Idee, oder?«

Da hörten plötzlich Samantha und Markus auf zu kauen. Antoine hielt die große silberne Servierplatte starr in den Händen und bewegte sich nicht mehr. Die Gabel von Roberts Mutter gefror in der Luft, genau über dem Teller mit den Marshmallows und den Tomaten. Roberts Vater hob das Glas an die Lippen und ließ es dort, ohne zu trinken. Die blonde Katze Nicole stellte sich auf die Pfoten und starrte in die Nacht hinaus. Frau Eisenstein hob den Kopf und kniff die Augen zusammen. Robert folgte ihrem Blick.

Auf dem Hofplatz stand plötzlich jemand. Es war ein hübsches Mädchen. Es war so groß wie Joe. Das Mädchen hatte lange seidige Haare, die zu einem Zopf geflochten waren und die im Mondlicht schimmerten wie frisch poliertes Kupfer. Sie trug eine weiße gebügelte Bluse und einen blauen Faltenrock, der ihr bis über die Knie reichte. Nur die großen Füße steckten in riesigen braunen Stiefeln. Das Mädchen lächelte schüchtern. Dann ging sie langsam auf Roberts Eltern zu und gab ihnen die Hand, zuerst der Mutter und dann dem Vater. »Hallo«, sagte sie leise. »Ich bin Jorinde. Robert und ich sind praktisch wie Geschwister!«

»Tatsächlich?«, rief Roberts Vater. Anscheinend überlegte er ernsthaft, wie so etwas möglich sein konnte. »Das ist ja überaus interessant«, stellte er dann fest.

»Joe!«, rief Frau Eisenstein.

»Joe!«, rief Robert.

»Ja«, sagte Joe und ließ die Hand von Roberts Vater einfach nicht wieder los. »Robert und ich haben den ganzen Sommer über zusammen gespielt. Wir haben viele Abenteuer zusammen erlebt. Das ist eine Verbindung, die ewig hält. Das sagt auch Antoine. Als Kommissar muss er das schließlich wissen. Und wir haben eine kleine Fledermaus gefunden. Und ich dachte, ich dachte, ich …« Ihre Stimme versagte und sie blickte sich Hilfe suchend zu Frau Eisenstein um.

Antoine stellte die Servierplatte auf den Tisch und griff in seine Tasche, um ein Taschentuch hervorzuholen. Anscheinend war ihm etwas ins Auge geflogen.

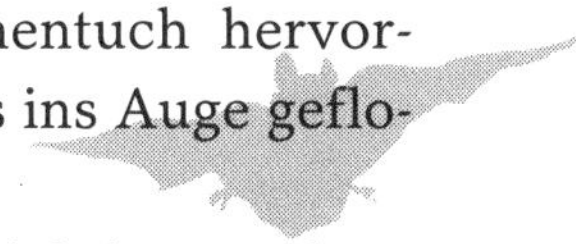

»Also, wenn du mitkommen willst, ich hätte schon gerne eine Tochter«, sagte Roberts Vater unvermittelt und nahm Roberts Mutter die Gabel mit der Tomatenscheibe und dem Marshmallow aus der Hand. »Robert würde es ganz gut tun, wenn er eine so brave und ordentliche Schwester wie dich hätte. Mit einer Schwester wie dir würde er sich hoffentlich etwas zivilisieren.« Er streckte einen Arm aus und knuffte Robert in die Seite.

Robert hatte das Gefühl, dass er husten musste.

»Also, also«, hauchte Roberts Mutter und wurde zuerst etwas rot und dann wieder etwas weißer.

Frau Eisenstein schüttelte lächelnd den Kopf. »Das kommt jetzt zwar etwas überraschend, aber ich habe immer gedacht, dass Joe nicht ewig in diesem gottverlassenen Wald bleiben kann. Allerdings gibt es da noch eine Sache, die ich euch sagen muss …«

»Das ist aber wirklich eine wunderschöne Idee«, fiel Roberts Mutter ihr ins Wort, die sich plötzlich wieder gefangen hatte. »Jorinde könnte bei uns wohnen und dort zur Schule gehen. Und in den Ferien fahren wir immer alle zusammen hierher und gehen Frau Eisenstein auf den Keks.« Sie lachte fröhlich. »Da hätten wir fast unsere Familie verloren und plötzlich sieht es aus, als wenn sie sich stattdessen vergrößert hätte.«

»Du redest schon wieder völlig an den Kindern vorbei«, meldete sich Roberts Vater erneut zu Wort.

»Wie romantisch!«, rief Samantha und klatschte in die Hände. »Ich freu mich so für dich, Joe!« Sie sprang auf und nahm Joe in die Arme.

»Da wäre allerdings noch diese eine Sache, die wir besprechen müssten ...«, fing Frau Eisenstein abermals an, aber keiner hörte mehr auf sie. Robert hatte das Gefühl, dass plötzlich auch die Tiere im Wald anfingen zu lärmen. Überall in den Baumkronen knackten Äste, Käuzchen schrien und es raschelte, dass es nur so eine Art hatte. Sein Herz machte einen kleinen erleichterten Hüpfer.

»Ziemlich gute Idee, Papa«, sagte er und versuchte, dabei so auszusehen, wie er sich plötzlich fühlte: cool und irgendwie gereift.

»Was hast du da gesagt?« Roberts Vater starrte ihn an. »Hast du gerade Papa gesagt? Sonst hast du mich doch immer Vater genannt. Was ist denn plötzlich, ich meine ...« Er schluckte und sah zu seiner Frau. »Hab ich jetzt wieder was falsch gemacht?«

»Ich glaube, unser Robert wird langsam groß«, sagte Roberts Mutter leise.

»Papa, Papa«, wiederholte Roberts Vater. »Klingt richtig nett, finde ich.«

Antoine hatte endlich seine Nase zu Ende geputzt und holte eine kleine Mundharmonika hervor, auf der er zuerst eine traurige Weise und dann ein Tanzlied spielte. Robert lächelte Joe zu und sie lächelte. »Tut mir Leid!«, flüsterte sie.

»Was denn?«, flüsterte Robert.

»Dass ich dir die Pflanzen geklaut habe. Und dass ich dich an Gustav verraten habe«, hauchte Joe.

»Waren doch gar nicht meine Pflanzen«, gab Robert leise zurück.

»Und ich habe Gustav gesagt, dass du ein Weichei bist.«

»Doofe Kuh.« Robert lachte und gab Joe einen Schubs. Sie holte blitzartig mit der Hand aus, sah den interessierten Blick von Roberts Mutter und hielt einem plötzlichen Impuls folgend mitten in der Bewegung inne, um dann geduldig ihren langen glänzenden Zopf zu ordnen.

»Ich wollte euch allen noch etwas Wichtiges mitteilen …«, fing Frau Eisenstein ein weiteres Mal an.

Und da hörten sie es plötzlich alle. Motorengebrumm. Auf dem Waldweg näherte sich ein Auto.

Robert erkannte sofort, was für ein Wagen das war. Sein Herz fing heftig zu pochen an. Und er hatte doch tatsächlich geglaubt, dass er keine Angst mehr haben würde, vor nichts und vor niemandem.

Der kleine rote Sportwagen war mit Karacho aus dem Wald gesaust und kam mit quietschenden Reifen auf dem Schlossplatz zu stehen, so nah am Tisch, dass Frau Eisenstein schon aufgesprungen war, um den Silberleuchter mit den flackernden Kerzen in die Luft zu halten.

Die Fahrertür öffnete sich und ein grau bestrumpftes Bein mit einem grauen Schuh streckte sich heraus. Dann kam der Rest der grauen Dame vom Jugendamt zum Vorschein. Aber sie blickte nicht streng. Sie lächelte stolz. »'n Abend miteinander«, rief sie. »Überraschung! Sehen Sie mal, wen ich hier mitgebracht habe.«

Robert sah, wie Frau Eisenstein sich abwendete und verzweifelt den Kopf schüttelte.

Die Frau, die auf der Beifahrerseite aus dem Auto kletterte, hatte wirre lange Haare, die ihr fast bis auf die Hüften fielen. Sie trug einen bodenlangen weißen Mantel und um den Hals zahlreiche bunte Ketten, die sofort begannen, im Schein der Kerzen und des Mondes zu blitzen und zu flackern. Ihre Augen waren so hell wie die von Joe. Sie sah ernst aus und auch ein bisschen traurig. Sie hob mit einer dramatischen Bewegung die Arme zum Himmel und atmete tief ein und wieder aus. Zuerst glaubte Robert, dass sie vielleicht eine Zauberin wäre, die Frau Eisenstein eigens für dieses Fest engagiert hatte. Aber dann fiel ihm ein, dass vermutlich nicht einmal sie diesen Abend geplant hatte.

»Wo ist denn unsere Jorinde?«, fragte die Dame vom Jugendamt und ließ ihren Blick über die Runde schweifen. Einen Moment lang heftete er sich auf Samantha, aber die schüttelte nur wild den Kopf. Alle waren aufgestanden und starrten auf die beiden Besucherinnen.

Joe stand dicht neben Robert. Sie hielten sich an den Händen, aber dann spürte Robert, wie sich Joes kleine kühle Hand langsam aus der seinen löste und wie Joe einen Schritt vortrat.

»Mama?«, fragte sie leise.

Die Frau in dem langen weißen Mantel starrte Joe einen Moment lang an, dann öffnete sie die Arme und tat etwas, was Robert noch niemals zuvor gesehen hatte. Die Frau lachte und weinte zugleich. Und seltsamerweise war dieses Verhalten auch noch ansteckend. Joe lachte laut auf, rannte auf ihre Mutter zu, schlang die Arme um deren Hals und begann zu schluchzen.

Roberts Mutter wischte sich mit dem Ärmel vom Jackett ihres Mannes einen gewaltigen Tränenstrom ab, dann holte sie einen kleinen Taschenspiegel hervor, zog sich die Lippen nach und lächelte ihrem Spiegelbild zu. Roberts Vater putzte sich die Nase, dann lachte er fröhlich. Antoine hatte wieder etwas ins Auge bekommen und musste lange mit einem Taschentuch herumwischen, bevor er anfing, auf der Mundharmonika eine fröhliche Melodie zu spielen. Die Frau vom Jugendamt tupfte sich mit einem kleinen grauen Läppchen über die Augen, dann lachte sie Antoine an. Frau Eisenstein schüttelte den Kopf und nahm einen Schluck aus ihrem Glas, in das eine Träne hineinplumpste wie ein Steinchen. Sie lächelte so stark, dass sich die Falten in ihren Mundwinkeln vertausendfachten. Robert hatte einen Kloß in der Kehle. Und lachen musste er überhaupt nicht.

Joes Mutter hielt ihre Tochter an den Schultern und lächelte sie glücklich an. »Was für ein hübsches Mädchen du geworden bist«, sagte sie leise. »Ich bleibe jetzt hier. Ich hatte die ganzen Jahre lang Sehnsucht nach dem Schloss. Und natürlich auch nach dir. Ich habe so viel erlebt. Die Ruhe wird mir gut tun.« Sie streckte die Arme aus und machte eine ausladende Bewegung über den Wald.

Joe trat von einem Fuß auf den anderen.

»Du wirst sehen, wie schön wir es jetzt hier haben werden. Genau wie früher«, rief Joes Mutter. »Ich kann dir etwas vorlesen. Und wir gehen zusammen in den Wald und pflücken Blumen. Weißt du noch, dass wir das immer getan haben?«

Die Dame vom Jugendamt nickte. »Natürlich weiß Joe das noch. Nicht wahr, Joe?«

»Ja«, sagte Joe leise. »Ich weiß es noch. Aber es ist sehr lange her.«

»Und dann könnten wir mit deinem Puppenhaus spielen. Weißt du noch, wie wir ganz kleine Vorhänge für die Fenster genäht haben und eine winzige Fußmatte, so klein war die!« Joes Mutter hielt Daumen und Zeigefinger in die Höhe, um die Größe der Fußmatte anzuzeigen, dabei strahlte sie über das ganze Gesicht. Sie strahlte überhaupt sehr viel, fand Robert, auch bei den traurigen Stellen des Gespräches.

»An die kleine Fußmatte kann ich mich noch gut erinnern, sie war hellblau«, sagte Joe. »Frau Eisenstein hat das Puppenhaus vor ein paar Jahren in einen Karton gepackt und auf den Dachboden gestellt. Vielleicht können später meine Kinder noch damit spielen, hat sie gesagt. Ich bin ja schon dreizehn. Ich selbst bin ja kein Kind mehr.« Das Bedauern in ihrer Stimme war nicht zu überhören, fand Robert.

Joes Mutter blickte einen Augenblick lang sehr traurig, dann strahlte sie wieder. »Wie ich mich auf die Zeit hier freue! Wie gut es mir tun wird, mal etwas Abwechslung von der Stadt zu haben! Endlich einmal keine Verpflichtungen haben, bis mittags schlafen, abends unter den Bäumen sitzen und Rotwein trinken. Es wird eine wundervolle Zeit werden, nicht wahr, Joe?«

Joe blickte auf ihre Stiefelspitzen. Der seidige lange Zopf hatte sich nahezu aufgelöst.

Robert bemerkte, dass ein Teil ihrer Haare schon wieder wild über ihre Schultern hing. Genau wie bei ihrer Mutter. »Wie lange wollen Sie denn hier bleiben? Etwa für immer?«, fragte Robert. Er spürte, wie eine Art von trauriger Wut in ihm hochstieg.

Joes Mutter sah ihn an, als ob er in weiter Ferne sei, dabei stand er fast genau vor ihr. »Was heißt schon immer?«, fragte sie dann zurück. »Damit kann ich nichts anfangen. Solche Worte sind für Spießer. Ich bleibe so lange, wie es gut für mich ist.« Sie zögerte. »Und für Joe natürlich. Wir müssen einander ja erst wieder entdecken.«

»Aber es geht doch um Joe. Und darum, ob es für Joe gut ist, hier im Wald zu bleiben«, entgegnete Robert trotzig. »Vielleicht ist sie in einer Stadt glücklicher. Da kann sie auch mit anderen Mädchen zusammen sein. Alle Mädchen haben Freundinnen, glaube ich jedenfalls.« Vor seinem geistigen Auge erschienen die Girlies aus seiner Schule, wie sie kicherten und flüsterten und immer die Augen verdrehten, wenn sie ihn sahen. Er bemerkte, wie er unwillkürlich das Gesicht verzog, aber er fuhr trotzdem unerschrocken fort. »Joe kennt das Stadtleben und das alles doch noch gar nicht. Das sollte sie mal sehen. Und zur Schule sollte sie auch mal wieder gehen!«

Für einen Augenblick hatte er das Gefühl, dass Joe ihn anlächelte, aber dann sah er, dass ihre Mundwinkel aus irgendeinem anderen Grund zuckten.

»Joes Mutter hat uns angerufen, weil sie wieder Kontakt mit ihrer Tochter aufnehmen wollte«, mischte sich die graue Dame vom Jugendamt jetzt ein. »Sie dachte ja, dass Joe in einem unserer Heime wäre. Aber ich habe ihr dann gesagt, dass sie selbst doch den Brief geschrieben habe und dass wir daraus erfahren hätten, dass Joe bei ihr sei.« Sie spitzte die grauen Lippen. »Da war mir dann klar, dass hier irgendetwas nicht stimmt. Ich habe sozusagen meine detektivischen Fähigkeiten aktiviert.« Sie blickte Antoine an und der zwirbelte seinen Bart.

Die graue Dame straffte sich. »Ich will jetzt gar nicht davon reden, dass es hier einen frechen Jungen gibt, der einen fremden Mann als seinen Vater ausgegeben hat, und das gegenüber einer Amtsperson wie mir!« Sie warf einen strengen Blick auf Robert. »Und ich will jetzt auch gar nicht über gefälschte Briefe reden«, fuhr die Dame vom Jugendamt etwas milder fort. »Ich will nur sagen, dass es gut ist, dass Roberts Eltern endlich wieder da sind, und dass Joe von nun an die Führung ihrer Mutter braucht.«

»Nach all den Jahren ...!«, stieß Robert trotzig hervor. »Warum kann Joe nicht mit uns kommen? Sie selbst wollte das doch auch!«

»Robert! Ich bitte dich!« Roberts Mutter zog die Augenbrauen zusammen und schüttelte ein ganz kleines bisschen den Kopf.

»Was war das da mit einem anderen Vater?«, fragte Roberts Vater interessiert. »Klingt überaus interessant. Ich würde gerne mal andere Väter kennen lernen.«

Frau Eisenstein hob beschwichtigend die Hand.

»Du verstehst wieder mal überhaupt nichts, Papa«, rief Robert. »Hier geht es schließlich um Joe!«

»Ach«, sagte Roberts Vater langsam. »Und sie hat zwei Väter? Das finde ich gut.«

Robert seufzte. Sollten sie doch alle miteinander machen, was sie wollten. Er kickte mit dem Fuß einen Stein weg und dann noch einen. Er konnte Joe sowieso nicht helfen. Merkwürdig war nur, dass ihm irgendetwas wehtat, tief im Inneren seiner Seele. Und das machte ihn erst recht wütend.

Roberts Vater räusperte sich. »Es ist spät geworden. Und morgen müssen wir früh aufbrechen. Die Fahrt nach Hause ist weit. Vielleicht gibt es auch einen Stau!«

Robert beobachtete, wie sich Samantha und Markus verabschiedeten. Antoine und die Eltern halfen Frau Eisenstein noch, den Tisch abzuräumen, dann fanden sie es anscheinend doch nicht mehr so spät und setzten sich gemeinsam unter einen der großen Bäume, um eine Flasche Wein zu öffnen. Frau Eisenstein lud zuerst Antoine und dann auch noch die Dame vom Jugendamt ein, die Nacht in einem der vielen Zimmer des Schlosses zu verbringen, und zu Roberts großer Überraschung willigten beide sofort ein und setzten sich ebenfalls unter den Baum. Nur Joe und ihre Mutter wollten noch einen Nachtspaziergang im Wald machen.

Robert fragte sich, was er tun sollte. Keiner bat ihn um irgendetwas. Alle plauderten angeregt miteinander. Also sagte er allen Gute Nacht und trollte sich hinauf ins Zimmer der Brüder. Er war immer noch müde. Und er ahnte, dass er trotzdem keine Ruhe finden würde.

In dieser Nacht kamen die Fledermäuse noch einmal zu Robert Hopp. Sie warteten, bis ein dunkler Traum das Zimmer der Brüder auflöste und alle Wände nach außen wegklappen ließ. Dann schickten sie den Nachtwind. Und dann kamen sie selbst.

Sie schwirrten um seinen Kopf herum, bis er sich im Bett aufsetzte und mit weit geöffneten Augen in die Dunkelheit starrte. Wolken jagten am Mond vorbei. In der Luft lag ein Rauschen. »Stürzer?«, rief Robert. »Katzenkämpfer, bist du es?« Da hängten sich die Fledermäuse an die Gardinenstan-

ge, die als Einziges von der Wand übrig geblieben war. Sie hängten sich der Reihe nach auf, die größte zuerst und dann die kleineren. Sie ordneten umständlich ihre Flügel, und das dauerte ewig. Dann stießen sie einander an und begannen zu schunkeln wie die Uhrenpendel, hin und her.

Robert starrte sie an. »Was ist los mit euch?«, rief er. »Könnt ihr nichts mehr sagen? Könnt ihr mir nicht einmal mehr Angst machen? Was seid ihr eigentlich? Oder seid ihr etwa nur Fledermäuse?«

Sie schunkelten etwas stärker und für einen Augenblick hatte Robert das Gefühl, dass eine kleine junge Fledermaus, die ganz am Ende der Stange saß, ihm etwas zuzupiepsen versuchte. Es sirrte in seinem Ohr. Aber ihre Nachbarin, eine große graue Fledermaus, die von ferne an Stürzer erinnerte, gab der kleinen Fledermaus einen kräftigen Schubs, und so fiel sie von der Stange herunter. Noch im Fallen entfaltete sie ihre Flügel, drehte einen Kreis über Roberts Kopf und verschwand einen Wimpernschlag später mit ihren Artgenossen im Wald.

»Leb wohl, Katzenkämpfer«, murmelte Robert, »leb wohl, Stürzer.«

Dann legte er sich auf sein Kissen zurück und schlief endlich ein.

Es war kühl geworden in der Nacht. Als Robert am folgenden Morgen auf den Schlossplatz hinaustrat, wischte sein Vater die Scheiben des Wagens mit seiner großen weißen Strickjacke vom Tau trocken. Roberts Mutter hatte das Gepäck bereits ordentlich vor dem Kofferraum gestapelt.

»Wo sind die anderen?«, fragte Robert.

Roberts Mutter lächelte ihn an und nahm ihn in die Arme. »Wir sollen dich von allen grüßen. Sie schlafen noch. Es ist spät geworden gestern Abend. Joe und ihre Mutter sind noch die halbe Nacht lang im Wald herumgewandert. Und diese Dame vom Jugendamt ist trinkfest wie ein Pferdeknecht, dass die das überhaupt verträgt …«

»Du redest völlig an dem Kind vorbei«, meldete sich Roberts Vater zu Wort. Dann öffnete er den Kofferraumdeckel und begann in der ihm eigenen Umständlichkeit, das Gepäck zu verstauen.

»Aber wollten sie denn gar nicht Auf Wiedersehen sagen?« Robert spürte, wie ein glühendes Eisenband seine Kehle zuschnürte. Andererseits war er ganz froh, dass ihm ein Abschied von Joe und von Frau Eisenstein erspart blieb. Er hätte garantiert weinen müssen.

»Ich soll dich herzlich grüßen«, sagte Roberts Mutter leichthin. »Frau Eisenstein hat für dich sogar noch ein paar Brote eingepackt!« Sie hielt ihm ein kleines Päckchen unter die Augen. »Möchtest du etwas essen?«

Aber Robert schüttelte nur den Kopf und kletterte auf den Rücksitz des Autos. »Ich möchte, dass wir jetzt losfahren«, sagte er. »Das ist alles.«

Es dauerte noch eine ganze Weile, bis Roberts Vater endlich alle Koffer verstaut hatte. Robert saß mit geschlossenen Augen und lehnte seinen Kopf gegen die Polster.

»Willst du denn gar keine Musik hören?«, fragte Roberts Mutter, als der schwere Wagen endlich über den Waldweg rollte, und hielt ihm die Kopfhörer hin.

Robert riss sie ihr aus der Hand und setzte sie auf, so fest er nur konnte. Lautstärke auf zehn. Er schloss die Augen. Die Musik tönte jetzt so laut, dass er nicht hören konnte, ob die Eltern wieder zankten oder auch nicht. Was machte das auch schon aus?

Ohne aus dem Fenster zu schauen, wusste Robert genau, wo sie waren. Noch vor der Steigung ging rechts der Weg zum Schlafbaum der Fledermäuse ab. Nach einer Weile passierten sie den großen schwarzen Busch, hinter dem man abbiegen musste, wenn man zu Gustavs Hütte gehen wollte. Das Auto machte einen Hopser. Das war die dicke Wurzel, über die er ein Dutzend Mal gestolpert war, und kurz danach kamen sie an die Weggabelung, an der Gustav ihn damals zu Boden gerissen hatte.

Robert Hopp fühlte sich nicht einmal traurig. Genau genommen fühlte er gar nichts, er war wie betäubt. Da war die Stelle, an der er Joe das erste Mal gesehen hatte und an der Katzenkämpfer ins Auto geflogen war und ihm einen Schrecken eingejagt hatte. Und wenn er die Augen aufmachte, würde er jetzt schräg links von sich das Gebüsch sehen können, hinter dem die Abkürzung zum Schloss verlief, die Gustav ihm gezeigt hatte. Die Ferien liefen ab wie ein Film, rückwärts, ohne Ton und ohne eine Verbindung zu ihm.

»Verflucht noch mal«, rief Roberts Vater plötzlich doppelt so laut, wie die Band aus dem Kopfhörer sang, und das wollte schon etwas heißen. »Was zum Kuckuck ist denn das?«

Das wird das Schlagloch sein, dachte Robert. Sein Vater steuerte das Auto so nah an die Büsche, dass die Zweige das Auto fast ganz umschlossen. Robert öffnete die Augen und sah, wie sein Vater in den Rückspiegel starrte.

In diesem Moment hörte Robert das Aufheulen eines Motors. Es durchdrang sogar den Kopfhörer. Seine Mutter hatte sich auf dem Vordersitz ganz nach hinten gedreht und sah aus dem Heckfenster. »Vorsicht!«, rief sie. »Das ist ja, das ist ja …«

Robert wollte es nicht, aber er drehte sich trotzdem um. Der kleine rote Sportwagen kam mit großer Geschwindigkeit den Waldweg entlanggerattert. Er schoss über Schlaglöcher und Wurzeln dahin, als spiele er eine Rolle in einem Agentenfilm, und seltsamerweise trat auch Roberts Vater aufs Gas. »Diese Tussi will mich doch wohl hier nicht überholen …!« Er beschleunigte abermals.

Robert presste sich in die Lederpolster und hielt sich mit den Händen am Vordersitz fest. Sein Kopf schlug fast gegen das Dach des Wagens. Roberts Mutter schrie. Roberts Vater jagte dahin.

»Nein!«, rief er.

In diesem Augenblick fühlte Robert die Nähe des anderen Autos. Der rote Sportwagen schrammte beinahe an ihnen vorbei, gerade an der Stelle, an der das tiefste aller Schlaglöcher auf sie wartete. Beide Autos erhoben sich in die Lüfte, dann knallten sie auf den Weg und sausten weiter.

Der rote Sportwagen hatte das Manöver unbeschadet überstanden, jetzt allerdings bremste er, direkt vor ihnen. Roberts Vater stieß einen weiteren Fluch aus und trat kräftig in die Bremse. Robert schnellte nach vorne und seine Mutter gab einen entsetzten kleinen Piepser von sich. Dann standen sie. In den Wipfeln rauschten die Blätter und Robert fragte sich, ob dieses eine neue Art von Albtraum war.

Er blickte aus dem Fenster. Und traute seinen Augen nicht.

Die Beifahrertür des roten Sportwagens öffnete sich und Joes Mutter kam herausgeklettert, der lange weiße Mantel flatterte im Wind, sie lachte und sie weinte gleichzeitig, das schien ja üblich zu sein bei ihr. Auf der Fahrerseite stieg die graue Dame vom Jugendamt aus, die heute noch grauer aussah, und noch zielstrebiger.

Roberts Vater hatte seinen Wagen ebenfalls verlassen. »Sie haben mich ausgebremst!«, rief er wütend. »Das war gefährlich!«

»Aber es ist wichtig!«, versetzte die graue Dame. »Schauen Sie doch nur!«

Robert starrte. In dem kleinen roten Sportwagen ereignete sich etwas Seltsames. Er geriet in eine Art Schunkeln. Das lag anscheinend daran, dass in ihm ein riesiges Tier gefangen war, das sich nun langsam herausquälte. Robert sah Füße, die zu den beiden Türen herausquollen, Beine, die sich unter Gestöhne und Geseufze hervorstreckten, schließlich kam auf der einen Seite der massige Körper von Antoine zum Vorschein. Auf der anderen Seite des Autos sprang die dicke Katze Nicole heraus, das blonde Fell war platt gedrückt. An ihrem Halsband krallte sich die Hand von Frau Eisenstein fest, dann kam die andere Hand mit dem Gehstock ans Licht und schließlich Frau Eisenstein selbst, mitsamt ihrem Gips. Ihr Tropenkostüm war völlig zerknittert. Alle glotzten auf das Auto.

Und da sprang Joe heraus. Sie lachte über das ganze Gesicht und winkte Robert zu.

»Wir haben uns etwas überlegt«, fing Frau Eisenstein an. »Es hat die ganze Nacht gedauert und deswegen haben wir heute Morgen alle verschlafen. Aber für eine gute Idee lohnt sich auch eine Verfolgungsjagd durch den Wald.«

»Ich muss ein bisschen zu mir selbst finden«, fügte Joes Mutter hinzu. »Ich werde im Schloss wohnen. Frau Eisenstein hat mir erzählt, dass sie vielleicht ein Museum der Nacht daraus machen will. Daran würde ich gerne mitarbeiten!« Sie lächelte und eine Träne rann über ihre Wange. »Das kann ich!«

»Es geht schließlich um das Wohl des Kindes«, sagte die Dame vom Jugendamt und ihre grauen Wangen röteten sich ein wenig.

»Kinder brauchen die Gesellschaft anderer Kinder«, bemerkte Antoine. Die dicke blonde Katze Nicole schnurrte.

Robert hatte die Autotür geöffnet und war langsam ausgestiegen.

»Das klingt aber schön«, sagte Roberts Mutter leise.

Roberts Vater strich sich durch die Haare. »Irgendwie redet ihr völlig an mir vorbei«, murmelte er.

Frau Eisenstein lächelte. »Am besten wird es wohl sein, wenn Joe es selber sagt.«

Alle blickten auf Joe. Sie schwieg eine Weile, und dann sagte sie es. Sie sagte: »Ich komme mit euch!«

Das Herz von Robert Hopp machte überhaupt keinen Hüpfer. Es schlug einfach weiter wie bisher. Die Bäume im Wald raschelten lauter als gewöhnlich, der Wind sang ein Lied in den Wipfeln. Das war ein Schlaflied für die Fledermäuse, die seit Tagesbeginn in ihren hohlen Bäumen hingen, auf dem Dachboden des Schlosses, in dunklen Kellern und in versteckten Höhlen und Felsspalten, die nie ein Mensch gefunden hatte. Sie schliefen ihrer eigenen Ewigkeit entgegen und in dieser Ewigkeit hatte Robert Hopp Gestalt angenommen, die Gestalt ihres Retters.

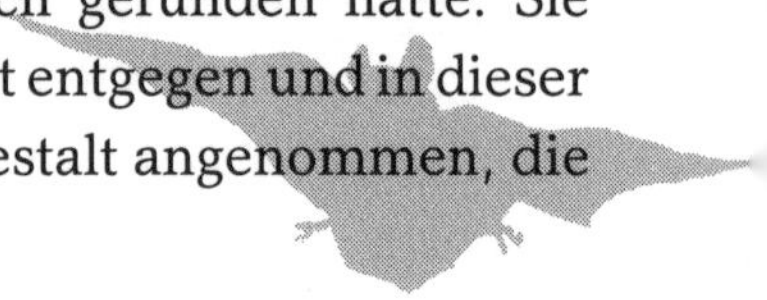

»Ich war als kleines Mädchen oft mit meinem Großvater, einem Bauunternehmer, auf Kirchtürmen und wartete manchmal stundenlang hoch oben auf Kirchturmtreppen, während die Fledermäuse mich umschwirrten. Damals warnte man die kleinen Mädchen davor, dass sich die Fledermäuse in den Haaren verfangen konnten. Aber ich hatte keine Angst. Manchmal sah ich, wie eine Fledermaus sich an eines der Turmfenster hängte und mich über Kopf anstarrte, und ich blickte zurück.

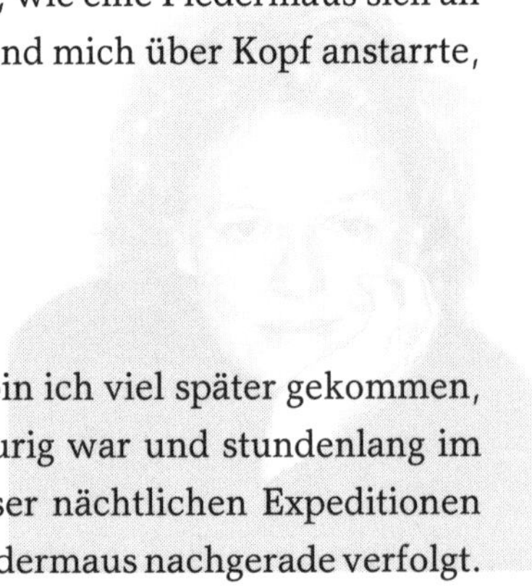

Auf die Idee mit dem Buch bin ich viel später gekommen, in einer Zeit, in der ich oft traurig war und stundenlang im Wald herumlief. Bei einer dieser nächtlichen Expeditionen wurde ich von einer kleinen Fledermaus nachgerade verfolgt. Sie schien mir etwas mitteilen zu wollen, aber ich konnte sie nicht verstehen. Zu Hause wälzte ich stundenlang Bücher und fand schließlich heraus, dass diese besondere Fledermausart nach ihrem Entdecker, dem Forstrat Bechstein, benannt worden ist, der sie zu Anfang des 19. Jahrhunderts entdeckt hat. Dieser Forstrat war es auch, der nach dem Tod seines Sohnes den kleinen Louis adoptierte, einen ganz besonderen Jungen, der später als der Märchendichter Ludwig Bechstein berühmt wurde.«

Hilke Rosenboom wurde 1957 auf Juist geboren. Sie studierte in Kiel Linguistik und besuchte die Journalistenschule in Hamburg. 15 Jahre lang arbeitete sie als Reporterin beim »Stern«. Seit 1995 veröffentlicht sie als freie Publizistin viele Romane für Erwachsene und Kurzgeschichten für Kinder. Hilke Rosenboom ist verheiratet, sie hat zwei Kinder und lebt in Hamburg und Ostfriesland.

Gedicht auf Seite 7: *Fledermäuse* von Humberto Ak'abal;
aus: Trommel aus Stein. Gedichte eines K'iche'.
Aus dem guatemaltekischen Spanisch von Erich Hackl

2 3 06 05 04

Umschlagbild und Vignette: Volker Fredrich
Umschlagtypografie: Doris K. Künster
Lektorat: Ulrike Schuldes
Gesetzt aus der Garth Graphic und Stamp Gothic von H & G Herstellung, Hamburg
Druck und Bindung: GGP Media GmbH, Pößneck
ISBN 3-551-55299-1
Printed in Germany